ZHI
MING
LANG
MAN

致命浪漫

潭影——著

深圳出版社

图书在版编目（CIP）数据

致命浪漫 / 谭影著 . -- 深圳 : 深圳出版社 ,
2023.11
ISBN 978-7-5507-3865-2

Ⅰ . ①致… Ⅱ . ①谭… Ⅲ . ①长篇小说－中国－当代
Ⅳ . ① I247.5

中国国家版本馆 CIP 数据核字 (2023) 第 112874 号

致命浪漫

ZHIMING LANGMAN

出 品 人　聂雄前
责任编辑　陈　嫣
责任技编　梁立新
责任校对　莫秀明
封面设计　花间鹿行

出版发行　深圳出版社
地　　址　深圳市彩田南路海天综合大厦（518033）
网　　址　www.htph.com.cn
服务电话　0755-83460239（邮购、团购）
设计制作　深圳市龙瀚文化传播有限公司（0755-33133493）
印　　刷　深圳市华信图文印务有限公司
开　　本　787mm × 1092mm 1/16
印　　张　16
字　　数　250 千字
版　　次　2023 年 11 月第 1 版
印　　次　2023 年 11 月第 1 次
定　　价　58.00 元

目录 CONTENTS

楔　子

湘西松林山下。

落日熔金，暮云合璧。夕阳里的村庄，被染成一片晕黄，宛如一幅油画。远山如黛，怡静安然，近处炊烟袅袅，散发着人间烟火的香味。一位年轻女孩，坐在一处农舍门前，捧着一杯茶，凝望着天边璀璨的晚霞。夏夜的凉风，轻轻吹拂着她乌黑的长发，她端起茶杯，啜饮了一口，脸上流露出无限的欢欣和满足。

她搁下茶杯，拾起地上的书《王昌龄诗歌研究》。此景此情，让她又想起了这首诗。

龙标野宴

[唐] 王昌龄

沅溪夏晚足凉风，春酒相携就竹丛。
莫道弦歌愁远谪，青山明月不曾空。

一年前，她无论如何想不到，母亲生前写的这本书，藏着解开母亲死亡遗言的密码。此后，这本浸润着母亲和诗人王昌龄生命能量的书，一直陪伴着她，成为滋养她心灵成长的无尽源泉。

一切，都要从一年前那场突如其来的死亡说起。这起命案，改变了她和他们的一生。短短八天，那些惊心动魄的较量和纠缠，依然历历在目。

第一章　第一天

1 自杀还是他杀

6月2日，周一。

知名剧作家苗若风被发现死于自己在深城市龙山区的汀洲别墅。

龙山分局刑警大队副队长郑炜带着队员宋宁和几个警察、法医，在接到报案后，以最快的速度赶到现场。

汀洲曾经是深城的明星楼盘，位于龙山区西南，是深城为数不多的既可观自然山景，又距离市区不远的别墅。住在这里的人不一定是富豪，但都有相当的生活品位，喜欢安静的居住环境，比如，苗若风。

郑炜走进客厅，忽觉眼前一亮，客厅明亮开阔，足足有60平方米，首先映入眼帘的是一张长条形的实木大书桌，横亘在客厅中央，落地窗外的绿意尽收眼底，近处的翠绿和远处的墨绿，一览无遗，像一幅淡雅清逸的水墨画。

这真是绝佳的创作环境。

可惜伊人已逝。

郑炜在心里叹了一口气，轻轻走到书桌前面的沙发边。这是一款L形的布艺沙发，青绿的底色，鹅黄的条纹。沙发上平躺着一个人。

大红色的纱质长裙，像一团火裹住了她的全身，然而面部的狰狞却无法遮掩。她面色黑紫，眼口鼻周围凝着几圈酱红色血迹，活像电影里的僵尸，地上还有一摊白花花的呕吐物。

饶是见惯尸体，郑炜仍然别过头，沉默了几秒钟。

苗若风曾经是他心目中的女神。

十多年前他读大学期间，被女朋友拉去看了电影《穿越时空的思念》。像他这样不爱看爱情片的直男，居然马上被圈粉。虽说后来苗若风作品的人气一路下滑，但她在郑炜心中，永远是才华横溢的象征。

然而此刻，职业素养不允许他继续伤感，他必须尽快查明苗若风的死因。辖区派出所警察先行赶到，郑炜找他们了解了情况，法医也开始紧张地忙碌起来。

二十分钟后，死者的家属，苗若风的女儿抵达现场。

两个年龄身高相仿的女孩出现在大门口：一个略显丰腴，金色长卷发，方脸，大眼睛；一个苗条而矫健，黑色短直发，瓜子脸，五官清秀。

长发女孩的眼睛红红的，噙着泪。短发女孩挽着她，神情肃穆。

“你们好，我是龙山分局刑警大队的郑炜。”郑炜说着，转向长发女孩，“你是顾星如吧？”

“是我。”长发女孩怯怯道，“这是我的好朋友凌钰。”

郑炜闻听此言，眼光在凌钰脸上定了一两秒，这个女孩好生面熟，莫非是凌老师的女儿？一晃九年了，昔日瘦弱的小女孩出落成亭亭玉立的大姑娘了。他看到凌钰瞪了他一眼，连忙将目光移开。

“跟我过来。”郑炜带她们穿过玄关，进了客厅。死者躺在沙发上，身上盖了一层白布。

宋宁走近，低声道：“确认一下吧。”

凌钰搀着顾星如，一步一步移过去。顾星如咬着下唇，忍着泪，挪到沙发前。宋宁缓缓揭开了白布。

一阵压抑的啜泣声，还有“啊”的一声尖叫。

顾星如在抽泣，尖叫声是凌钰发出的，伴随着尖叫，凌钰晕倒在沙发边。

一旁的法医赶紧对她实施救助，一两分钟后，她慢慢睁开眼睛，眼神里透着迷茫和痛楚，还有一丝恐惧。

“她怎么样了？”郑炜焦急地问法医。

“刚才因为受到过度惊吓而暂时晕厥，现在没事了。”法医说。

郑炜倾身，关切地问凌钰：“还行吗？你先休息一下吧。”

“没事，我要陪着星如。”凌钰轻声道。

“让她陪着我吧。”顾星如也说。

“好吧。”郑炜不再坚持，他扶起凌钰，将她们带到客厅一侧的房间，找了位子坐下。

“我妈妈……是怎么走的？”顾星如颤声问道。

“二位节哀。初步判定是中毒身亡，死亡时间在上午 11 点 10 分到 12 点 15 分之间。我向你们介绍一下情况。”

郑炜叙述道，今天中午 11 点 50 分，出版社编辑谢宇飞到达苗若风的别墅。苗若风昨天叫他今天过来取文稿，他在 11 点 10 分出门前打了电话，苗若风说在家里等他。谢宇飞到达后，敲门没有回应，电话没人接，客厅窗帘紧闭。谢宇飞去了管理处，保安通过监控发现，苗若风从昨天下午进入小区后，没有出过小区，其间也没有外来人员进入。谢宇飞和保安担心苗若风出事，飞快赶到别墅，保安撬开门锁，他们一同进入房间，发现苗若风躺在沙发上，失去了生命体征。

保安随即打电话报警，时间在 12 点 15 分。辖区派出所警察 12 点 25 分到达，分局刑警队在 12 点 35 分到达。

客厅茶几上有一只珐琅彩瓷杯，里面有茶渣，瓷杯外壁有死者的指纹。除了谢宇飞和管理处两个保安，现场没有其他人的脚印和指纹，死者身上没有伤口，没有与人搏斗的痕迹。

“是……自尽吗？”凌钰低声问。

“目前看这种可能性比较大，我们还需要了解更多情况才能下结论。”郑炜说，他转向顾星如，“你最后见到你母亲是什么时候？”

顾星如的眼泪又掉下来了，抽抽噎噎道：“都是我不好。昨天中午我和妈妈吵了一架，后来她出门了，我也没去找她，我想她应该去了别墅。”

“你住在哪里？”

“云山花园，在市里。我喜欢住那里，我回国的时候，妈妈也过去住。”

“你什么时候回国的，从哪里回来？”

“我在英国读书，前天上午到家的。”

“你们昨天为什么吵架？”

“昨天上午我一直在房间睡觉，中午出来吃饭时，妈妈拉着我，又说她离婚还有前男友的事。我听了好多遍，不想再听，嫌她啰唆，说她没用，她就骂我白眼狼。唉，我不该说妈妈，她心里苦，平时没人倾诉，好不容易我回来，想找我倾诉，我还说她，她一定很伤心。”

“你前天回家后，你和你母亲都做了些什么？”

“前天是妈妈的生日，那天下午我订了蛋糕和鲜花，妈妈出去买菜，晚上做了一桌子好菜，我们晚上在家庆生。”

“你们母女俩经常吵架吗？”

“不算经常，我一直在外面读书，放假回家后，待久了会吵一架。”

“这不算多大的事，不至于为此想不开。你好好想想，这两天和母亲相处时，她有没有什么异常，任何异常都可以，神态、语气、言语之类。”

顾星如停止了抽泣，侧头凝思。半晌，轻轻摆了摆头，说：“好像没有。她还是那个样子，一会儿安静，一会儿唠叨，有时开心，有时又很郁闷。不过，昨天吃饭前，我看到桌上放着一盒铁观音茶叶，当时还纳闷儿呢。”

“为什么？”

“妈妈好多年都不喝乌龙茶了。那盒茶叶我看了一眼，快要过期了，估计是以前别人送的，她一直放在柜子里。”

宋宁听了，步出房间，很快又返回，手里拿着一盒茶叶，问道：“是这个吗？”

顾星如仔细看了看，点点头。

“你刚才说你母亲好多年不喝乌龙茶了，为什么？她什么时候开始不喝的？”

“小时候在北京的家里有茶具，就是客厅那个，大多数时候是父亲一个人喝，母亲有时候和父亲一起喝。来深城后我没见母亲喝过。”

“你母亲这几年的心理状况稳定吗？”郑炜问。

顾星如垂下眉头，轻声说：“她两年前看过心理咨询师，看了一年就没再看了。她的心理，在我看来，一直都有问题。”

“能告诉我咨询师的名字吗？”

顾星如看了一眼凌钰，说：“是她爸爸，凌思远。”

“果然是凌老师。”郑炜道，声音略显兴奋，他转向凌钰，“我第一眼见你就觉得面熟，我还猜是不是凌老师的女儿呢。我是凌老师的学生，毕业后进了深城市公安局。凌老师来深城后，我们又联系上了，我常去他的工作室拜访。我在江大的时候去过你家吃饭，你还记得吗？”

凌钰看着这位高高瘦瘦、外表斯文的警察，努力在记忆中搜索，她记得好像有那么几次，父亲的学生来家里聚会，母亲端出一桌子好菜。这种时候，她一般出来打声招呼就溜回自己房间，对客人一概没有印象。

凌钰摇摇头。

“没关系，有凌老师在就好说。”郑炜道。他把宋宁叫到一边，低声耳语了几句，宋宁点点头，旋即出了门。郑炜对两个姑娘说：“凌老师可能过半小时到，我们先聊聊其他的。”

郑炜向顾星如询问苗若风前夫顾正辉和前男友谢宇飞的情况。这两人，她均多年未见，能提供的信息不多。

待郑炜询问得差不多了，顾星如忽然问：“瓷杯里是什么茶知道吗？”

郑炜一愣，说：“只看到有花，应该是花茶。”

“我可以看看吗？”

“当然，我们出去看吧。”

餐桌上放着一个密封的证物箱，郑炜打开后，对顾星如说：“过来看看，不要碰。”

顾星如凑近了，睁大眼睛瞧了好一会儿。一朵散开的红里透白的花瓣，软塌塌地摊在杯底，被褐色的茶水刚刚没及。

“樱草花茶。”她喃喃道。

郑炜盖上箱子，说：“我暂时没有问题了，你们可以先回房间休息。”

凌钰搂着顾星如走回房间，郑炜加入了搜证的队伍。

半个小时后，凌思远到了，郑炜将他迎进来，带他看了苗若风的尸体。凌思远望了一眼，背过身去，沉默良久。他竭力让自己平静，现在不是伤心的时候。作为曾经的法学教授和如今的心理咨询师，他必须，也有能力在面对死亡时保持冷静。

他平定了心绪，对郑炜说：“苗若风曾经是我的来访者，我了解一些她的心理状况，同时为了避嫌，先请你们调查我的不在场证明。我今天都在工作室，刚从工作室过来。可以打电话或者去工作室现场询问我的助理，还有我今天的来访者。”

“凌老师想得真是周到。我已经派人核实了，您不必有顾虑。”郑炜微笑着说。

“做得好。”凌思远赞许道，“那我们聊聊情况吧。”

“凌老师您不看看谁来了？”郑炜将凌思远带到房间，凌钰和顾星如坐在那里。

凌思远怔住了，但随即调整好情绪，走向顾星如，和蔼地说：“星如，好久不见。你母亲走了我也很难过，你要多保重啊！”

“凌叔叔好。”顾星如的声音细弱无力。

“你怎么在这里？”凌思远又转向凌钰，语气陡然变得生硬。

“我和星如今天上午一起走梅山绿道，被警察叫过来的。”凌钰耸耸肩，表情有点不自然。

“你好好陪着星如吧，我听郑警官说说案情。”

郑炜介绍了案发经过，凌思远听完后说：“我先看一下周边。”

他走到后院，这里有一方铺着草坪的小花园。花园里没有花，只有一层薄薄的草皮，还有一株孤零零的枣树。花园外围立着一排风尾竹，紧挨着一溜绑着铁丝网的灌木丛。这些都是小区栽种的，将别墅和外面的世界隔开。灌木丛外是一条狭窄的小马路，马路对面是一大块平整空地，再往远处是农田和青山。

“这套别墅的风景在整个小区里是最好的，整栋房子建在一片向下倾斜的缓坡上，房屋主体略高，后院和马路位置略低，坐在客厅可以看见近处的树木和远处的山峦。”郑炜说。

“风景确实独好。”凌思远拨开风尾竹，靠近灌木丛，密密麻麻的灌木丛上绑了一层结实的铁丝网，在一簇灌木丛的底部，却有一个不大不小的缺口，刚好能容纳一个人。

“这个缺口我们刚才也查了，是被人为剪开的，从痕迹来看，不是新剪的。”郑炜说。

凌思远点点头，问："这里有小区设置的监控吗？"

"没有。苗若风在购买房产之初就要求管理处不要在灌木丛安装摄像头，她会自己安装。"

"她的监控设备查了吗？"

"门厅处的电脑就是监控设备，可惜已经关闭，而且以前所有数据都被删掉了。"

"灌木丛外的马路有监控吗？"

"没有。这条马路比较僻静，平时很少有人经过。"

"有意思。"

凌思远说着，从大门走进客厅，他在玄关处停下来，指着台面上一个显示器说："这个是监控吧？"

"对，我们准备拿回去检测，看能否恢复被删除的数据。"

凌思远踱至沙发前面的茶几，蹲下来，细细观察。

一把温润光亮的紫砂壶，四只褐色的紫砂茶盏，整整齐齐地摆放在茶盘里。紫砂壶、茶盏和茶盘表面均沾有淡淡水渍。

茶盘旁边有一个铁观音茶盒，封口完好，没有拆过的痕迹。

与客厅相连的是开放式餐厅，大理石餐台上有三只珐琅彩瓷杯，描着金，杯子外沿亦沾有少量水渍。

"这里还有一个同款杯子，里面有茶渣。"郑炜打开证物箱。

凌思远看完后问："这些茶杯都被冲洗过？"

"对，初步判断都是今天冲洗的。如果是昨天洗的，因为天气炎热，客厅开着空调，应该干了。"

"对此你们怎么解释？"

"证物箱里的茶杯上有苗若风的指纹，里面泡的是樱草花茶，推测茶水里有毒物，苗若风饮此中毒。茶几上是泡乌龙茶的紫砂壶茶器。茶几上未开封的铁观音茶盒，是苗若风昨天下午从市区公寓带到别墅的。但我们在后院垃圾桶里发现了铁观音茶渣，却是今天上午刚用过的。初步推测，苗若风冲泡了铁观音，然后将茶具洗净，接着饮用花茶。不过，顾星如说她们来深城后，她没见过母亲喝乌龙茶。"

“苗若风神经衰弱，长期饱受失眠之苦，极少饮茶，偶尔会和朋友一起品茶。她曾经邀我来过这里，给我泡了铁观音，自己也饮了几小杯。她说其实她也想喝，只是不敢，和朋友一起，就有了喝茶的由头，可以解解馋。”

停了停，凌思远又问：“紫砂茶杯上有指纹吗？”

“只有证物箱里的杯子上有死者指纹，其他茶器，还有房间的电脑、桌椅、房门把手，都没有指纹。”

“这就奇怪了。”凌思远边说边走动。

他踱步至餐厅的冰箱处，忽然站住了，眼睛紧紧盯着冰箱表面。

“有什么发现吗？”郑炜也走过去。

“冰箱门上的时间是错误的，归零过。查查小区今天是否停过电。”

郑炜转身交代宋宁去查。没多久，宋宁过来反馈，管理处说上一次停电还是三年前，今天不可能停电。

“可能只是这栋别墅停电了，看看电闸是否被推过。”凌思远说。

宋宁走过去检查电闸，在上面提取了指纹，是苗若风的。

“查查断电是什么时间段。”郑炜对宋宁说。

宋宁走开后，郑炜问：“凌老师，听说苗若风曾经在您那里做过心理咨询，能说说情况吗？”

“好。两年前，她和谢宇飞分手后，心情抑郁，找我做咨询，我给她做了一年心理辅导，发现她对我产生了依赖和依恋，就推荐她去我的女同行那里做，但她没有去，我也不好和她联系过多，只是偶尔微信问候一下。”

“她结束心理咨询时的心理状况怎么样？”

“当时看还好，我说给她介绍别的心理咨询师，她有些意外，但也没有多说什么。之后我和她联系，她也表现正常，但她没有主动和我联系。或许，她对我有那么一点怨气吧。”

这时宋宁走过来说：“查了别墅的电表，上午 10 点 58 分到 11 点 13 分停了十五分钟的电。”

凌思远分析道：“如果是用电不当导致自动跳闸，应该几分钟就会被推上去，不应断电这么长时间。这可能是苗若风有意为之，但目的是什么呢？”

“谢宇飞是 11 点 10 分打的电话，苗若风当时接了，谢宇飞说通话时间很短，只是确认她在不在，通话结束三分钟之后，她推上了电闸。断电的十五分钟里，到底发生了什么呢？”郑炜皱着眉头说。

“谢宇飞人呢？”凌思远问。

“他去局里做笔录了。我们也约了顾正辉，让他去局里，我一会儿要回去见他。先从苗若风最紧密的关系做些排查。凌老师，您目前对死因怎么看？”

“如果苗若风一个人喝花茶，为什么要将其他瓷杯都冲洗干净呢？如果苗若风一个人品铁观音，泡的又是哪里来的茶叶呢？她特意将铁观音从公寓带到别墅，显然是需要饮用，但却泡了别的铁观音，也许别墅里刚好有一袋，也许是约了某人到别墅，某人带过来的。”

“这种情况我们也设想过，但房间里除了保安和谢宇飞的，没有任何外来人员的生物痕迹。”郑炜说。

“从死者身上没有外伤，房间没有外来人员进入痕迹来看，死者要么是自杀，要么是被认识的人谋杀。如果有人对苗若风的别墅十分熟悉，他有可能顺利进入小区避开监控。”

“有这种可能，我们刚才也看到后院的灌木丛有一个缺口可以进来。知道从后院外的灌木丛入室，从而避开监控，这种人需要符合两个条件：第一，知道后院的灌木丛有缝隙，可以进入院子；第二，知道摄像头的监控设备放在门厅，可以手动删除，从而避免留下记录。这两件事，苗若风不大可能和别人在电话闲谈中提及。最大可能是对方来过别墅，经过自己观察或者现场询问苗若风，得知这些情况。如果不知道这两点，贸然从后院闯入行凶的风险极高。我们这两天尽快排查一下死者的社会关系。”郑炜道。

凌思远赞许地点点头，说：“这个思路不错。那我今天先带两个孩子回去了，我们随时保持联络。对了，还有一件事差点忘了，我昨天收到苗若风寄过来的保单，是她投的人身保险，受益人是顾星如。奇怪的是，上面还有一个更新说明，说明受益人从顾正辉变更成顾星如。”

“有这事？我们抓紧了解一下。对此苗若风说过什么吗？”

“我问她为什么寄给我，她说家里放不下。”

这时，顾星如走过来说：“郑警官，我母亲去世的消息，我会在媒体发布讣告，公安局这边会发布死讯吗？”

“我们一般不会发布死讯，由死者家属对外公布。”

“谢谢郑警官。”顾星如停了停，轻声道，“我母亲的死因，还要调查，是吗？”

“对，尸检完了我们会告诉你。”郑炜说。

“星如，今天别回云山花园了，去我家吧，凌钰陪着你。”凌思远说。

顾星如黯然点头。

2 江郎才尽了吗

高行知一早上的好心情全被一个莫名其妙的帖子给破坏了。

像往常一样，早上 7 点半，高行知准时出现在云和公司办公室，浑身冒着汗，蓝黄相间的运动上衣贴着结实匀称的身体。他哼着小曲，打开窗户，洁净舒爽的阳光扑面而来，通透敞亮的房间旋即被罩上一层淡淡的金网。远处是深城地标“春笋”，铁灰色的“笋尖”像剑一样直抵湛蓝色的天空。

昨晚他被手下萧枫拉着去酒吧庆祝六一儿童节，多年未泡吧，他感到新鲜有趣，还认识了一位喜爱推理的女演员。虽然凌晨才睡，他仍然坚持在第二遍闹铃响之前挣扎爬起。

每天早上 7 点起床，跑步到公司，然后健身、冲凉、吃早餐，8 点半精力充沛地坐在电脑前，这已成为他雷打不动的生物钟。而其他同事，或者说他的下属，都要 9 点到。

高行知早已习惯自律。如果没有自律，一介贫寒农家子弟，如何能在 35 岁当上知名推理文学网站总编？

他打开电脑，主页设置的不是自家的网站推理之神，而是老东家壹世界。

壹世界是国内久负盛名的原创文学网络平台，他曾经在那里做过三年编辑，壹世界给他打开了一个全新的世界。

“推理之神被质疑江郎才尽！”

壹世界主页赫然出现一行字。高行知心里一惊，赶紧点开，是一篇匿名帖子。帖子说，绣春刀自从四年前发表《一剪梅》之后，再无作品，哪怕是一篇小小说。而此人用尽洪荒之力，也只写出三篇小说，以此自称“推理之神”，实在狂妄。难不成就因为他开了个推理之神，就可以自封吗？

高行知微感不适，虽说成名后也受过批评，但语言如此尖刻的，却并不多见。

在壹世界工作的第二年，他担任了推理频道的编辑，负责审阅一年一度的征文大赛来稿。由于看好推理小说在国内的发展势头，他悄悄注册了公众号，名叫推理之神，一边工作，一边打理自己的公众号。公众号主要转载其他媒体关于推理小说、悬疑电影的评论。当时自媒体行业方兴未艾，关于推理小说的并不多见，彼时推理之神虽未有原创内容，但由于他积极深耕，公众号也逐渐涨粉。

在壹世界工作的第三年，高行知写出了小说处女作《西江月》，以“绣春刀”为笔名悄悄投稿壹世界的竞争对手，名叫地平线，荣获地平线推理小说新人奖。彼时网上一片赞誉，说《西江月》开创了“文艺推理”新格局，将中国传统文化之美、古典诗词之美与严谨的悬疑推理完美融合。甚至有人说，正如作者笔名“绣春刀”，作品既有“绣春”的绮丽秀美，更有“刀”的刚毅峻厉。其实，高行知取此笔名，只是因为看了电影《绣春刀》，读了杜甫的“绣衣春当霄汉立，彩服日向庭闱趋”，觉得这个名字很称心。一时间，模仿者甚众，新的推理文学样式“文艺推理”悄然开启了。

《西江月》发表一年后，他在推理之神发表了《青玉案》，观者如云，阅读量很快上了10万+。再一年后，他在推理之神发表了他最负盛名也是迄今为止最后一篇小说《一剪梅》。《一剪梅》给他带来盛誉，荣获多项推理比赛大奖，位列当年推理悬疑类畅销书榜首。

如此成功，有如神助，自然嫉妒者众多。

文章又列出他三篇小说的种种缺点，认为其情节粗陋，人物单薄，逻辑漏洞甚多，无法自圆其说，就连饱受赞誉的诗意文笔，也成了被炮轰的对象，说文字是为情节和主题服务的，不是用来炫技的，如此堆砌辞藻，喧宾夺主，实在影响阅读体验。总之，这三篇小说被批得一无是处。文章最后还感叹，绣春刀，锈矣！再次应验了一句话，一个作家的成名作就是他不可逾越的巅峰。

高行知越读越不是滋味。他朝落地窗外瞅了一眼，同事们都到了，唯有萧枫的位子空着。

迟到早退，对萧枫来说乃家常便饭，可谁让他的活儿做得既快又好呢。

有才华的人，哪个不任性？

高行知正自烦乱，听到“咚咚”的叩门声，接着是冯碧“噔噔”的高跟鞋落地声。高行知的办公室房门一般都是敞开的，冯碧每次进来也只是象征性地轻敲两下。

高行知从电脑前抬起头。冯碧着一袭白底蓝花旗袍，知性而性感。她似乎每天都在换新衣，不论何种款式和颜色的衣服，穿在她身上都是那么得体。四年前，她来应聘他的助理。那天，她穿着一套藏青色的西服套裙。这种颜色和款式，普通的年轻女孩根本压不住。然而，26岁的冯碧，黝黑的脸上却没有一丝同龄女孩的稚嫩，她口齿伶俐，落落大方。高行知录用了她，冯碧成为公司的第一名员工，不，那时候还没有公司，推理之神只是一个个人公众号。

有些人似乎生下来就是个中年人，从来没有年轻过，比如宝钗，比如冯碧。

冯碧本科就读于北方一所普通高校，毕业后去了北京，做过房产中介、公关公司媒体经理，也做过娱乐公司经纪人。因为受不了北京的干燥气候和拥挤交通，她在一次出差深城中，喜欢上了这个满城绿意、遍地公园的年轻城市，向公司申请常驻深城被拒，就索性辞了工留了下来，从“北漂”变成“深漂”。

“老师，这周五市文化局组织交流会，邀请影视公司、导演和编剧参加，为双方牵线搭桥，我们也在邀请之列。”冯碧说着，将手里的文件交给高行知。

与其被叫作“高总”，高行知更愿意被称为“老师”，冯碧也深谙文艺界的称谓文化，她说以前跟过剧组，编剧和资深演员都被称作“老师”。

“这是好事，你来统筹吧。让剧本组的同事尽快准备，最后让萧枫把关。

顾正辉去吗？”高行知扬眉问道。

“听说不去。”冯碧说。

高行知顿感失落。他对政府的“拉郎配”之所以有兴趣，是希望能见到顾正辉，虽然他知道顾正辉去的可能性不大。政府撮合的项目，一旦成功，一般会注资，而政府出资的影视剧多是有主题和其他各种要求的，顾正辉手头的剧本拍不完，他也不缺资金，完全没必要去凑这个热闹。

“星辉公司回复了吗？”高行知问。

不久前，高行知给顾正辉控股的星辉影视公司郑重发了《一剪梅》的“影视选题表”，详细介绍了小说的特色和亮点、情节梗概、故事大纲、人物介绍等，但对方迟迟没有回复。冯碧知道后，说自己认识顾正辉的私人助理周先生，可以让他引荐或者美言几句。

“我给周助理打了电话，他说十分抱歉，知道《一剪梅》很好，也极力在顾导面前推荐，但顾导说不着急，今年还有几个剧本等着开工，说目前影视行业不景气，资金不好找，暂时不考虑了。实在不好意思啊，没帮上忙。”冯碧说着，将手里的文件递给高行知。

“哪能这么说，你能帮忙，我十分感激。排队等顾导买剧本的太多了，我完全理解。”高行知说完，推开椅子，走到沙发前坐下，“过来喝杯茶。”

冯碧说：“我来冲吧。”她烧了水，烫了壶，烫了杯，滚滚地沏了凤凰单枞。

“可能真是缺钱，星辉公司今年有两部影视剧筹拍，电影《罂粟花》还在找资金，据说投资人刚签了意向书。《罂粟花》筹备快一年了还没拍，就是在等资金。”冯碧说。

“也许吧。这种大导演，多买几个本子存着，也正常，关键是他买不买你的本子，什么时候买。”高行知道。

冯碧将橙黄透亮的茶汤斟入白瓷杯，柔声道：“《一剪梅》既有好故事又有好思想，还有市场、人气，顾正辉不买，那才是他的损失。”

“借你吉言，希望有一天能拍成电影。”

“要不要看看其他影视公司？之前有几家公司表达过兴趣，你的要求能稍微变通一下吗？”

曾经有影视公司的负责人主动找上门，但高行知对他们提出了种种要求，涉及购买价格、参与编剧和票房分成、导演和演员、情节改动等等。因为他苛刻的条件，还没有公司能和他达成合作。他只剩下《一剪梅》了，无论如何要给它找个好买家。他在等待中国悬疑片导演第一人顾正辉的赏识。如果顾正辉能拍《一剪梅》，无论是小说销量还是他个人的影响力，亦或是他的财富，都会呈指数级的增长，甚至这部电影还可能成为中国悬疑电影的里程碑。

“呃……”高行知端起茶杯，呷了一口，瞟了一眼窗外。

萧枫刚走进来。他穿着黑色 T 恤，米灰色大短裤，双手插在裤兜里，趿拉着满是孔洞的凉拖，晃晃悠悠地步入办公室。今天他的衣服上写了一个大大的“忍”字。他有数不清的黑色 T 恤，它们的不同只在于上面的字，那些字会根据他的心情变换。周一是上班族最痛恨的日子，自然是“心上一把刀”，而周五就会出现“约吗”这样跳脱的字眼。

去年推理之神新人大赛的特等奖作品《杀手等等我》，在全国推理小说大赛中被评为一等奖。同名纸质书今年出版后，连续三个月位列畅销书榜单，销量突破百万册，被影视公司高价买走影视版权。

《杀手等等我》的初审编辑是萧枫。原稿文字粗糙，人物塑造也有欠缺，但故事颇有新意。萧枫看中后，给作者提出修改意见，没想到修改后的小说成为爆款。

因为能力出众，工作不到一年，萧枫就被提拔为内容总监。

萧枫见老板看着他，没有一丝慌乱，他朝高行知点点头，钻进自己的格子间。他刚坐下，就有小跟班凑过去和他嘀嘀咕咕。

冯碧见高行知一直凝视窗外，知他心有所系，忙起身告辞。

萧枫打开电脑，不久就开始敲击键盘。半小时后，一篇洋洋洒洒的反击檄文发布了，很快跟帖云集。

高行知松了一口气。

他从座椅上起身，走到书柜前，柜子里是一水儿的小说选、诗词集，只有两本是他的。

他总共出过两本书。一本是《西江月》和《青玉案》的合集，因为都是中篇，合在一起出。还有一本是小长篇《一剪梅》。两本加起来，不到 30 万字。

高行知看着自己仅有的两本书，叹了一口气，他何尝不想著作等身，毕竟没有一个写作者不想当名作家。可是，经营公司以来，他变成了商人，他的首要任务是赚钱，而不是写作。每天忙于琐事，如何静下心来写小说呢?何况，写的又是烧脑的推理长篇。

他毫无灵感。

鱼和熊掌，不可兼得。

高行知回到电脑前，看到网上两派攻击正酣，而我方势力渐长，心里悬着的石头悄悄落地。

正在这时，萧枫敲门进来，高行知赶紧起身，脸上展露亲切笑容。

“萧公子出手不凡，敌方偃旗息鼓了。辛苦辛苦，坐下喝杯茶。”高行知坐到沙发上，按了一下茶几上的煮水壶。

“谢老大。”萧枫说，“发帖人我查了，他在壹世界发了多年免费小说也没人看，心生嫉妒。”

“我有四年没出新作了，也难怪被人诟病。”

“我和其他读者一样，翘首以待老大作品。最近有创作想法吗？”

“唉！”高行知深深叹了口气，“我也想写啊，奈何俗务缠身，毫无灵感，开公司就要赚钱，应付各色人等。”

“也是，写小说需要大块儿安静时间。”

“你年轻又单身，时间充裕，有没有想过自己写推理小说?你看过那么多小说，鉴赏力也是一流的。”高行知边说边烫洗茶具。

“嘿嘿，美食家不一定要是大厨吧。”萧枫笑了，“我的文笔不行，我有自知之明。”

“可惜了。其实写推理小说，故事第一，文笔其次。如果有好故事，我们不妨合作一把。”

“我不是这块料，坐等老大新作。”

“羡慕你现在能安安静静做编辑，说实话，挺怀念以前在壹世界的日子，每天看小说，握有‘生杀大权’，还给钱，挺有成就感。”高行知感慨道。

“那时候，老大手中一定出过很多好小说，谁的小说能被老大看到，是他的福气。”

“哪里哪里。”高行知连忙摆手，“说实话，编辑部里，我最看好的是你。每次大赛，你挑出来的稿子，质量比其他人高一大截，有的编辑虽是科班出身，但过于看重文笔和细节描写，有的则过于看重单个诡计，对故事的主题和整体的逻辑框架把握不够。”

高行知说着，拨出一小撮茶叶，投入褐色的紫砂小壶，将沸水高冲入壶。

萧枫道：“英雄所见略同。初审编辑很重要，我也不希望有思想、有才华的新人被埋没，我能看的有限，要不，老大你开个总编直通邮箱吧。”

“什么意思？”

“老手文笔老到，但新人常有惊艳表现。能够发现新人，是我们平台的优势。许多新人，揣着才华不自知，或在别的地方受挫了，以为自己的东西不好。总编直通邮箱，鼓励宝藏新人直接和总编联系。你是最有鉴赏力的，知道哪些故事适合被写出来，哪些故事是陈词滥调。”

“这个想法有点意思。”高行知将壶中茶汤斟入白瓷品茗杯。

“谢谢。”萧枫用指尖在茶几上轻敲两下，接着道，“大赛虽说刚刚截稿，但我们可以给宝藏新人一个机会。他们可能早就写好了小说，但是不敢投，怕自己的作品不够好或者担心初审编辑有眼无珠。如果能把小说创意和总编沟通，得到总编首肯，就会投稿了。只是这样一来，你的工作量就大了。”

“这倒没什么，作为总编，发现作者也是我的职责。我也希望，能亲自发掘一批新锐作家。”高行知端起品茗杯，啜了一口。

“那太好了，我今天就发布。”

两人又聊了一会儿细则，规则定下后萧枫说马上去撰写通稿。

半小时后，“新人紧急入圈集结令”在网站、公众号、微博、抖音、视频号同时发布了。又过了半个小时，高行知沉寂多年的私人邮箱开始有了生机。来信中，有的吐槽没有伯乐发现，有的陈述自己的惊人诡计，有的全是吹捧之词，甚至还有的直接表达爱意……更多的，则是惴惴不安地附上自己的处女作，希望能够得到总编赏识。所有来信，高行知都一一展读，生怕错过有价值的，虽然多数矫情且毫无新意。

发现新人，就像沙里淘金，需要慧眼和时间。

当然，也不乏颇具兴味的，比如这篇，署名为“流浪的小行星”。

从《西江月》到《青玉案》再到《一剪梅》，您的每一篇小说我都读过多遍。翩若惊鸿、婉若游龙，文采端丽而意境谨明。将清雅的文字与严谨的推理相结合，或许您不是首创，但一定是做得最好的。从融诗词于破案线索，到运用诗意文字将股票交易中的K线图作为死亡遗言，您对诗词与推理的结合越来越炉火纯青了。您的作品绝不仅仅是通俗小说，更是纯文学作品的典范，不仅有严谨的构思、出人意料的诡计、文白夹杂的典雅语言，更有严肃的主题，入木三分的人性。

我也渴望，能写出这样的小说。

读到这里，高行知心里暗笑，这个小孩，蛮会拍马屁的嘛，还都说到点子上了。推理小说家大多是理工科出身，文笔不免粗糙，而高行知最得意的，就是自己的文笔。而且，内心深处，他也希望自己是纯文学作家，而不仅仅是推理小说家。推理，只是他吸引读者和实现表达的方式。

只是，我虽喜诗词，但只是略读一二。虽迷推理，也只是看了几本小说而已。而要写出一篇小说，何其难哉。小说是想象的产物，而想象，需要天分和安静。每天背着重重的书包上学，只有夜深人静时才能一个人躺在床上神游天外。

终于，迎来了悠长的假期。窗外，霭霭停云，蒙蒙时雨。在这静寄东轩、春醪独抚之际，思绪如杏花漫天飞舞。一个故事，也渐渐露了头。

只是，这个故事，我不知是否好看，也不知能否完成。我只知，暂且忠实地记录它，否则雁过无痕、风过无声。或许，在这个世界的另一端，它真实地发生着。

高行知心里微微一动，“霭霭停云，蒙蒙时雨”，“静寄东轩、春醪独抚”，他喃喃而语。多年前，在伦敦的乡间，她翩然而行，悠悠吟着这首诗。

他用力甩一甩头，将莫名的思绪赶走。居然知道陶渊明的《停云》，还说自己对诗词只是略知一二，看来是个有才华又不自信的年轻人，像是正在读书的学生妹，羞涩内向，不知道是读高中还是大学。

高行知想了想，回了邮件。

你的文笔很不错，希望尽快读到你的故事。顺便问一句，小行星在哪里流浪呢？银河系还是三体星系？

3 一份神秘保单

凌思远带着凌钰和顾星如回到家中。

在死亡面前，一切安慰都显得多余和轻飘。最深刻的痛，只有自己独自承受，时间是最好的朋友。凌思远不知该如何安抚顾星如，他默默打开蓝牙音箱，播放李志辉的《一花一世界》，温柔空灵的禅音在房间里漫溢开来，抚慰着伤痛者的灵魂。

凌思远的心情悲痛又愧疚。

两年前苗若风去他的工作室找他，说自己的女儿顾星如和凌思远的女儿凌钰是高中同学和好朋友，凌钰得知她需要心理咨询后，向她推荐了凌思远。

凌思远当时心头一热，虽然凌钰和他吵架后再也没有回过家，也没有理他，但她并没有忘记他这个父亲。

苗若风特殊的身份让凌思远对她产生亲切感，他认真耐心地为她做心理辅导，每次都会超出预定的辅导时间。苗若风当时的心理状况堪忧，她兼有抑郁和躁狂的症状，对世界和自身都怀有深深的恨意。她认为男人都是骗子，为了钱和利益接近她，发现她没有价值了就将她一脚踹开。顾正辉，无钱无名的穷北漂，看上她的才华和家里的背景，向她求婚，但羽翼丰满就自立门户后弃她而去。前男友谢宇飞，一个无法养活自己的网文作者，因为搭上她，成为代理她小说的出版社的正式编辑，但看她的书并不畅销，电影也不叫座，自己捞不到更多油水，就和她提出分手。

她更恨自己，姿色平庸却又喜欢英俊的男人，注定了只能靠别的东西吸引男人。家境不好了，才华耗尽了，她也没有男人爱了。

顾星如是她唯一的亲人，可是她也恨女儿，恨女儿对她的冷漠。50岁那年，她认识了谢宇飞，一年后他们在别墅同居。但顾星如只见过谢宇飞一面，并表示再也不想见他。同居两年后，她和谢宇飞分手，想找女儿倾诉，每次刚说几句，顾星如就很不耐烦，嘟着嘴走开，把自己关进房间，一关就是一整天。顾星如在英国念书，平日见不着，她盼望假期能和女儿一起出门旅行，但被坚决拒绝，她能看出女儿对她的厌烦和不满。

凌思远耐心倾听，一点点帮她建立对自己和他人的接纳与信任。她的心理状况渐渐有所改善，但同时，也出现了凌思远暗暗担心的事，苗若风喜欢上了他。

来访者恋上咨询师并不鲜见，因为咨询师处于主导位置，来访者是心理上的弱势方，来访者对咨询师容易产生依赖甚至依恋，更何况，凌思远又是稳重儒雅的优质单身男。苗若风，颜值平庸的颜控，再次陷入了爱的困局。

虽然凌思远对苗若风也有好感，但远未达到男女之爱。他知道苗若风性格偏激，继续为她治疗只会让她越陷越深，于是他委婉提出，苗若风的病情，更适合一位资深的女性专家为她疗愈，他列出这位女性咨询师的优秀业绩和种种荣誉。苗若风说好，自己会去找她。但凌思远后来从那位女同行那里了解到，她一次也没有去。

苗若风也没有找凌思远，而凌思远也不敢和她过多联系。逢年过节他们会互发微信问候，但都是礼貌用语，并没有更多的话。他没想到，她竟然会轻生。目前看她很可能是自尽，如果真是这样，他绝对不能原谅自己。如果继续为她治疗，或者即使不为她治疗，但一直关心她，哪怕只是聊聊天，也能开导一下她，她也不至于走上不归路。

凌思远从痛苦的思绪中挣脱出来，意识到此时不能过于悲伤，而应承担起责任，调查苗若风的死因，照顾好顾星如。他想起昨天收到保险公司寄过来的快递，里面有一份人寿保单，投保人苗若风，身故保险金受益人是顾星如，还有一份更新说明，表明受益人从顾正辉更新为顾星如。他打电话给苗若风，问为什么寄给他，苗若风说别墅虽大，但保险箱太小，放了原保单，没有地方放新保单了。当时他觉得有点莫名其妙，现在想来，苗若风会不会是预料到自己死期将至，有点交代后事的意味？

如果她是自杀，她应该在走之前告诉顾星如保单的事，没有必要大费周章将保单寄给他，难道是让他告诉顾星如？有点没道理。

如果她不是自杀呢？她寄保单和她的死亡之间并没有联系，只是时间巧合呢？

是否还有一种可能，她预料到自己的死亡，却又不是自杀呢？

凌思远想到这里，不禁打了个激灵，这将是一种怎样的诡异状况！

他暗暗告诉自己不可能，生活哪有这么可怕和复杂，但脑海中另一个声音不断响起：不，也许是真的，苗若风身为推理作家，设谜是她的能力，也是爱好。

女人哪，心思就是这么奇特而绵密，让人捉摸不透又想去琢磨。

苗若风的离世是他杀还是自杀？如果顾星如不知道保单的事，那第二和第三种可能性比较大，她不是自杀。

想到这，他问顾星如："你母亲买过一份人寿保险，受益人是你，你知道吗？"

"不知道啊，从来没有听妈妈说过。"

凌思远的心里"咯噔"一下，这和他不愿去考虑的情况不谋而合。他快速整理思路：她没有告诉顾星如保单，反而将它寄给他，是有深意的，一定不是单纯地要他保管而已。她大可放在家里的抽屉，不用放保险箱，纸质保险单，偷了也没用。她知道他原来教过犯罪心理学，还就小说里的侦查细节向他进行过求证。她知道他的敏感和专业，那么，她特意将新保单和更新说明寄给他，唯独遗漏了原保单，并且告诉他原保单还在保险箱，一定是有暗示的：她希望他尽快找到原保单，而不是让警方介入。如果她希望警方介入，她可以将原保单放在家里的抽屉或其他显眼的地方，这样警方很快就会发现：她立了一份受益人为顾正辉的保单。自己下午已经将这个消息告诉了郑炜，他们会很快落实保单的真实性，也会很快开始查找纸质原保单，留给自己的时间不多了。

到底原保单上有什么，要让苗若风如此费尽心机呢？一定是为了顾星如，而能够影响顾星如的，也只有顾正辉了。受益人为顾正辉的保单，内里一定有不寻常之处。

刹那间凌思远思虑万千，他定下策略，先不告诉警方，自己摸清情况再说。如果苗若风真的是被顾正辉毒杀，他当然毫不姑息，要向警方报告。

他翻出苗若风寄给他的新保单，将它递给顾星如，凌钰也凑上前看。

“这里还有一份更新说明，上面写着 5 月 30 日，受益人做了变更，从顾正辉更新为顾星如。原保单，也就是受益人为顾正辉的保单，在别墅保险箱，最好能早点过去拿一下，你有家里钥匙和保险箱的密码吗？”他问顾星如。

“我有。可是，为什么要去拿呢？”顾星如一脸困惑。

“我昨天收到你母亲寄的这份新保单，她说家里保险箱放了原保单，放不下新保单。这种说法令人感到蹊跷，又发生在她临死前，我想，也许不是巧合，原保单里或许藏有答案。”

“这样啊，可是……”顾星如的眼圈又红了，“我实在不想再回到那个地方。”

“我去吧。”凌钰说。

“嗯。”顾星如低下头，从背包里掏出钥匙，交给凌钰，又轻声告诉她保险箱密码和放置地点。她的声音绵软无力。

“先回房休息吧。”凌钰关切地说。顾星如点点头，凌钰扶着她进了自己的房间。

凌钰看顾星如睡下后，从自己房间走出来，凌思远叫她来书房。

凌钰挨着书房门，却不进去，贴着门边站着。

“过来坐吧。”凌思远说。

凌钰垂着头走到书桌旁，并未坐下。

“你什么时候回国的？现在住哪里？我去年找你，发现你手机号换了，后来通过苗若风联系到顾星如，才知道你去英国读书了。你在英国过得好吗？”三年没有见女儿，终于可以单独面对她，凌思远有太多问题想问。

“前天回国的，现在住朋友的房子。”凌钰淡淡道。

“回来住吧。”

“我很好，朋友那里住着挺好。”凌钰说。

“男朋友吗？”凌思远问。

“不是。”凌钰白了他一眼。

凌思远一时也不知道该说什么，尴尬了几秒钟，蓦地想到该说说查找保单的事。

“你准备什么时候去拿保单？”

“明天一大早。”

“好，早点去，晚了会被人看到。不要从正门进，房子后院的灌木丛中间有缺口，可以通过一个人，那里可以避开小区监控。对了，还要全程戴手套，我这里有。”凌思远从书柜的抽屉里拿出一双轻薄的白手套、几只密封塑料袋、几个瓶瓶罐罐，说，“找到保险合同后不要动，用塑料袋封起来，拿回来提取指纹，其他不能带走的，可以用这个刷指纹。”

他正准备打开其中的一个瓶子，说明如何提取指纹，凌钰淡淡道：“不用说了，这些我都会。”

凌思远愕然道：“你怎么知道的？”

凌钰一件件拾起桌上的侦查工具，闲闲地说：“你不让我考刑侦，我自己学的呗。”

凌思远愣住了，还想说什么，凌钰一闪身出了门。

凌思远叹了一口气，三年了，女儿对自己还有怨念。

4 会推理的女演员

高行知浏览邮件，阅读小说，不知不觉天已经黑了，坐在大厅的同事都走了。他叫了外卖，在公司继续干活。10点，他关闭电脑，结束一天的工作，步行回家。

公司离他的住所不远，步行二十多分钟。经过名叫“爱情海”的酒吧的时候，他想起和一个女孩的约定，于是走了进去。

酒吧里人头攒动，他在人群中搜索她的身影，视线扫了几圈，都没有捕捉到她。他在吧台附近找了位子坐下，点上一杯啤酒，边饮边寻。

昨天，是他第一次来这里。

昨晚，他照例在公司加班，萧枫力邀他去酒吧喝酒，说要庆祝六一儿童节。高行知平日极少去酒吧，闲暇时间不是在公司加班，就是跑步或健身。他想着，酒吧虽不是他这种中年大叔该去的地方，不过借着儿童节的由头，和 95 后一起感受下青春的气息，也是不错的体验。

和萧枫喝酒，不是第一次，但多是吃饭时喝，两个大男人去酒吧，还是第一次。

酒吧在一栋老旧高层居民楼的一楼，从公司步行过去，只要十分钟。

这里是 00 后的天地。因为附近有深城大学，很多学生会过来玩。

酒吧的装修简单而独特，工业风的铁艺桌椅，漫不经心散落在幽暗的空间。灯光暗淡紧致，金属质地的墙壁，泛着幽邃的光，令人兴奋得快要抑郁的后摇音乐猛烈敲打着心脏。

望着一张张年轻兴奋的脸，高行知禁不住感慨自己老了。十几年前，他何尝不是意气风发，读了本科读硕士，读了硕士还想读博士，一心想当大学教授，以为命运可以掌握在自己手中。奈何一场意外，让他的梦想破灭，匆匆逃往深城。命运无常，可失之东隅何尝不可以收之桑榆？没想到来深城，改变了他的人生轨迹。虽说在这个繁华都市过着清贫生活，可他的起点高了，他看到了更广阔高远的世界，他依然怀揣梦想。

“帅哥，要点什么？”清脆的女声打断了他的回想。

他抬眼，一位白衣红裙的女孩站在身边。乌黑垂顺的长发，素淡白皙的脸庞，眼睛黑亮，像猫一样机警灵动。和其他璀璨斑斓的酒吧女郎不一样，她没有化妆，且着长袖衣服。

“先要两扎招牌鲜酿啤酒，还有芥末黄瓜。”萧枫说。

“好的，稍等。”酒吧女郎应着，看了高行知一眼，离开了。高行知望着她的背影，她黑亮的头发宛若绸缎淌在肩上，纤细的身影在灯红酒绿中灵动穿梭。他的脑海中冒出一句诗：“冰雪林中著此身，不同桃李混芳尘。”

“有什么发现吗？”萧枫问。

“都是小朋友，我肯定是年龄最大的。”高行知的眼睛瞥过四周，然后将头转回来，漫不经心道。

“这里酒水便宜，来的大多是学生，不过学生中不乏富二代，很多漂亮妹子过来钓金龟婿，住在附近的富二代也有不少闻风而来的。老大小心被钓哦。”萧枫笑道。

“那她们要后悔看走眼了。”高行知也笑了，“不开玩笑了，有谜语吗？”

这几乎成了他们俩“接头”的暗号，也是他们之间的秘密游戏。只要高行知和萧枫单独出来玩，他总要萧枫考他推理问题，或是侦探小常识，或是推理诡计。

“丈夫死在家里，死因是吃了带毒的鲷鱼烧。给他制作烧饼的妻子是嫌疑人，但妻子说烧饼无毒，因为她也吃了。有目击证人隔着窗户看到，妻子给丈夫端上烧饼，妻子先吃了一块，然后递给丈夫，丈夫也夹了一块吃了。烧饼的剩余部分检测无毒。第一个问题，凶手是谁？”

“凶手是妻子吧，这个不难。”高行知说。

“真相往往就是这么直白浅显。”酒吧女孩将两扎啤酒放在桌子上，酷酷道。

“关键是第二个问题，丈夫是如何被毒死的。”萧枫瞅了一眼酒吧女孩，转向高行知。

“妻子吃了没事，丈夫吃了中毒。难道可以把毒物抹在烧饼的某个地方？”高行知道。

“对。提示一下，烧饼做成鲷鱼的形状，头大尾巴小。”萧枫说。

“丈夫吃了尾巴？”

“是的。”

“但妻子如何知道丈夫会吃尾巴呢？”

“不了解丈夫的女人还怎么下手呢？”酒吧女孩站在一旁，眨巴着眼睛。

“那你说说到底怎么回事？”高行知扬起眉头。

“鲷鱼烧头大，馅都在头部。丈夫是绅士，在家做的鲷鱼烧，都只吃尾巴。妻子先拿筷子在头部夹了一口吃下去，暗示丈夫没毒，丈夫随即夹起尾部吃了。目击者远看并不知道是鲷鱼烧，她以为只是普通烧饼。”女孩慢条斯理地说。

“原来是这样，长知识了。”高行知笑着说。

“日剧里都有啦。”女孩轻笑一声，深深看了他一眼，转身走了。

高行知的心浅浅地动一下，女孩闪烁的眸子，似别有含义。他的猜测没错，中途萧枫上洗手间的时候，女孩在他对面坐下来，问：“你也喜欢推理吗？”

“是的，我喜欢看推理小说，你呢？”

“我也喜欢看，我还要演悬疑电影呢。”女孩漆黑的眸子在幽暗的环境里熠熠闪光。

“是哪部电影？”

“《罂粟花》，顾正辉导演的新片。我演酒吧女，只有一句台词，就是我之前对你说的，您要点什么？”说完，她呵呵笑了，露出一排洁白的牙齿。

高行知也笑了：“那你来酒吧是为了体验生活，为新戏做准备？”

“对啊，我在深城大学表演系念四年级，马上毕业了。”

“不简单，顾导电影里的任何一个露脸演员，今后都有大导演约戏。”

“也是运气和机遇。你明天过来吧，我给你出谜语。”

“好。”高行知应道。

“一言为定！”女孩说着，往远处瞟了一眼，萧枫正朝这边走过来。她朝高行知挤挤眼，“明儿见，保密哦。”说完嫣然一笑，飘然而去。

高行知想到这，又开始四处张望。忽然，他看见一个熟悉的身影闪进酒吧，白衣红裙，是她！不过头发变成金色了，他差点没敢认。她走到吧台里面，卸下双肩包，开始忙活。他朝她扬手，她点点头，朝他走过来。

“您要点什么？”她努力牵了牵嘴角，挤出一丝笑容。

“来一扎经典黑啤。”

不一会儿，她将扎啤放在桌子上，坐到他对面。她一脸倦意，不似昨夜那么明媚爽利。

“今天来晚了，学校有事儿？”

“嗯嗯，快期末了，有些作业要赶。”她眉头微蹙。

“昨天你说给我出谜语，准备好了吗？”他微笑道。

“我想想。”她托腮凝思，“要不来个死亡遗言吧。死者死在密室，他的头部被撞击，手里拿着纸和笔，但笔盖没有打开，纸上也是空白。请问死者想表达什么？”

“拿了纸和笔却不写死亡信息，因为没看清或者没力气写？”

“若他不想写什么，完全可以不拿纸和笔在手上，他还是希望有所表达。”

高行知皱眉沉思，道：“想表达又不写，是担心写了没用，怕被人毁掉？”

“对的，继续说。”女孩鼓励道。

“因为凶手会是第一个发现尸体的人？”高行知说。

“不错嘛。”女孩夸道，又问，“你写推理小说吗？”

“推理之神你看吗？”

“看过几篇，漏洞很多，喜欢做无意义的强行反转。”女孩撇撇嘴道。

“哦？可以听听你对本土推理小说的看法吗？”

“推理小说首先是小说，正如女人首先是人。小说是虚构的，但又要让人相信它的真实存在，这就需要小说虚构世界的自洽。如今太多推理小说，为了追求新奇意外，无视基本逻辑和常识，人物没有灵魂，行为动机牵强，沦为强行反转的工具，这是本末倒置。”

“说得太好了！这也是我的看法。”高行知称赞道，接着说，“不过你说的这种状况，并非国内推理小说界独有，世界推理小说都存在这种问题，所以才需要推理小说不断推陈出新，既保留推理小说设谜解谜的趣味，又能创造出复杂鲜活的人物，还要传递一定的思想，给人启迪。”

“这，很难吧。作家的能力有边界，如擅长逻辑演绎，却未必能写出生动传神的人物形象。”

“你说得太对了，有的推理作家在诡计设计方面有欠缺，但是人物塑造很出彩。”

“任何小说，人物都是最重要的，创作出鲜活的人物，就已经成功了一大半。”

高行知忽而有一种茫茫人海、幸遇知音的感觉。

“《一剪梅》你看过吗？”他问。

“没有呢，我不怎么看国内的推理小说。”

“哦？那你喜欢看哪些作家的？”

“日本的多些。”女孩说。

“国内的推理小说和日本相比确实还有差距，不过我相信未来全球的推理小说中心会移师中国。推理小说的繁荣是国民经济发展的正向指标，只有当民众有钱有闲了，才会去享受以设谜解谜为核心的推理小说的阅读快感，并以和虚构的侦探的智力较量为乐事。”

“我倒觉得，人们喜爱推理小说，是因为推理小说符合人类的本性。人类喜好窥视，它有一个高大上的名字——好奇心，也有一个庸俗化的说法——窥视欲，你也可以叫它八卦。”

“哈哈，有道理。”高行知笑道，“与窥视欲并存的，还有另一种本性，叫做控制。你看到了一切，自然希望洞悉一切，控制一切。可是窥视和控制都是有限度的。一边是规则难逾，一边是本性难移。怎么办？看推理小说是性价比高的选择。”

“对咯。”女孩也笑了，“解说到位，站得高看得远，你很像推理作家呀。”

“我是推理之神的总编，《一剪梅》是我写的。”

“你就是绣春刀？”女孩的眼睛一亮，“怪不得你对推理小说如此有见解，不好意思，刚才班门弄斧，你可别放在心上。”

“你说得很好。《一剪梅》你有空可以看看，也许看了之后，你对本土推理小说的印象会略有改观。”

“回头我一定认真拜读。有件事好奇一下，我从未看到作者专访，是有意为之吗？”女孩调皮地笑笑。

“被你看出来了。”高行知微微一笑，“作家要保持神秘感。所有的公开报道，既没有我的照片，也没有出现过我的本名。不过，有介绍我是推理之神的创始人和总编，推理之神的公司股东里有我的本名，细心的读者才会发现。”

"难怪呢。"

"能请教你的名字吗？"

女孩浅浅一笑，轻声道："林玉。"

"玉带林中挂，与林黛玉只一字之差，好名字。"

"我先忙会儿，你慢慢喝。"

没多久，女孩托着两杯扎啤走过来，"我请你。"她将一杯扎啤放在他面前，语气豪迈。

"这怎么敢当，多谢！下杯我请你。"高行知忙道。

"能请大作家喝酒是我的福气。"

"能和大明星喝酒才是我的福气。"

"哎，就一句台词，哪里是大明星。"

"你的师姐夏菲菲第一次在顾导的电影露脸，还没有台词呢。恭喜明日之星！"高行知举起啤酒杯。

"谢谢大作家。"她也端起杯子，"这个角色就是菲菲姐推荐的。"

"祝贺未来的辉姑娘。"高行知欣然饮了一大口。

所谓"辉姑娘"，就是顾正辉捧红的新人。他喜欢用有潜质的新人，只要能在他的电影中露脸，以后的星途都不可限量。夏菲菲读大二的时候，在顾正辉的电影中饰演了一个小角色，之后又演了几部，从末流配角到女二再到女一。去年上映的《秘藏追踪》票房 30 亿，跻身国内悬疑片前三，更是将夏菲菲从二线直接推到一线。她还因此片获得国内电影节最佳女主角，成为既有票房号召力又有表演实力的新生代花旦。

对正在筹拍的科幻悬疑剧情片《罂粟花》，顾正辉更是下了血本，仅制作投资就 5 个亿，剧本是大 IP，特效邀请美国一流团队，演员都是国内一线明星，能在这样一部大片中露脸，实属不易。

"你和夏菲菲经常见面？"高行知问。

"算不上，几个月见一次吧，师姐是大明星，忙得很，经常不在深城，微信多些。上个月我们去了科技公园的一家书吧，刚开业，人很少。"她将手机递给高行知。

高行知接过手机，照片里她和夏菲菲坐在户外的长椅上，擎着手中的奶茶玩自拍，夏菲菲戴着大墨镜。往后翻了几张，都是两人的各种自拍。

“难得大明星有这种兴致。”他将手机递还给她。

“明星更渴望有普通人的闲情逸致。大作家慢点喝，我得先忙会儿，主管向我示意了。”她轻轻拍了拍高行知的肩膀，转身离开。之后她趁着工作间隙，时不时跑过来陪他聊几句。

他又叫了一杯，许是酒不醉人人自醉，喝完不胜酒力，头重脚轻，眼皮子开始打架。她走过来，体贴地询问，他的舌头有点打卷，费力说出了地址。她将他搀扶上出租车。

下了车，她又扶他进了电梯。到了门口，她帮他掏出钥匙开了门。进门后，他实在憋不住了，急急对她说：“我去下卫生间。”说完踉踉跄跄朝里间走。

几分钟后，他从卫生间出来，见她杵在屋子中央，木然直立，仿佛刚从哪里跳到那个位置，神情古怪莫名。

她瞟了他一眼，快步朝门口走去。

门口传来“砰”的声音。

他似乎有点回了神，“她生气了吗？她怎么会在这儿？”他的心里一阵懊恼，同时一种如梦似幻的感觉倏然袭上心头，他一头倒在沙发上，在晕乎乎的醉意里酣然睡去。

第二章　第二天

1 不在场证明

凌晨，凌钰又做了那个噩梦。

硕大的血蝴蝶在空中飞舞，逐渐分崩离析，变成猩红的碎片在晦暗的天空来回飘荡，那些碎片转瞬之间又变成坚硬的铁片，像箭雨一样快速密集地向她扫射，她用双手拼命阻挡。那些箭划过她的手、她的脸，她拼命喊救命，飞速往下掉。快要落地的时候，她挣醒了，一身冷汗。醒来后她很想哭，但是忍住了。

多年来，她一直做着同一个梦，尤其是在每年6月。

她正暗自神伤，手机闹铃响了，她像得了军令，匆忙挥走伤感思绪，三下五除二套上衣服，收拾齐整，迎着清晨的第一缕微光出发了。

凌钰到了汀洲别墅。昨天下午她在现场的时候，悄悄观察了房屋周边，包括后院灌木丛的缺口和外面的小马路。

她戴上手套，套上鞋套，找到灌木丛中的缝隙，钻了进去，穿过凤尾竹，到达后院。在后院的一侧，也是客厅边上，有一个小门。她拿出钥匙，开了小门，进了客厅。

凌钰直奔二楼主卧，星如说保险箱在二楼主卧衣柜里面。她打开落地大衣柜，拉开最下面的大抽屉，里面空空如也。她蹲下来探身观察，发现抽屉底部有一圈淡淡的灰迹，显然密码箱被搬走了，而且时隔不长。

会在哪里呢？凌钰把二楼所有的柜子，包括衣柜、书柜都查找了一遍，无果。她下到一楼客厅，走进西侧的卧室，这是星如的房间，但她很久没有在这里住了。凌钰的目光落在床上，床单一看就是新的，她俯身密嗅，有一股清新的洗涤剂味道，像是刚洗过的。

她灵机一动，抬起床板，下面是床框围起来的空间，里面放着相框、棉被等杂物，还有——保险箱！一个一尺见方的小保险箱，安静地躺在角落。凌钰小心翼翼捧起它，轻轻放在桌子上。她从包里拿出小瓶子，将里面的粉末轻轻撒在密码箱表面，静置片刻之后，用一个小刷子在上面轻轻刷扫，果然有指纹！她拿出手机拍下指纹。

输入密码后，“咔嚓”一声，箱门开了，她拉开箱门，一份文件掉落在地，像是在笼子里关了许久的鸟，迫不及待地破门而出。她拾起文件，封面写着：人身保险合同。

她赶紧翻开，迅速扫视，一眼就看到了受益人的名字：顾正辉。

她将保单装进塑料袋，拉上封扣，放进背包。然后，返回二楼，在主卧和洗手间的桌子、洗手台等地方提取到了指纹，和保险箱上的指纹比对，是一致的。她在各个房间尤其是客厅又仔细查看了一番，再无所获，看看天已大亮，决定撤退。

凌钰打车直奔市区的云峰公寓。她准备去会会顾正辉，希望拿到他的指纹。这么早，他应该还在家里。

可是，如何进去呢？虽然从星如那里获知顾正辉的房号，但冒冒失失地打对讲，顾正辉未必会让她上去。

她沿着公寓大楼走了一圈，发现大楼正门旁边有一个独立房间，相当于岗亭加监控室，桌子上有一排监控设备，一个穿白衬衣的保安正低头看书。那不是沐小白吗！凌钰心中暗喜。

沐小白不是他的真名，是凌钰在心里给他起的名字。她只知道他姓沐，这个姓很少见，所以她记住了。他喜欢穿白衬衣，人也白净清瘦，上班的时候经常捧本书，不像保安，倒像写字楼里的白领文青。他曾经在云山花园做保安，云山花园和云峰公寓都是本城大地产商云华集团开发的，物业管理也由云华集团的物业管理公司提供，保安时常在云华集团的住宅楼之间流动。

顾星如说沐小白是苗若风的死忠粉，这是凌钰记住他的又一个原因。苗若风所有的书他都会买，所有的电影他都会看，所有的发布会、交流会他都会参加，自然，和苗若风合影以及索要签名也是少不了的。凌钰去过云山花园几次，在进出小区大门的时候瞄过他几眼，但他应该不会记得她，他们没有说过话。

可以冒充顾星如，先找他了解些情况，然后让他把自己放进公寓，到了顾正辉的门口狠命敲门，不怕他不开门。她这样想着，从背包里掏出金黄发套戴在头上。她的发套都是顾星如的，顾星如是发套狂人，有数不清的假发，各种颜色和款式。星如尤其钟情金色发套，即便这种颜色已经过时。她也有黑色发套，很少用，丢给凌钰。昨天晚上她问凌钰能不能把黑色发套给她，凌钰说当然可以，本来就是你的。她理解星如此时的心情需要黑色，星如又将自己的金色发套给了凌钰。

戴上金色发套的女孩似乎都一个模样，像洋娃娃。凌钰又戴上墨镜，把头发弄乱，遮住半边脸，她的身高和顾星如相似，长相虽有不同，但有假发的干扰，足以让人误会。

凌钰深吸一口气，走进监控室，拍了拍沐小白的肩膀。沐小白扭过头，一脸惊讶，夹着一丝欣喜："你怎么来了？"

凌钰窃喜，成功了。她瞄了一眼沐小白，这是她第一次近距离看他。他三十出头，长相普通，白净的脸上有几颗雀斑，细长的眼睛。

"顾正辉今天出去了吗？"凌钰问。

"我看看。"他放下书，操作键盘翻看视频，"还没有。"

"你今天怎么有空过来，好久没见你了。"沐小白说。

"我去英国读书了，你什么时候调到这边来的？"

"有三四年了，我走之前，也很少看到苗老师去云山，听说她买了别墅，经常住别墅那边。她还好吗？最近几年没看她出新书了。"

凌钰低下头，声音沉痛低缓："她……昨天走了。"

"啊！"沐小白大声惊呼，张大嘴巴，"你是说，她……去世了？"

凌钰点头。

沐小白眼圈红了，他忍住泪水，嘴里连连说："不可能，怎么会这样呢，她怎么走的？"

"因病去世，她的身体一直不太好。"

“不会吧。昨天上午苗老师还和我联系呢，一点儿都看不出来她有病啊。而且，她还待在家里，如果病重的话，不是应该在医院吗？”

“我母亲昨天上午和你联系过？”凌钰惊诧道。

“是啊。她知道我调到这边来了，有时候会问问顾导的情况，她心里还是放不下你爸啊。”

“她找你问我爸的情况？”凌钰的眼睛睁得溜圆，还好有墨镜的遮挡，沐小白看不真切她的表情。

“唉，也就是问问顾导的出行了，找我还能问到啥，她知道我在监控室。”沐小白叹了气，接着道，“昨天上午 10 点，苗老师问我顾导出门了没有，我说没有。苗老师说顾导出门就告诉她，我说好。快 10 点半的时候，她又问了一次，我还是说没有。从监控里看，顾导前天晚上回家后，一直到昨天中午才出门。”

“昨天中午几点出门的？”

“1 点多。”

“你是从电梯还是走廊看到他出门的？”

“电梯。住我们这栋楼的非富即贵，他们都不希望自己的隐私被拍，走廊原来是准备安装摄像头的，遭到很多业主反对，就没有装。”

怪不得顾正辉选了低楼层，这样出入房间可以不用坐电梯。

“我母亲给你发的信息可以给我看看吗？我想留个纪念。”

“当然可以。”沐小白掏出手机，翻出微信，递给凌钰。凌钰扫了最近几条后，迅疾上翻，上一次留言也是问顾正辉出门了没有，时间是今年 3 月，再上一次，是去年 9 月，再上一次是去年 2 月。再往上就没有联系了。苗若风每次都是询问顾正辉出门了没有，而每一次沐小白的答复都是出门了，除了昨天的这次。

凌钰背过身，掏出自己的手机飞速拍下微信内容，转身交给沐小白。“真是太感谢了，我才知道我妈如此记挂着我爸。”

“不用客气。她一个大作家，能这么信任我，我感到荣幸，能为她做点小事，我也高兴。”他略带腼腆地说，旋即又关心地问，“能告诉我她得了什么病吗？我真不敢相信她会生病。”

“心肌梗死。”凌钰只好编了一个猝死病名，“不过你可不要对外说，那些自媒体正愁没东西写呢。还有，我母亲给你发的信息，也不要对外说，警察也不要说。”

“这个自然，苗老师这么信任我，我不会对外人说的。昨天晚上警察还过来查监控呢，也没说什么原因，现在看来，是看顾导的出行时间了。”

“谢谢你。”凌钰正说着，手机闪了一下，是凌思远的微信：东西拿到了吗？拿到了我约他，你赶紧来工作室。

“你今天是来找顾导的吧？”沐小白说。

“是的，不过律师刚刚找我有急事，我得走了，回头再找他。”凌钰编了个谎，又叮嘱了几句，离开了监控室。

凌钰走到无人的地方，给凌思远拨了电话。

“我拿到保单了，果然就在保险箱。”凌钰说。

“太好了，你马上来工作室，我现在给顾正辉打电话，约他下午 2 点来工作室。我们先做些准备工作。”

“星如怎么样了，她还在家里吗？”

“早上我给她做了心理辅导，她的情绪平稳了些，说有很多事要处理，律师和出版社的人都在找她，我让律师过来把她接走了。”

“那就好。”知道有人陪着星如，凌钰心下稍安。

放下电话，凌钰赶到凌思远在市区的工作室，她以前来过一次。这是一套三室一厅的房子，客厅小，房间大，正合凌思远所需。三间房，一间大的，作咨询室；一间小的，放了一张小床，可以临时休息；另一间小房，给助理办公。客厅是接待室。凌思远今天给助理放了假。

凌钰将装有保单的塑料袋交给凌思远，凌思远戴上手套，用工具小心翼翼提取了指纹，指纹显现后，凌钰拍了下来。凌思远拿起放大镜，对着合同观看，说：“纸张上的指纹不好提取，但这份保单上的指纹却相对清晰，因为手指有汗。”他搁下放大镜道，“怪不得昨天别墅会人为停电，难道是为了留下指纹？”

“苗阿姨希望这个人在保单上留下清晰指纹。”凌钰说，“但这枚指纹和保险箱上的不一样，保险箱上的指纹和苗阿姨卧室及洗手间的指纹是一致的，保险箱是她挪动的。”

“保险箱挪动是怎么回事？你说说早上的发现。”凌思远说。

凌钰一五一十将早上去别墅看到的情形和上午在云峰公寓保安那里获取的信息一一道来。凌思远认真倾听，偶尔插话问一下，他的眼中流露出惊讶和赞许，他没想到女儿这么沉着老练。

凌钰讲完后，他问道：“苗若风和保安的微信对话，除了询问顾正辉的行踪，还有其他吗？”

“没有。除了询问顾正辉行踪，她没有给保安主动发过信息。保安也只是在她询问之后寒暄两句。”

“以苗若风的清高，她不会轻易给保安发微信，只在有需要的时候发。这种需要，就是当她邀请了顾之后，为了确认顾的到达时间，询问保安顾是否出门。苗询问的时间，应该晚于理论上顾的出发时间。顾从公寓到苗的别墅，坐的士 35 到 50 分钟，上午 10 点之后比较畅通，差不多 35 分钟。苗如果约了顾 10 点半见面，顾要准时到达，必须在 9 点 55 分之前出发，所以苗在 10 点第一次询问顾是否出发。如果苗和顾的约定时间是 10 点 20 分或者更早，苗应该更早询问，比如 9 点 45 分或 9 点 50 分。她发出询问应该理论上是在顾离开时间后的 5 到 10 分钟，既留出时间差，也不会隔太久。”

“前几次苗阿姨问顾是否出门，都只是询问一次，这次问了两次，10 点 27 分的时候又问了一次。”

“这次询问特别意味深长。10 点时，保安说没有看到顾下楼，苗对此有两种判断：一、她认为顾还没有出发，此时她可能继续等，过段时间再询问保安；二、她意识到顾可能走楼梯出门，此时她也会继续等。不论苗是何种心理，她都选择了继续等，却在快 10 点半的时候给保安发微信询问，但这次询问不是为了确认顾是否出门。理由有三点：第一，苗已经和保安打好招呼，看到顾出发就告诉她，完全没必要为了确认顾是否出门而再次询问；第二，苗和顾约的 10 点半，如果顾 10 点半之后没有到，苗有可能再次询问保安，但 10 点半之前，苗没有必要问；第三，苗对保安的询问只会在非常必需的时候发出，但苗居然在 10 点半之前就迫不及待再次发问，原因只有一个——她看到顾从后院进来了。这时保安却依然回答没看到。苗这次询问不是为了确认顾是否出门，而是确认顾是否走楼梯。”

“苗阿姨为什么这么看重顾是否走楼梯呢？以前顾都是坐电梯，这次为什么走楼梯？是为了掩人耳目？”

“有这种可能。如果顾对苗有不可告人的目的，肯定会提前做好准备，他会提前做好不在场证明。虽然宅家的不在场证明比较拙劣，但总比让人看到他出门又说不出去哪里强。你去网上搜搜，这三个月顾正辉和苗若风之间的互动。”

“我刚查了。苗阿姨的微博发布频率很低，几条都是关于新小说的，和顾正辉没有互动。顾正辉的微博都由工作室打理，基本都是关于工作的，这几个月他在筹拍新片《罂粟花》。从网上看不出二人有交集。”

“这也在意料之中。对了，郑炜上午打来电话，说了茶渣检测结果。花茶杯子的茶水里有砒霜，铁观音茶渣没有毒。我们看看顾正辉下午说些什么再来分析吧。下午我们这样行事。”

凌思远随后和凌钰详细交代了一番。

2 屋漏偏逢连夜雨

上午，高行知正在看邮件，手机响了，他一看是表弟姜小斌，心里一紧，接起电话。

“哥，大姑的病急性发作了，县医院说治不了，昨天转到省医院了。”

“啊？什么时候急变的？”高行知心里一阵抽搐，他知道，母亲终究逃不过这一天。母亲患慢性粒细胞白血病七年了，这七年，一直用药维持。

“几天前大姑发烧，脾肿大，县医院说从慢性期进入加速期了，要我们赶紧去省医院治疗。”

“省医院的医生怎么说？”

“医生说可能要做骨髓移植手术，先检查，再化疗，同时进行配型，配型成功的话可以做手术。”

“手术之后多长时间可以好？”

“手术之后的护理很重要。如果术后恢复得好，可以先出院，再定期复查，快的话半年可以恢复正常。”

“费用多少？”

“医生说化疗费用在5万到10万，骨髓移植手术30万起，不过术后费用可能比手术费用还高，考虑到患者年龄较大，担心出现排异反应。如果出现并发症，治疗费用会比较高，抗感染药大多自费，而且价格不低。术后恢复的时间因人而异。医生说，白血病农村医保报销比例不高，最好能准备五六十万。不过这是整体预估费用，可以先准备一部分。”

高行知倒吸了一口凉气，定了定神，说：“我马上想办法，这两天先汇一部分，钱准备好了我就回去，一直以来辛苦你们照顾了。”

“一家人不说两家话。哥工作忙我们都知道，公司那么多事。哥放心，有我和我爸妈还有小姑照顾，哥只管忙自己的事。”

高行知说了许多感激之语，挂了电话。

化疗加手术和术后护理，一共50万，到哪里去搞啊？

高行知打开手机银行软件，只有两千元，离发工资还有几天。每个月一发工资，第一件事，是给母亲汇款；第二件事，是交房租和信用卡消费还款。靠着省吃俭用，他有了一些存款，为了生钱，不可免俗地像多数深城人一样，加入到炒股大军，半年即折损过半。面对日渐缩水的市值，他决心斩仓，交给“专业人士”管理，买了公募股票型基金，没想到又被套住了。他轻易不敢打开软件，害怕看到那个令人心惊肉跳的数字。

此时，他不得已登录基金账户，发现基金市值只有3万元了，他忍痛点了赎回。

外人不会相信，知名作家，著名新媒体创始人，在深城奋斗近十年的高行知，会为了几十万元，想破脑壳，束手无策。

怎么会混到这一步的呢？高行知深深慨叹。

研究生毕业后，高行知来到深城。文学网站编辑的收入不高，还要给母亲治病，根本攒不下钱。作为新人作品，《西江月》和《青玉案》能出版实属难得。纸质书，若非经典常销书、著名作家作品或者爆款畅销书，出版册数在五位数已是不易，与之对应的版税也只有五位数。普通小说的畅销，主要靠影视剧的带动，而根据《西江月》和《青玉案》改编的电影上映后，反应平平，甚至连骂声都没有，对原著的销量根本没有拉动。

两部小说影视改编权的费用，拿到手的，合计不到七位数，老家盖房、母亲治病、公司运营，用得干干净净。这几年公司一直处在积累期，他的收入只有公司发的工资。

七年前，高行知母亲姜凤萍检查出慢性粒细胞白血病，一直用药维持。农村的医疗保险只能报销一部分，平均每个月药费近万元，加上其他开支，他每月要给母亲汇一万多，而他能到手的月工资只有两万多，给母亲汇款后，除去房租和各种开支，几乎没有留存。

屋漏偏逢连夜雨。

高行知正盘点着自己屈指可数的资金，微信电话响了，是郭杰。

郭杰是他在壹世界的同事，也是他在深城唯一的朋友，虽然郭杰早已离开深城。高行知刚到深城的时候，在一家新媒体公司做文案。公司小，薪资低，但工作量很大。一年后，他跳槽到了壹世界。这是国内排名靠前的原创文学平台，工作量依然很大，但收入翻了一倍，他很满足，每天早进晚出，兢兢业业。他的话不多，除了和领导、同事必要的沟通，就是埋首工作，或是一个人眉头紧锁，呆呆地想心事。没有人注意他，他只是流水线上的一颗螺丝钉。

除了郭杰。

郭杰和他一个部门，和他同龄，也是单身。不同的是，郭杰思维活跃，性格外向，爱玩也会玩。同部门的大多数同事是女的，几个男同事都结婚了，所以当郭杰看到年轻单身的高行知进来，眼睛立马亮了。以郭杰的活泼，纵使高行知是木讷的“社恐”，也被他的热情带动。他们聊天、喝酒、踢球，他们一起看展、爬山、玩剧本杀。跟着郭杰，高行知开始了解深城，也喜欢上了深城，他的眉头渐渐舒展，他的笑容也多起来。

高行知最喜欢的，是和郭杰一起玩故事接龙。由于文字功底好，也由于工作环境和性质，高行知暗自揣着作家梦，但他不敢说，也不知道自己能写什么。在壹世界工作的第二年，他和郭杰都被分到推理频道，每天看推理小说来稿，他逐渐对推理小说产生了兴趣。他们经常在一起讨论，讨论完了，自己也跃跃欲试。他们开始玩即兴讲故事的游戏，一个人起头，另一个人顺着往下讲，讲一段后，前一个人再接着往下编，往往情节的走向让他们始料不及，既荒诞又有趣。高行知忍俊不禁的同时，也有种醍醐灌顶的畅快。郭杰知道他想写小说，鼓励他创作。高行知说，我能把故事接龙里的情节写进去吗？郭杰说，当然可以，如果能用上，我才开心呢。不得不说，他后来创作的《西江月》和《青玉案》，都借鉴了和郭杰一起玩的故事接龙里的创意。

郭杰不仅是他最好的玩伴，在他需要帮助的时候也会挺身而出。他们俩同时被调到推理频道，也是因为壹世界从那年开始推出推理小说大赛，以壹世界的江湖地位，来稿像雪片一样飞来，编辑人手急剧告急。那几个月，他天天熬夜看稿，眼睛都看花了，郭杰也是，喜欢晚上打游戏的他，也忍痛删除了游戏。

没想到工作最忙、最走不开的时候，他不得不离开。老家来电话，母亲突然生病住院，而且是大病，作为母亲唯一的孩子，父亲又不在，他责无旁贷，必须回家照看，医生还等着他回来签字、定诊疗方案。这一走，少则十天半月，多则一月以上。工作好比“一个萝卜一个坑”，你走了，有别的“萝卜”过来填坑，你回来，就没有你的坑位了。可是，如果丢了工作，他哪有钱给母亲治病呢？

他的愁肠苦绪很快被郭杰察觉，郭杰主动提出，在他休假期间，帮他完成他的工作，他感激涕零，无言以复。自那以后，他们的友情更深厚了。

天下没有不散的筵席。在壹世界工作三年后，高行知辞职做自己的公众号，郭杰也谈了女朋友，找高行知的频率越来越低。后来郭杰和女朋友一起去了美国，女朋友留学，他陪读。郭杰的父母在二线城市，有点家底。郭杰来深城不久，父母就给他买了一套两居室。几年之后，房价翻了好几倍，郭杰卖掉房子，和女朋友在美国过起了逍遥日子。刚去美国那阵，郭杰天天在朋友圈晒美国的风景，后来就开始慨叹“好山好水好寂寞”。高行知劝他赶紧找个工作，他说自己英文不好，只能先学英文。在社区大学学了两年英文后，他做过房产经纪，工作很忙，朋友圈也沉寂了。他们偶尔会微信问候一下，但很少通电话。高行知有一段时间没有他的消息了。此刻，没有任何征兆，他突然打来电话，莫非是有事？无论如何，高行知都很想再听到他爽朗洪亮的声音。

高行知赶紧按下通话。

“喂！还没休息呢。”高行知的声音随意而兴奋。

“睡不着啊。”郭杰的声音，沙哑而焦灼。

果然有事。高行知心里略略一沉，故作轻松地调侃道：“怎么啦？工作碰到困难了，还是好山好水好寂寞？”

“唉！”电话那头传来重重的叹气声，“其实最近一年我都过得很不好，简直是地狱，不敢说啊！”

“别着急，慢慢说，从头开始。”

高行知从未听到乐天的郭杰发出过如此颓丧的叹息。在他眼中，郭杰阳光开朗，聪明随性，没有什么能难倒他，而且家境好，重情义，朋友也多。这样的人，即使在美国，也能混得好。临行前，高行知还写了一幅字送给他，正是高适的“莫愁前路无知己，天下谁人不识君”。

在高行知的劝慰下，郭杰把这一两年的遭遇大致说了一番。

四年前，郭杰和女朋友去了美国东部一个小城，女友读研究生，他陪读学英文，仗着从深城带过去的百万美元家产，生活舒适惬意。两年后，女友毕业，找到了稳定工作，而郭杰因为英文差，也没有在美国读书的经历，只能打零工。他苦学半年，考取了房产经纪的牌照，挂靠一家公司做起了房产中介。虽说收入依然不稳定，但至少跨入了可以长期从事的行业。没想到此时，女友提出了分手，说他不成熟，不上进，和他在一起看不到未来，没有安全感。郭杰接受了她的说法，可他心里明白，女友说这么多，无非是给他一个面子。异国他乡，若不是另外有了人，即使关系形同鸡肋，总是聊胜于无，不会轻言放弃。

那时候郭杰的房产经纪工作刚起步，生意难做，心情郁闷，加上和女朋友分手的打击，他开始去酒吧买醉。在那里他认识了一个在当地赌场工作的华人，那人常和他讲赌场里的各种见闻，引起他的兴趣。他自恃智商不低，决定到赌场学习和碰运气。刚开始，他下的注很小，以此进行研究和学习，经过一番摸索，他的胜算越来越高，赌注也越下越大。他越来越沉迷赌博，赢了，尽情挥霍，然后再去赌；输了，更不甘心，决定用更多本金和更高赔率扳回一局。最后，他把自己所有的本金都输掉了。赌场怎肯轻易放过这样一个玩命赌徒？开始是无息借给他钱，后来是低息，最后是高息。当他把朋友亲戚的钱都借完之后，他发现自己除了烂命一条，再也找不出一个子儿。赌场派出的打手限定他一个月内还清所有欠款和利息，否则，砍断一只手。

“欠了多少钱？”高行知问。

“一百万。”他嗫嚅道。

“美元？”

“是。”

高行知不吭气了。

沉默了一下，高行知告诉了郭杰自己目前的窘况。

电话那头也安静了一会儿，接着传来郭杰干涩滞重的声音。

“如果不是走投无路，我不会找你。我知道你的经济状况不好，母亲常年生病，创业也不容易，估计现在也没盈利。我记得你发了三篇小说，都挺火的，有两篇拍成电影了，《一剪梅》还没拍吧？”

“没有，刚被一个导演拒绝了。”

“哪个导演？”

“顾正辉。”

“虽然《一剪梅》的故事很好，但被大牌导演拒绝也不丢人，再找其他的吧。”

“我也这么想，母亲治病也需要大笔医药费，想来想去，只有这块可能产生些收益。”

“我知道目前是你最艰难的时候，找你借钱，连我都鄙视自己，可是，人先要活着啊！现在说痛悔之类的话，也显得太轻飘了。大恩不言谢，我这条烂命如果还能苟活，以后任你驱使……”

“说啥呢？”高行知打断郭杰的话，责怪道，“咱俩的关系，说这种话。当年若不是你替我保住工作，我哪有钱给母亲治病。你在最困难的时候能想到我，说明你把我当最好的朋友。《一剪梅》我也想尽快卖掉，我会想办法的。我这边如果能筹到钱，尽快给你汇过去，有一点是一点，有一点就可以让他们多宽限些时日。”

“是，是，感谢，感谢……”郭杰忙不迭地说。

挂了电话，高行知长叹了一口气，接着，他闭上眼睛，深深地呼吸。片刻之后，他拿起手机，拨通了公司董事长、大股东王先生的电话。

“王董事长，您好！我是高行知。”

“有事吗？”电话那头是王先生平淡而警觉的声音。

“打电话是想和您商量个事。”高行知顿了顿，努力用松弛的口吻说，“是这样的，刚才老家的表弟给我电话，我妈的病加重了，医院要求马上做手术，手术和术后护理需要几十万。您知道，我的全部积蓄都投到公司了，我想转让一点股权以解燃眉之急。”

“很遗憾听到你母亲生病的消息，你多保重。”王先生安慰了两句，接着说，“只要你能找到买家，转让少量股权，我不反对。”

“感谢王董的体谅和支持。我对资本市场不甚了解，王董您这边能否接呢，或者您有朋友可以引荐吗？”

“如今影视市场萧条，投资人不愿意往里砸钱。如果是我找的投资人，他们肯定要我跟投，我这前前后后也投了几百万，还没看到起色，我的资金也很紧张。”

“我非常理解王董，不过公司今年可以盈利，我这需要的资金也不多，价格也好商量，您看能否再问问朋友？您的朋友都是资本大鳄。”高行知还抱着一丝希望。

“上半年的财务报表快出来了吧，你先把四五月份的发给我看看。”王先生淡淡地说。

“好的，我催一下财务。我的事您再看看，先不打扰您了。”提到公司财务，高行知觉得头皮发麻，赶紧挂了电话。

如果不开公司，或者说，如果只是自己一个人的公司，招一个助手，管理一个公众号，再安安心心写作，何尝不是美事，还能有些积蓄。可是，为什么要踏上“创业”这条贼船呢？

“树欲静而风不止”，没有几个人能禁得住做强做大的诱惑。无处不在的危机意识传播，鞭策你尽快做大做强，否则就会被淘汰、被吃掉。

《一剪梅》发表后，公众号的阅读量急剧增长，有不少广告商找上门，高行知一个人无法应付，于是招了冯碧。没想到年纪轻轻的冯碧，竟是一员虎将。冯碧将公众号的市场业务理顺后，提出成立新媒体公司。

招了人，自然得有公司，还得给员工交社保。高行知原来没有成立公司，是嫌麻烦，也没有精力弄，现在有人做，他自然同意。有限责任公司需要两名股东，他给了冯碧 10% 股权。公司成立后，高行知将市场、行政等所有内容生产之外的事都交给她，冯碧又招了几名员工，包括编辑、市场、行政人员。公众号有了人员，发展劲头更足了。

冯碧又提出融资，做大公司，并领来了投资人。

投资人王先生，从国家某部提前退休后，自己从事投资。他投资了两家影视公司和新媒体公司。王先生希望将推理之神做大后，卖给自己投资的影视公司。他给高行知描绘了宏伟蓝图，也对高行知“不思进取、小富即安”的心态提出警示。商海如逆水行舟，不进则退，一往无前，方能海阔天空；否则，退回到起点，可能连靠岸之地都没有。

王先生不愧是“创业导师”，不仅说服高行知吸纳新股东、新资金，也说服高行知将自己当时的全部身家 50 万元投进公司。王先生说，如果创业者不投入真金白银，就不会用心经营。自然，王先生也开出了优厚条件，给予高行知若干干股，用股票期权的“金手铐”持续激发他的斗志。

资金到位后，租房、招人、打市场，钱像流水一样哗哗往外淌。自然，也颇见成效。推理之神迅速成长为国内知名的原创推理文学平台，主打新人推理作品，每年的“推理小说新人大赛”，吸引了众多推理小说新人作者参加，获奖作品质量上乘。三届办下来，“推理之神奖”俨然成为国内水准最高的推理小说新人奖项，其影响力在国内不亚于“江户川乱步奖”之于日本。

可是，做大后公司一直在亏损。

原创文学网站的收入，主要来源于原创小说的 IP 运营，包括出版、影视、游戏、有声读物等项目开发。其中最赚钱的当属小说影视改编权的代理。

小说影视改编权的出让，有很大的偶然性，也需要时间的沉淀。不是好小说就能碰到好买家，资本对小说的要求，和读者以及编辑对小说的要求，都各有不同。

公众号不再只是高行知的，也不再只是他和冯碧的，而是投资人和所有员工的。在投资人的鞭打或者说鞭策下，高行知不得不放下作家的身段，不再只当甩手掌柜，而是和冯碧一起，将全部精力投入到公司运营中。

小公司，不赚钱，很难留得住人。高行知就在企业文化上下功夫，希望员工对公司有家的感觉。

公司场地不大，但他专门辟出一间大房作为健身房，配置了跑步机和健身器材，还有冲凉房。他记得每个员工的生日、星座、爱好，为员工举办生日会，送上贴心礼物；每年给员工的父母寄去双亲费；请员工吃饭，为加班的员工点夜宵；举办读书会、观影会，组织打羽毛球、跑步；对于需要重点培养的员工，如萧枫，除了在工作方式上予以照顾，收入上予以倾斜外，他还单独约请。萧枫这种傲然不羁的，也和他处成哥们儿。

不得不说，萧枫和冯碧一样，都是他无意捡到的“宝”。

萧枫是深城二代，大学毕业后在知名私募基金公司做过交易员。他在面试萧枫时，问他为什么来公司，做私募基金不是很好吗？萧枫说不好玩，本科学金融，大学四年炒股，工作后又做了两年股票，有点腻烦了。这倒是一个耿直男孩，他心生好感，笑着问，推理之神有什么好玩的呢？萧枫说，他是看柯南和金田一长大的，从小喜欢看推理小说，如果来推理之神，可以天天看，上班就是玩，多好。高行知又问他对推理之神前两届大赛的获奖作品的看法，萧枫侃侃而谈，说起它们的亮点和瑕疵，头头是道，看来是做足了功课。这么聪明又用心的人，怎么能不录用？虽说萧枫不看重钱，但高行知给他的薪水不低，且半年后就被提拔为内容总监，薪水仅次于他这个总编。

萧枫来了之后，确实帮了大忙。他不像高行知以前见过的深城二代，工作吊儿郎当，吃不了苦，相反，虽然他迟到早退，不按公司的工作时间，也经常当众对老板提不同意见，但他干活一点儿不马虎。而且他悟性极高，学东西很快，不仅对推理小说的市场化有精准的把握，对小说改编成剧本也有独到的见解。内容这块交给他，高行知省心多了。

饶是有冯碧和萧枫作为“左膀右臂”，高行知仍不敢有丝毫懈怠。新公司，人手少，事情多，很多东西还要摸索、试错。创业五年，全年无休，每天累得像狗一样，第一个到公司，最后一个离开，所有的积蓄都搭进去了，没钱没房没女朋友。漫漫创业路，他看不到尽头。

高行知常常在心里慨叹，如果你想让一个人下地狱，就鼓动他去创业吧。

今年公司的基本面终于开始向好。三届推理小说大赛后，推理之神影响力越来越大，一批高质量小说受到影视公司青睐，公司的品牌价值和盈利能力都在提升，未来公司的股权也会越来越值钱。可是，他等不了那一天，他现在急需用钱。母亲病危，好友生死系于一线，即刻有钱进账，才是压倒一切的考虑。

他把冯碧叫到了办公室。

“你今天联系一下对《一剪梅》有兴趣的几家影视公司，让他们报价。”

“好的，我马上去做。”

“还有一件事，最近我准备出让少量股权，你找几家投资机构和影视公司询问一下？”

“为什么？”冯碧讶异。

“呃……”高行知低头不语。

和高行知朝夕相处了四年，冯碧知道他的脾性，他不想说的话，你问不出来。

“现在卖股权不划算呢。”冯碧说，看高行知似乎不为所动，加重了语气，“公司今年会盈利，都熬了几年了，现在出手多不值当。”

“呃……”高行知沉吟了一下，“你说的有道理，不过还是尽快问问吧，股权转让也需要时间。”

“好的，我今天会做。”

冯碧说完，并不准备离开，似不经意道：“你知道舞剧《只此青绿》吧？”

“知道，春晚看过。”

“春晚之后，全国巡演，一票难求。我知道你喜欢《千里江山图》，求了好几个人才搞到两张票。”

“听说了，很火爆。你本事不小。”高行知微笑道。

“周五晚上的演出，你想看，我给你一张。”冯碧眼中含笑。

“这么精彩的演出，很想看啊，可惜分身无术。”高行知拍了拍桌上厚厚的一摞文稿，“大赛截止征稿了，编辑部那边转过来筛选后的文稿，昨天又新开了总编邮箱，太多东西要看了。”

“那你就没有眼福咯。”冯碧淡淡一笑，“我先去处理工作了。”

“劳烦你了，冯碧。”

高行知望着冯碧婀娜的背影消失在门口，心里不无遗憾，但更多的是释然。

作为35岁的资深单身者，高行知不会不知道同样单身的冯碧释放的气息。并肩战斗四年，他对冯碧不可谓不熟悉。他欣赏冯碧的能干、爽利，也感激她对公司的全心投入。冯碧对他的一份用心，他却感到愧疚。

冯碧是踏实能干的，从最初公众号的市场营销，到引进外来投资，实现公司战略转型，从个人公众号到网站、微博、视频号、抖音等全类型新媒体，从单篇小说的连载到原创小说平台的搭建，可以说，公司的每一步发展，都凝结着冯碧的才智和汗水。冯碧也是明白事理的，即使高行知在工作上几乎都听她的，她也从不居功自傲，而且处处维护他的面子。有时碰到萧枫在会上让他难堪，冯碧也会巧妙地打圆场，让事情既朝好的方向推进，又不伤及同事之间的和气。

工作上，冯碧无可挑剔，是高行知最信任最倚重的战友。按说，男未婚、女未嫁，朝夕相处，即使没有一见钟情，日久生情也是很可能的。高行知对冯碧不是没有好感，也很欣赏她的工作做派，对于她偶尔的“撩拨”，也不是没有一丝心动。但，每次到要突破“哥们儿”界限的关键时刻，他就退缩了。有一次，他们加完班后吃夜宵，最后同事都散了，只剩他俩的时候，冯碧借着酒劲将头靠在他的肩膀上，高行知虽有醉意，但冯碧的身体一靠过来，他的酒就醒了，立刻挺直脊背端坐，直垂着双手。冯碧更迷醉了，似乎马上要吐出令人心惊肉跳的话，高行知连忙将她扶起，说她喝多了，要送她回去。冯碧偶尔还会邀约看电影，也是在同事聚餐后、高行知有醉意的情形下，但高行知都得体地推辞了。几次试探之后，冯碧似乎对他死了心，和他只谈工作，不谈风月。只是，每天抬头不见低头见，哪天兴致来了，也会“撩拨”一下。对此，高行知习以为常，拒绝的艺术也越来越高明了。

有时，高行知也会扪心自问，为什么不能接受冯碧呢？冯碧是好的，只是似乎缺了一点什么，缺了什么，他想了半天，只能模模糊糊地感知，却无法用语言描述，只是觉得，她太懂事了。他偶尔也会想象一下他们在一起后的情形，聊什么呢？工作，再加上柴米油盐、家长里短，房子、车子、票子。毫无想象力的生活啊，高行知不愿再想。

何况，自己还挣扎在生存线上。“百无一用是书生”。来深近十年，还是两手空空，既无半分产业，也无几枚铜钱。母亲的病、朋友的债，他都得扛起来。只有工作才能让他挣钱，也只有工作才能让他忘记现实的困境。工作中，他全情投入，他是自己的神，不再受俗务困扰。工作让他有充实感、成就感，也让他相信，只要工作，他离梦想就会越来越近。

他从感情的思虑和筹钱的压力中挣脱出来，切换到工作状态。今天又有大量的邮件和稿件等着他阅读。心流时间总是过得极快，浑然不觉地飞逝。对于高行知，阅读和写作，就是他的心流时间。

“流浪的小行星”发来了邮件，是小说正文：《推理作家之死》。

3 指纹比对

下午2点刚过，顾正辉准时出现在凌思远的工作室门口，凌思远将他领进咨询室，凌钰待在隔壁的房间，关着门。

“凌老师的工作室很气派，我还是第一次来。”

“小生意，顾导能来，真是蓬荜生辉。”

桌子上放着两个玻璃杯，盛着紫黑色果汁。

“久闻顾导稳重帅气，果不其然。这是新鲜杨梅汁，顾导尝尝，解解暑气。”凌思远说完，抓起杯子饮了一大口。

“哪里，凌老师真会说话。”顾正辉也拿起杯子喝了一口，赞道，“好！这是我喝过的最好的杨梅汁。”

“顾导真是有品，识得好物。这种杨梅叫荸荠种，紫黑色，是杨梅中最好的品种，经常用于制作罐头，新鲜的很难吃到，是从汕头一个做杨梅罐头的朋友那里讨要的。”

“凌老师真是风雅之人，喝个杨梅汁都这么讲究。今日好口福，谢谢凌老师了。”

“顾导若是喜欢，我这里还有几袋，送与顾导，莫要嫌弃。”

“凌老师太客气了，我欢喜都来不及，岂会嫌弃。”

“那就好。”

凌思远放下杯子，叹了一口气，沉痛地说：“真是天有不测风云，听说苗老师昨天走了，太意外了。顾导节哀顺变。”

“感谢凌老师挂念。若风的死，我也深感意外。”顾正辉语调低缓。

停了停，他问道：“若风的讣告还没有发，凌老师如何得知的呢？”

“小女凌钰和星如是好友，昨日上午一起户外运动，中午接到警察电话，叫她们赶紧去别墅，星如昨天晚上也是在我家休息的。”

“如此，真是太感谢凌老师了。我们家的事，让您如此费心。”

“苗老师生前是我的来访者，对我很信任，星如也是小女的好朋友。苗老师猝然走了，我希望能为她做点什么，你现在是星如唯一的亲人，有些情况也需要找你沟通。”

“求之不得。我不知道凌老师和我们家有这么深的渊源，失敬失敬。”顾正辉抱拳作揖。

“客气了。苗老师生前说你喜欢乌龙茶，我准备了上好的铁观音，顾导品鉴一下？”凌思远说完，将顾正辉领到客厅。凌钰从旁边房间溜出来，将他们刚出来的房间关上门，也来到客厅。

“这是小女凌钰，见过顾导。”

“顾导好。”凌钰说。

顾正辉上下打量，微笑道：“怪不得和星如是好朋友呢，像姐妹。”

“哈哈。”凌思远也笑了，招呼凌钰过来坐。

“顾导想了解一下当时的现场情况。”凌思远说着，在一旁烧了水，烫了茶具，酽酽地沏了一壶铁观音。

“星如没有对你说吗？”凌钰眨眨眼睛。

“唉！”顾正辉重重叹了口气，“星如视我为仇人，上午听保安说她来找过我，但没上去，我去找她，她不在家，我在门口等了她一个多小时，她回来了，却不让我进屋。我说，你妈走了，我怕你一个人待着难过，搬到我那住吧，我的房间大，旁边还有一套也是我的，空着，住哪套都可以。她却问我的不在场证明，我说昨天一上午我都在房间，中午才出门。她说她不信，然后关上了房门。”

“也难怪星如会瞎想，现场确实诡异，只有茶杯上有一枚苗阿姨的指纹，其他的指纹都被抹得干干净净，房间也被打扫过，显然是有人刻意消除痕迹。”凌钰说。

“啊！”顾正辉轻呼一声，喃喃道，“怎么会这样。”

“顾导认为应该怎样？”凌思远问。

“……”顾正辉讪讪道，“我不是这个意思。我是说，实在令人费解。”

“正是由于指纹疑点，警方准备立案侦查。听说，苗老师生前买了一份高额的人身保险，顾导是受益人。”凌思远说。

“啊！有这事？”顾正辉再次发出惊呼，“我怎么不知道？”

“我也是两天前才知道。苗老师告诉我的，没想到，她说完第二天就去世了，真是太不幸了。”

“原来是这样。”顾正辉低声道。

他用手托起品茗杯，手指微微颤动，他又放下，对凌钰说：“茶有点烫，有矿泉水吗？”

凌钰从冰箱里拿出一瓶矿泉水递给他，顾正辉接过，连声道谢。他喝了几口水，似是缓过神来，徐徐道：“女人的心思，真是难懂，尤其是女作家。若风从没有和我说过保险的事，她将受益人写我，也是令人费解，我们分手十几年了，若风对我一直怀有恨意。”

“有爱才有恨，她的心里，仍是对你念念不忘。”

“怎么会，凌老师说笑了，我们平时几无往来。”

“你上次见到苗老师是什么时候？”

“今年 3 月，她叫我去汀洲别墅，让我给她的新小说提些意见。”

“顾导和苗老师经常见面吧？”

“不多，今年见了一次，去年两次。”

“都是在苗老师的别墅吗？”

“对。”

“苗老师找你提小说建议，看来是非常信任你了。”

“哪里哪里。”顾正辉尴尬一笑，摆摆手，“因为我拍推理片比较多，看的剧本也多，这方面套路比较熟悉。”

“既然顾导熟悉推理片的套路，那苗老师的死，你有什么看法？”

“生活毕竟不同于电影嘛，电影可以瞎编。”顾正辉干笑道，“我刚刚得知这么多信息，脑子一团乱麻。警方是怎么认为的？”

“警方没有找顾导吗？”

“昨天下午就找了，例行询问，我问他们苗若风怎么死的，他们说还在调查。”

“从现场看，苗老师像是死于中毒，现场没有外来者进入痕迹，像是自杀，但谁会在自杀之前刻意抹去自己的指纹呢？”

“是啊。”顾正辉附和着，末了，又补了一句，“可她是推理作家啊，什么事做不出来呢？”

“确实，凡事皆有可能，但另一种可能性更大。”凌思远说完，端起品茗杯，轻轻地吹了口气，然后小口啜饮。

“什么可能性？”顾正辉忍不住问。

“虽然监控没有拍到，但不排除熟悉的人从后院进入，后院外是竹林和灌木丛，那里没有公共监控。警方已经发现一束灌木丛被剪开，从中可以钻进一个人。这个人进入后和苗老师在客厅饮茶，趁她不注意时在她的茶水里下毒。之后，他删除家里的监控视频，清洗茶具，擦拭所有可能被手指触摸的物品，因为他不记得自己在哪里留下了痕迹，不如全部擦掉，只留下有毒的茶杯上死者的指纹，造成她自杀的假象。”凌思远说着，目不转睛地望着顾正辉。

“凌老师的推测，很有可能，应该也是警方的看法吧。这样推测，嫌疑人的范围会比较小，调查和若风熟悉的人即可，但也可能陷入无解，因为取证难。”顾正辉淡定地说。

“目前虽然没有证据，但不管犯罪过程多么隐蔽，只要实施犯罪行为，就会形成一定形态，并将这些形态作为犯罪信息烙印在现场，构成犯罪人与犯罪现场的联系。”

“凌老师不仅是心理学专家，对破案也很有一套啊。”

“不瞒你说，我原来在内地一所大学教犯罪心理学，对刑侦技术也略知一二。”

“厉害，真是失敬，还望凌老师多花时间，及早查清若风的死因，需要我帮忙的，尽管说。”

“这个自然，若我知道新进展，也会及时告知顾导。”

“那太感谢了。还有一事，不知可否麻烦二位。”他看着凌思远和凌钰。

“顾导不必客气，但说无妨。”

“星如最近很难过，还望凌老师和凌钰多多关照，当然这个不劳我说，你们一定会尽心尽力。星如的成长过程中，我忙于工作，疏于照顾，尤其是离婚后，我事业处于拼搏期，非常忙，而且若风并不支持我探望孩子，所以和星如见面极少。我十分愧疚，希望星如能给我机会，弥补过失。凌老师是学心理学的，凌钰又是星如的好友，不知二位可否开导星如，让她接受我，多谢了！”顾正辉双手抱拳，诚恳道。

“顾导父爱可鉴，相信星如迟早会明了，我和小女也会做些工作。”

“太好了，今天来，也没带礼物，下次一定登门致谢。”

“顾导言重了，杨梅可别忘了带。”凌思远说完，将桌子上封装好的杨梅交给顾正辉。

顾正辉一再致谢，和凌思远握手道别。

顾正辉走后，凌钰问凌思远：“你和他原来不认识啊，那他怎么会上门？”

“我说我是苗若风的心理咨询师，约他谈谈。顾正辉现在急于了解苗若风的一切，当然不会放过这个机会。如果他犹豫，我就再抛出人身保险。开始收集指纹吧。”

父女俩进房间收集了顾正辉留在装有杨梅汁的玻璃杯上的指纹，和保单上的指纹比对，果然是一致的。

“顾正辉看过保单，他为什么要否认呢？”凌钰问。

“也许是心虚，也许是不想惹麻烦。他知道苗若风的死有蹊跷，但他不知道保单的受益人改了，承认知晓苗若风有一份以自己为受益人的巨额保险，无疑会引起很大怀疑。”凌思远说。

顿了顿，他接着道：“我们分析一下顾正辉在保单上留下指纹的可能时间。是昨天上午，顾正辉去了苗若风的别墅，苗给他看了保单，还是他最近某天在别墅以外的地方看的，或是他今年3月在别墅看的。”

“保单的指纹是顾正辉昨天在现场留下的。”凌钰说。

“哦？你如何肯定？”

“早上我去二楼主卧，衣柜里面没有保险箱，但是底下有一块面积干净的地方，周围是一圈灰尘，显然上面的东西刚被挪走。一楼星如房间的床垫下有一个储物空间，我在那里找到了保险箱。我抱起保险箱后，发现它的底下和床底其他地方一样，有厚厚一层灰。如果保险箱一直放在那里，被拿起后，底下会是干净的，就像衣柜那里一样。这说明保险箱是刚刚从衣柜里被搬到床底的。我一打开保险箱门，保单就从里面掉落出来，显然是被人匆匆塞进去的。”凌钰分析道。

“还有呢？”

“指纹上的汗渍。苗阿姨有意断电十五分钟，就是为了让顾正辉在看保单的时候留下清晰指纹，汗渍也可以表明指纹是新留的。上次顾正辉去别墅是3月，那时候天气凉爽，看保单不会留下有汗渍的指纹。”凌钰说。

“他也可能在外面和苗若风见面，看了保单。”凌思远说，“你说的这些都可以作为我们推测的依据，但仅仅是推测，不能成为证据，因为它们的指向不是唯一的。保险箱可能案发当天被搬动，也可能前一天被搬动了。保单掉落更不能说明时间问题。”

凌思远说到这，又加了一句：“不过能想到这些，已经很不错了。”

“这就是说，保单上顾正辉的指纹只能说明他看过这份保单？”凌钰兀自沉浸在自己的推理中。

“是的。我们接着分析上述三种情形。第一种，顾正辉昨天上午在别墅看了保单，但这种情形无法解释保险箱的移动。保险箱上只有苗若风的指纹，只有她动过，显然苗若风不太可能在顾正辉的眼皮底下将保险箱从二楼搬到一楼，那么就应该是更早时搬动的，而在搬动之前，留有指纹的保单就在保险箱里了。有没有可能，苗若风提前一天将保险箱搬到床底下，在顾正辉看了保单后，将保单塞进床底下的保险箱呢？”凌思远说。

“这个不可能。保险箱的正面是朝下的，如果要打开，必须把保险箱抱起来放在桌子上，我当时拿起保险箱后，用放大镜看了床底的积尘，保险箱底下的痕迹非常规整，如果放置两次，积尘会凌乱。顾正辉应该是更早时间看过保单。案发前几天，苗若风将保单拿出来和他在外面见面时看的，苗若风回去将保单放进保险箱，将保险箱从二楼搬到一楼。”凌钰说。

“这样一说似乎合理，只是觉得苗若风不太可能和顾正辉在外面碰头。据顾正辉说，他和苗若风的见面都是在别墅。这也符合二人谨慎的个性，毕竟二人，尤其顾，是公众人物，他们的见面如果被拍到了，媒体难免生事。何况，在外面，一是不太容易留下有汗渍的指纹，现在室内都有空调，二是即使留下指纹，要保管好也没有自家方便。”凌思远分析道。

“会不会是顾正辉今年三月来苗若风的别墅时看的呢？”

“那指纹上的汗渍和别墅昨天的人为断电该如何解释呢？”

所有道路都有走不通的地方，一时两人思考无话。

“苗阿姨会不会在顾走之后搬动保险箱？”凌钰忽然问。

“哦？如果是这样，苗就是自杀的，她在自杀之前抹去痕迹，挪动保险箱。但她为什么要这样做呢？”

“我也没想清楚。”凌钰用笔敲了敲脑袋，“我只是觉得，要穷尽所有可能。”

停了一会儿，她接着道：“她把保险箱放在星如床下，是不是想暗示什么呢，给星如留下顾的把柄？”

“她预料到顾正辉肯定会撒谎说不知道保单，她处心积虑地要顾正辉在保单上留下指纹，并且特意告诉我，保单就在保险箱里，确实是别有深意。”

“还有一事。”凌钰像是想起了什么，用笔轻轻敲了敲桌子，“如果按照刚才的推测，保单指纹就是顾昨天上午留下来的。如果他当时是初次获知保单，他为什么会不坐电梯呢？他不坐电梯走楼梯肯定是心里有鬼。”

“他可能早就知道保单了，或许苗若风之前口头说过，或许给他发过电子版。”凌思远说。

“如果是这样，他来是为了确认保单真实不虚吗？如果有，就按计划行事，如果没有，就改变主意。他看到了保单，按计划下了毒，然后擦掉指纹，撤离现场。可是，这又和我们刚才分析的苗阿姨是自杀矛盾了呀。”

仿佛又进入另一个死胡同，两人均陷入沉默。半晌，凌钰咕哝道：“或许顾正辉心里有鬼，不是因为保单而是因为其他的事？”

“有可能。还有很多我们不知道的信息，等信息量更多一些再分析吧。”凌思远说。

父女俩对犯罪心理和刑侦知识都颇为了解，分析起来头头是道，也十分默契，但他们以前从未讨论过这些，这是第一次，他们如此密切深入地分析案情，而且这案情和身边人有关。

聊完案情，两人陷入无话可说的尴尬。凌钰率先打破沉寂，开口道：“我有事，先走了。”

凌思远正准备问她要去哪里，凌钰已起身离开，她知道父亲想说什么，她现在不想面对父亲的询问，因为眼下她还有重要的事要做。

4 月色刚好

推理作家之死

最后一门考试后，我接到了一个电话。

其时我正在从教室回宿舍的路上。陌生的电话，我本不想接，它却一直顽强地呐喊，我按了通话。

陌生的声音，叫我赶紧来S城公安局。

我忙问什么事，对方沉默了一下说，你母亲去世了。我惊呆了，手机差一点落地。我结结巴巴地问，为……为什么？对方说，自尽的，你回来联系我，节哀顺变。说完挂了电话。

我懵了，脑子一片空白，呆呆地站着，然后，痛苦突如其来地，如狂风骤雨般席卷了我。我慢慢低下身子，坐在地上，抱臂，埋头，饮泣，直至放声大哭。

痛苦宣泄之后，我收拾情绪，买了机票，飞回我的老家S城。

在B城上大学快满四年了，这是最后一学年的最后一门考试。每个假期，我都会回家，回到母亲身边。四个月前，我从家里离开，母亲有说有笑，丝毫未见异样。一个星期前，我还给母亲去过电话，电话里照例是我汇报学习，母亲用心地听着，不时询问，叮嘱，拳拳之心溢于言辞。

母亲五十出头，健康爽朗，爱打扮，爱美食，还有自己喜爱的事业。

无论从何种角度看，母亲都不是一个会自寻短见的人。

难道，有人谋杀了母亲？

谁有这个可能？谁会从中得益？

我思绪如麻，剪不断理还乱。

飞机落地已是入夜时分，我直接打车去了公安局刑警队。我说我叫耿灵儿，是何清欢的女儿，和我通电话的警官接待了我。

他叫宋一宁，约莫30岁，瘦高个，白净清秀的面庞，不太像警察，但炯炯有神的眼睛，似乎在昭示他的职业属性。他告诉我，何清欢今天中午被发现死于家中。

今天上午，出版社编辑沐小白打电话给何清欢，催问稿件，何清欢叫他12点到家里来取。沐小白到达何清欢在郊外的别墅后，发现客厅窗帘紧闭，敲门没有回应，打电话关机。于是沐小白去了管理处，监控显示何清欢从昨天下午进入小区后，没有出过小区。沐小白担心出事，要求管理处派人撬锁，强行进入何清欢家里。经过一番周折，他们进入了室内，发现何清欢躺在沙发上，已经没有生命体征。

小区管理处赶紧报警，警察到达后封锁了现场。

“我母亲……是怎么死的？”度过最初的悲痛欲绝，我恢复了理性，我此时更关心母亲的死因。

“初步判断是中毒。茶几上有一杯茶，从中检测出砒霜。除了沐小白和管理处两个保安，现场没有其他人的生物痕迹，你母亲身上也没有伤口，没有与人搏斗的痕迹。”

“有其他人进入吗？”

“我们找了管理处，调取了近一个月监控，除了沐小白，没有人来找你母亲，也没有发现有可疑人员进入小区。”

“我能看看你们的现场勘查报告吗？”

宋一宁一愣，不情愿地从办公桌上翻出几张纸递给我：“正式的报告还没出来，这是刚刚整理的一个情况汇总。”

我打开报告，仔细阅读。

现场情形和宋警官说得一致，此外有几处没有提及的地方引起了我的注意。

茶几上有一套紫砂壶茶具，均沾有水渍，未检测出毒物。茶几上另有一只珐琅彩瓷茶杯，里面的茶水检测出砒霜。餐台上有三只与珐琅彩瓷茶杯同款的空茶杯，表面有水渍，但未检测出毒物。

茶几的珐琅彩瓷茶杯上留有死者的指纹，此外客厅其他地方，门内把手、窗台，还有电脑、书柜、书桌、沙发、椅子、茶几、茶具，人可能触碰的地方，都没有发现指纹。

“茶具和茶杯均有水渍，说明今天上午刚被清洗过？”我问道。

“可以这么理解。”

“自杀前将房间的指纹都擦得干干净净，还把茶具茶杯清洗一遍？为什么呢？”

“嗯，有点奇怪，但自杀者死前的心思都很难揣测。”

“如果是有人下毒呢？他有动机抹去他的所有痕迹，只留下我母亲在杯子上的指纹。”

“如果是谋杀，应该是和你母亲认识的人，目前监控显示没有小区外的人进入。”

“我想去看看母亲的遗体。”

“好，我带你去。”

在公安局的解剖室，我见到了母亲的遗体。母亲熟悉的面容，不再红润动人，而是苍白僵硬，那白得像纸一样的脸庞，安详却不免阴森。想到和母亲已经阴阳两隔，我禁不住再次放声大哭。

我才 22 岁，你怎么舍得离我而去啊！让我独自面对今后的人生。

我在心底暗暗说，妈，你一路走好，我一定会查清是谁害的你。

我擦干眼泪，对宋一宁说："宋警官，希望警方按刑事案件来调查此案，我母亲的死因没有那么简单。"

"你放心，我们会调查的。"宋一宁说，"你保重身体。"

"谢谢你。"

"可以问问你大学学的什么专业吗？"

"刑事侦查。"我看了他一眼，走出了解剖室。

今天只想到这儿了。夜已深，隔壁室友鼾声如雷。小松鼠跳到我的窗前，翘起尾巴，瞪着一双萌眼，不一会儿，又跳走了。窗外，有大树静默无言，枝干冲天，远处隐隐蛙声一片。您问我在哪里流浪，您猜猜，在哪个星球？

高行知读到这里，内心暗自称许，是个可造之材。大多数文稿，要么情节过于老套，漏洞频出，要么文笔粗糙，不堪卒读。"流浪的小行星"所写，虽并无多大新意，但还可看。行文流畅简洁，故事套路满满，虽自谦是胡思乱想之作，但单从人物取名来看，就足见其用心。叙述视角采用第一人称，有利于刻画人物心理，也较易让读者产生代入感，初学者易于掌握。但在推理小说中，第一人称大多适用于人物不多、情节不太复杂的情况，因为第一人称的叙述会限制读者获取更多信息，也不利于悬念和伏笔的设置。

他的处女作《西江月》也是用的第一人称，诡计不算惊艳，情节也不复杂，但叙述方式能让读者产生强烈共鸣。

这个女孩的处女作也采用第一人称，说不定是受了《西江月》的影响。

他看了看邮件到达的时间，是今天早上 8 点，但写作者说是深夜，难道是英国？那个松鼠遍地，常年湿漉漉的地方？夏令时英国和中国的时差是七个小时，早上 8 点是英国凌晨 1 点。也只有在英国，6 月还多雨了。那一年，也是 6 月，在伦敦郊外的乡间小路，惠风和畅，细雨飘洒，他和她，牵着手，丢了伞，悠悠荡荡地散着步。

她念："采采荣木，结根于兹。晨耀其华，夕已丧之。"

他说："人生若寄，憔悴有时。静言孔念，中心怅而。"

她念："醉别江楼橘柚香，江风引雨入舟凉。"

他说："忆君遥在潇湘月，愁听清猿梦里长。"

一语成谶，"愁听清猿梦里长"的是他。多少个午夜梦醒，他仿佛置身于一叶孤舟之上，只有明月相照，清猿相伴。那个如白云出岫般的女子，再也不会出现了。

他心里一惊，赶紧离开桌子，踱到窗前。窗外，阳光亮眼，远处，硕大尖利的"笋尖"被朵朵白云缭绕簇拥。

过去多少年了，说了多少次不再想了，为什么还会一再出现？

他叹一口气，回到电脑前，回复了邮件。

故事一开篇就很抓人，一个学刑侦的女孩调查母亲的死因，很有看头，期望尽快读到后续。你在英国念书？伦敦吗？

不知不觉，高行知又工作到了晚上 9 点。往常，至少要到 10 点，他才会考虑收工。但今天，他有了新的念头。昨天和她谈得颇为投缘，但最后自己却如此失态，居然醉得要她搀扶回家，实是不该，今天应去道个歉。

他关上电脑，去洗手间洗了一把脸，整理了一下仪容，去了爱情海。他又见到了那个熟悉的身影，她也看到了他，眼睛在幽暗中亮了一下，朝他微微一笑，将他引到最靠里的座位。这里既可以看到全场，又和其他座位保持了适度距离。他喜欢这种安静私密的环境。

"对不起，昨天晚上喝多了，谢谢你送我回家，如有失礼，请多包涵。"落座后，他看着她，认认真真地说。

"没关系，小事一桩。"她摆一摆手，"你要点什么？"

"一扎黑啤。"

一会儿，她将扎啤端上来，他问："不知可否有空聊聊呢？或者下班以后？"

她看着他，眉头微微一挑，说："《一剪梅》我看完了。"

"这么快。如何？"

"不错，不过不太喜欢结局。"

"哦？愿闻其详。"

“男主明明知道幕后大佬的软肋，为何没有以此要挟，反而一再退让，结果和大佬同归于尽，虽然要挟的结果也可能是同归于尽，但至少可以赌一把，也有五成胜算。”

“我考虑过这个问题，那样不太符合人物的性格发展逻辑。”

“小说对人物性格的塑造比较到位，只是，还不够大胆。其实，不论何人，为达目的，行动力都可能是惊人的；而且，男主有野心，只是长期被迫自我压制；而且，越是懦弱的人，越有可能在压力下爆发小宇宙。”她一口气说完，几个“而且”，句句有力。

高行知内心触动，他不是没有想过，像她说的那样去设计故事，只是，他不愿意。每个写作者都会在作品里渗入自己的经验、理念和情感、喜好。

“分析得不错啊，好演员就是不一样，顾导有眼光。”他笑着说。

“个人浅见，人物是你创造的，你更熟悉他们。”

“要是《一剪梅》能让顾导拍，你来演女主就好了。”

“女主演不了，小配角可能还行。和顾导谈了吗？”

“顾导顾不上啊，说积压的本子太多。”

“那也有可能，不过也可能只是说辞，前段时间还听菲菲姐说顾导见了一家 IP 运营公司。”

“哦？是哪家公司知道吗？”

“不知道，我问问菲菲姐。”她掏出手机，对着手机说了语音。

过了一会儿，她拿起手机，边看边说：“菲菲姐回了，说听顾导说过，没留意，问我问这个干吗。”

“没关系，我只是随便一问。”

“我问问菲菲姐能否帮忙引荐一下顾导。”她又对着手机说了语音。

“多谢费心。”

“没事，如果能当面和顾导沟通，说不定他愿意买呢。《一剪梅》的故事挺有新意和张力，改编空间很大。”过了一会儿，她又看了下手机，“菲菲姐回了，说见到顾导会和他说。”

“太好了，感谢感谢！我先干为敬。”高行知将杯中的啤酒一口气喝干。

她笑了笑说：“小事，你慢慢喝，我先忙了。”

他又要了一扎啤酒，静静地独自饮酒。

酒吧打烊了，他在门口候着她。她出来见到他，并未有惊讶之色，好像料到他会在那里。

“可否给我一个弥补过失的机会，今晚让我送你回家？”他轻声道。

“不客气，别麻烦了。”

“那我们走走吧，要不要我帮你背包？”他说。

深蓝色的大双肩包，像男生旅行时常背的那种，压在她瘦弱的肩膀上。

“不用，不沉的。”她说。

“你这两天好像都有点累，功课很忙吗？”

“嗯嗯，期末了，事多。”

“注意休息。”

“我会的。”

“你的头发是染的吗？我觉得黑发更好看。”

“是吗？”她说，调皮地笑一笑，“你转过身去。”

他愣愣神，随即乖乖地转身。不一会儿，听到她说“可以了”，连忙回身。

她褪去了金色长发，一头乌黑的短发，在青白月华的映照下，显得俏丽而神秘。

“你之前的黑发也是发套？”

“是啊。”

“你不戴假发更好看。”

“是嘛，那以后就不戴了。”她笑了笑，仰望夜空，赞道，“今晚的月色真美！”

墨蓝的天上，一轮月亮格外白亮，边缘泛起了一圈绒毛。

“昨夜风开露井桃，未央前殿月轮高。”她吟道。

“平阳歌舞新承宠，帘外春寒赐锦袍。”他念道，又不禁赞叹，“这首诗你都知道？诗词储备很丰富啊！”

“我喜欢七绝，七绝圣手的诗，自然更青睐一些。”

“少年人喜欢王昌龄，大多是因为他的边塞诗。‘但使龙城飞将在，不教胡马度阴山’‘黄沙百战穿金甲，不破楼兰终不还’。读了让人血脉偾张，胸中升腾建功立业的豪迈气概。”

“女孩子，可能更喜欢他的闺怨诗、宫怨诗，深婉幽远、情思隽永。”

“说说你对这首《春宫曲》的理解。”

“诗里借用了汉武帝和卫子夫的故事。汉武帝路过姐姐平阳公主家，看上了歌舞队中的卫子夫，后来，武帝对卫子夫恩宠日隆，封为皇后。字面意思，是写皇帝对新宠的细心呵护。作者想表达什么呢？当朝皇帝耽于女色、荒淫误国？如果是这样，那这首诗就是讽喻诗。不过，我更喜欢另一种解读。”她说。

“哦？说来听听。”他饶有兴致。

“‘前殿月轮高’，让人联想到一个伫立在光线暗淡的‘后殿’的人，整首诗好似从一个失宠嫔妃的口中吐出，‘昨夜’是她感受中的时间，‘前殿’是她感受到的位置，后面的两句就在今夜。如果诗的视角是失宠宫人，主旨就不再是讽刺皇帝荒淫误国，而是表达对宫中怨女的同情，以及作者仕途失意的不平。”她娓娓道来。

“没错，宫怨诗最常见的写法，是塑造一个失宠的女子形象，写她的所见所感，表现她的孤苦处境，表达自己的失路之悲。可是，有没有想过，如果诗的视角就是得宠的女子呢？”

顿一顿，他接着道：“诗中并没有叙述视角是失宠宫人的确凿信息，‘昨夜’可以视为相对于‘赐锦袍’的时间而言，意谓昨夜春气已暖，今夜却仍因帘外春寒而有锦袍之赐。‘前殿’就是事件发生的地点，并不一定暗示或对照着一个‘后殿’。”

“还可以这样理解吗？中国诗歌不是都喜欢以美人香草隐喻君子之志嘛。而且这也不符合我们对王昌龄的期待啊。”

“诗无达诂。很多古代诗歌，确实喜欢将男女之情当作君子之志来书写，所以中国诗歌中的情色部分一直未有发展，若非深有寄托，便易堕入下流。然而，盛唐诗人不然，王昌龄尤其不然。”他侃侃而谈。

“怎么讲？”她好奇地问。

“王昌龄虽然生于贫贱、仕途坎坷，但他经历了完整的开元盛世，作品几乎未受安史之乱的影响，是完全的盛唐诗人。盛唐气象并非华屋高堂，金戈铁马，而是一种自由舒展、充满希望的气度。这种精神渗透于社会生活的各个层面，甚至包括情色。花好月圆之夜，新人意外受宠，幸福不期而至，多么美满。《春宫曲》写的就是欢好之后的回甘，哪有秋扇见捐之悲呢？”说起自己擅长的领域，他滔滔不绝。

“这让我想起李白的《清平调》三首，高中老师还说是讽喻之诗，这可是他奉旨填词，哪敢讽刺啊。”

“是啊，不是所有的男女欢好都隐喻秋扇见捐的闺怨，至少在盛唐诗人的笔下，美好便是美好，天真赤诚的欢乐一样值得书写。”他说。

“可是历史上卫子夫最后真的秋扇见捐了啊，因为汉武帝的猜疑，她被迫自杀明志。”

“在那个花好月圆的春夜，一切都很圆满，就像那株桃花，开花的瞬间，即是永恒。”他放慢了语调，低沉简淡的声音，在宁静朗澈的夜晚显得格外悠远深长。

月亮澄明。亮白的月光从繁密的树叶间筛过，星星点点洒了一地。风吹过来，忽闪不定地跳跃着。

他打破了沉静：“盛唐诗人不甚强调生命悲惨的一面，读他们的诗会有一种天地未曾破损之前的酣畅快乐。可惜，安史之乱后，中国再也产不出开元时代那样一派天真的诗人了。”

“所以，最好的七绝诗人，如李白和王昌龄都出现在盛唐，因为七绝最适宜表达单纯而浑成的情感。而最好的七律诗人出现在中晚唐，因为律诗严整，契合复杂的叙事。”她说。

他向她投去赞许的目光，说：“没想到你对诗词如此有研究。年纪轻轻，又是学表演的，诗词修养这么深厚。”

“过奖了。”她有点不好意思，“今日也是受你的启发，诗词你绝对是我的老师。你对王昌龄宫怨诗的解读，别具一格又圆满自洽，这是你自己的观点，还是从哪里看到的？”

“大学老师说的。”他淡淡道。

“那你的老师一定不寻常，敢于和传统观念叫板。”

“老师经常说诗无达诂，不要拘泥于传统，也不要被流行绑架。”

“你是哪所大学的？”

“不知名的学校。”

“太自谦了，那你一定是中文系科班出身吧，古典文学知识这么丰富，你在小说中对诗词也是信手拈来。”

“本科中文，硕士古代文学，王昌龄是我最喜爱的诗人，硕士论文还专门研究了他的诗歌。”

“可否拜读？”

“回去我找了发给你。”顿了顿，他说，“你的诗词功底这么好，又喜欢推理小说，不如考虑一下来我公司实习如何？酒吧工作太辛苦，体验几天就可以了。”

“谢谢你。刚做不久，马上走也不好，下个月可能片子要开拍，去你公司也做不了多久，就不去了。”

“那好，你注意休息。”

“没事啦，年轻，顶得住。”

一路倾谈，一路欣喜。月色刚好，她和他也刚刚好。

“时间不早，我该回去了。谢谢你送我。”她快步走到路口，拦了一辆的士，对他扬手道再见。

他望着的士远去，一个人在午夜的街头漫步。渐渐地，脚步越来越松快，他蹦蹦跳跳，又忍不住放声歌唱，让心中那份欢喜恣意地流淌。

自从来深城后，日日忙于生计，神经紧绷，一刻不得闲。

有多久没有这样开心了？

有多久没有这么放纵自我了？

有多久没和朋友谈论诗词了？

他倏然明白，为何无法接受冯碧了，因为那不是他心之所向。而这个才认识三天的女孩，却对他有着莫名的吸引力。

一切偶然中包含着必然。读过的书、走过的路、等待中的沉思、孤独中的泪水，都会在不知不觉中塑造一个人的心性，让他嗅到并靠近同类，去往心之所向。

得遇知音的欣喜，原来如此荡人心魄。

第三章　第三天

1 才女的青睐

一大早，郑炜和宋宁敲开了谢宇飞公寓的大门。

“前天做过笔录了，不知道二位警官又有何事？”谢宇飞头发凌乱，眼睛里布满血丝，看样子刚刚醒来。

“不好意思，打扰了。有些细节还需要再了解一下。”宋宁说。

谢宇飞不情愿地将他们让进屋。这是一间 40 平方米的单身公寓，室内凌乱不堪，衣服、书和外卖盒到处都是，横七竖八，房间里有一股汗味、霉味和腐败食品气味相混杂的奇怪臭味。

郑炜打量了一下他，这个男人中等个子，长相虽说不上难看，但全身上下透着一股油腻味，尤其是油光可鉴的头发，苍蝇站在上面都能劈叉。他不明白如此平庸的男人，为何赢得了大作家苗若风的欢心。

谢宇飞将沙发上的衣服扔到床上，腾出空间，让他们坐。

“有些细节需要再核实一下，可能有些问题是重复的，希望你能理解和配合。”宋宁说。

“好吧。”谢宇飞无奈道。

“2 号上午 11 点 10 分，你致电苗若风，这个电话是苗若风让你打的吗？她为什么让你打这个电话？”

“她 1 号晚上联系我，要我第二天上午 11 点 10 分给她打电话，确认一下是否有变化，还说她不怎么看微信，所以要打电话。”

“你们在电话里说了些什么？”

“我说没变化吧，她说是的，我说那我12点到了，她说好，我在。这些我在前天笔录时都说过，有记录的。”

“我知道，请你保持耐心。”郑炜道，“请你把2号上午到达汀洲小区管理处之前的经过再描述一次，从你到达管理处开始往回说。”

谢宇飞愣了一下，说：“不是已经说过了吗？”

“请你再仔细回想一下，从后往前说。”

“大概12点5分，我和保安从管理处走过去，大概几分钟前，我从她家里走到管理处。再之前，嗯，我看了她家没人。哦，不，应该是爬上后院的大树，看到二楼窗户闭着窗帘……然后……”他的声音开始迟缓，低着头，十指交叠扭绞着，边想边说，“敲门，没有人应……沿着别墅走了几圈。”

“二楼窗户的窗帘是拉开的还是闭上的？”

“……是闭上的。”

“你做笔录的时候说是拉开的。”

“这个……记得不太清楚了。”谢宇飞的额头冒出了细密的汗珠。

“2号上午11点50分你到达别墅门口，两分钟后在苗若风的车库门口停好车，但你直到12点5分才到达管理处，可从苗若风家跑到管理处，只需要两三分钟。11点53分到12点2分，这十分钟时间，你在做什么？”

“我敲门敲了很久，没有回应，于是沿着别墅走了几圈，发现一楼门窗紧闭，窗帘也关上了，但二楼的窗帘是拉开的。我去了后院，爬上了院子里的一棵大树，发现二楼的房间没有人。”谢宇飞拍了一下额头，说，“我想起来了，二楼窗帘是拉开的。”

“你撒谎，你有别墅的钥匙，用钥匙开门就进去了。”

“怎么可能？”

“两年前你从别墅搬出来后，苗若风并没有换掉别墅大门的锁。”

“钥匙给她了。”

“你和保安到达现场后，有没有发现异样？”

“当然有。第一次看到死人，非常惊骇。”

“你有没有注意到书桌上的电脑是开着的？”

“没有。”谢宇飞垂下脑袋，“没注意。”

“我们到的时候，电脑还是热的，说明刚使用过。我们将电脑搬回去鉴定，发现在 11 点 58 分的时候，电脑里有个文件夹被删除了。我们将这个文件夹恢复，发现是苗若风的小说手稿，里面除了苗若风准备交给你的最新小说《风过无痕》之外，还有大量的笔记，包括素材、灵感，还有几篇未完成的小说文稿。”

“我不知道电脑文件是怎么回事，我在屋外，可能屋内有人。”

郑炜目光如炬，厉声道：“死到临头了还嘴硬！小区的监控显示没有其他人出入。我们今天有权搜查你的住处，如果查出你的 U 盘里有小说文稿，你再交代，绝不会从宽处理。”

郑炜紧接着抛出更有杀伤力的话：“你到达之后，苗若风给你开了门，你递给苗若风一杯掺毒的饮料，苗若风当场死亡，紧接着你拷贝了文档，擦掉指纹，删除监控，苗若风就是你毒死的！”

“不，不！”谢宇飞大声否认，慌忙辩解，“苗若风不是我杀的，我到的时候她已经死了。我敲门没人开，从一楼窗户看到屋里没人，就用钥匙开了门，进去看到苗若风躺在沙发上，已经断了气。旁边的电脑开着，屏幕上有打开的文档，就是《风过无痕》，我把文件夹复制到 U 盘后，将它从电脑里删除。然后我把电脑和门把手上的指纹擦掉，将客厅窗帘拉上。”

“想把苗若风的所有文稿据为己有？算盘打得挺好，你不怕有监控吗？”

“复制文件之前，我看了门厅的监控设备，已经停止使用了，不会有人看到我进来，更不会看到我做了什么。”

“果然你对住过的地方十分熟悉，不担心警方查电脑吗？”

“当时只注意监控了，没想那么多，没想到你们会将电脑拿走鉴定，早知道就把笔记本电脑搬我车上了。”谢宇飞懊恼地说。

“你对自己的行为没有丝毫悔意，却只恨自己偷盗技术不精。”郑炜冷笑一声，说，“把 U 盘拿出来。”

谢宇飞从书柜抽屉里翻出一个 U 盘，宋宁说：“你插电脑上打开看看。”

谢宇飞将 U 盘插进电脑，显示出是苗若风的小说。宋宁将 U 盘装进一个塑料袋。

“警官，我的问题不算大吧，我都交代了。”谢宇飞眼巴巴地望着郑炜。

“你主动交代算自首，我们会根据你的问题和整个案情酌情考虑。你最近不要离开深城，否则我们会将你拘捕。”

“我一定配合调查。”谢宇飞频频点头，旋即转换了话题，“你们应该好好调查一下顾正辉，他有动机。”

“此话怎讲？你知道什么，尽管说。”郑炜道。

“苗若风前几年写了两部推理小说，出版社建议她先找到愿意购买小说影视改编权的影视公司再出纸书，否则出了纸书也没人买。苗若风找到顾正辉，要他投拍她的小说。顾正辉说他自己的公司不行，会帮苗若风介绍。顾正辉找了公司投拍苗若风的小说，苗若风当编剧。改编自己的小说，对她是轻车熟路。没想到两部电影都票房惨淡，苗若风作为出资人之一，损失不少。但其实细想也不意外，顾正辉介绍的公司都是行业新兵，资金实力薄弱，请不到大导演和好演员。苗若风最后一部小说，就是这部《风过无痕》，几年前就开始构思了，她要顾正辉的公司投拍，顾正辉执导，被顾正辉拒绝，苗若风恨死他了，有一次醉酒后说……”

谢宇飞突然停下来，做努力回忆状。

“苗若风说了什么？”郑炜催促道。

“她说顾正辉那个混蛋，当年我爸给他那么多资源，我爸一走他就离婚，现在我要他拍我的小说，他却死活不肯。他以为我爸走了我就没有利用价值了，他忘了他做的那些丑事我全都知道，我随便说一桩，他在影视圈就得滚蛋，永世不得翻身，他还不知道讨好老娘。”

“苗若风说的丑事，是什么事？”

“问她没说。”

“你的怀疑是？”

“苗若风极为看重这部小说，希望能打个翻身仗，一定会缠着顾正辉要他购买和执导，并且以顾正辉的丑事为要挟。听说顾正辉的公司快破产了，去年和今年上映的几部电影票房仆街，公司根本没有自有资金投拍新的电影，只能靠融资，而苗若风的小说又没有什么流量和号召力，没有资方愿意买。刚愎自用的顾正辉特别反感被人挟制，而投拍苗若风的小说只会让他的财务状况雪上加霜。如果苗若风真的威胁他，顾正辉极有可能……”谢宇飞又停住了，但意思不言而喻。

“这些都只是猜测，你有证据吗？”

谢宇飞转了转灰黄的眼珠，说：“证据要靠你们警察找了，我只是提供思路。顾正辉去过别墅，他和苗若风一直有联系，顾正辉对犯罪手法和侦查套路又很熟悉，他想下手，完全可以做到天衣无缝。”

“谢谢你提供的信息，以后想到什么及时反映。”

“一定一定。”

“你今天的口述，我们都做了记录，也录了音，请你在笔记本上签字。”宋宁挥了挥手中的笔记本，里面夹着一支录音笔。

谢宇飞看了笔记本上面的内容，签了字。

从谢宇飞住处出来后，宋宁迫不及待地问郑炜：“小刘还没回来，苗若风电脑你找别的组鉴定了？”

“没有。”

“那你怎么知道里面有文件被删除了，而且还知道删除的时间。”

“兵不厌诈嘛，我这是诈他。我看出这小子在撒谎，估计他做了亏心事。”

“怎么看出他在撒谎？”

“他第一次做笔录之前，精心编织过谎言，找不出漏洞。叙述没有经历过的事，他可以在叙述前做好准备，但要他按时间倒叙的话，他先前的准备就不复存在，他要重新编造没有看到的景象，难免会出漏洞。二楼窗帘是否关闭，他根本不知道，所以前后说得不一样。”

“是的哦。郑队抓住他的语言漏洞，指出他拷贝了文档后，他就开始慌了，接着又抛出是他杀了人，他更慌了，全盘招认。这么说，他有可能只是拷贝了文档，而没有下毒？”

“是的。一个人紧张慌乱时容易说实话，谎言需要思维冷静的时候去编织。从时间上看，短短十分钟，他不太可能完成毒杀、拷贝文档、擦掉指纹、删除监控一系列工作，而且，如果谢宇飞真的想谋杀苗若风，他应该选一个更从容的时机，让人不知道他来过这里。他今天是来拿文稿的，选择这个时间毒杀苗若风，他肯定是第一嫌疑人。”

“那接下来就是顾正辉了，谢宇飞所说可信吗，是不是为了脱身陷害顾正辉？”

“谢宇飞什么心理不重要，关键是了解顾正辉的情况，回去赶紧把这几天我们调查的情况整理一下，打印出来，我先梳理一下。顾正辉，不好对付。”

“好。”宋宁说。

郑炜和宋宁交代完，陷入了沉思。苗若风为什么将电脑开机，并且将《风过无痕》打开展现在屏幕，让人一眼瞧见？因为她知道谢宇飞要来，她知道第一个发现尸体的人，是谢宇飞，她知道谢宇飞有钥匙，知道谢宇飞的小聪明，也知道谢宇飞觊觎她的灵感已久。她要惩罚谢宇飞！临死前她都要拉上谢宇飞。会不会是其他人设的陷阱？不，其他人，即使是顾正辉，不会知道也没有时间去关照谢宇飞的小心思，只有苗若风了解他。苗若风，不仅有才华，她还有一种……扭曲的心理，她对谢的青睐可以转化成恨……郑炜不由得抖了下肩膀，他不愿再往下想了。

“我们现在去顾星如那里，有件事要告诉她。”郑炜说。

2 天地终归破损

上午，凌钰去了云山花园，顾星如开了门，她身着黑衣黑裤，脸色苍白，眼睛红了一圈，似乎刚流过泪。

凌钰轻轻拥抱她，歉疚道：“昨天没有陪你，你还好吗？”

“没事儿，我昨天也有很多事要忙。”星如嗓音沙哑，缓步走到客厅的长条桌前，“我刚泡了花茶，尝尝吧。”

“你会泡茶了？”凌钰问。

“在茶人眼中，花茶不是茶。”星如说。

桌子上放着一个玻璃养生壶，壶里五彩斑斓。淡褐色的茶水，表面浮着鲜红色的枸杞，下面是舒展绽放的略微发白的红玫瑰，壶底伏着几片青绿色的薄荷叶，几颗浅黄色的桂花点缀其间。

诱人的颜色、丰富的层次，勾起味蕾的欲望。

星如将壶里的茶水倒入两只玻璃杯，瞬间将玻璃杯染成茶色。凌钰捧起一只，闻了闻，赞道："好香。"

星如说："这是我照着书做的，以前我妈给我泡过。妈妈说，甘甜饱满的枸杞，搭配芬芳馥郁的玫瑰、甜香扑鼻的金桂、清凉提神的薄荷，好似旭日初升的早晨，让味蕾和心情渐渐苏醒，迎接美好的一天。"

"真好！"凌钰轻轻啜饮一小口。

"南方茶人是不喝花茶的，北方人却情有独钟。妈妈又神经衰弱，茶里的咖啡因让她睡不着，所以她基本只喝花茶，偶尔才会和朋友品一下乌龙茶。妈妈说，花茶也是有生命的。天然花果中含有各种植物精华，具有不同的营养功效，也有不同的内涵和寓意。你知道这款花茶的名称吗？"

"不知道呢。"

"爱的企盼。枸杞，寓意企盼；玫瑰，寓意爱情；金桂，寓意美满。"

"美好的寓意，喜欢这种甜甜暖暖的滋味。"凌钰说。

她托着茶杯，一眼瞥见桌子边上站着一个芭比娃娃，粉色的长裙，金色的长发，黑亮的大眼睛，天真呆萌的表情，忍不住夸道："真漂亮。"拿起细看，娃娃的脸有点灰，衣裙和头发都旧了，显然这是一个有年头的娃娃，但依旧干净整洁。

"以前买的？"

"是啊，二十多年了。"

"不会吧。"凌钰说，虽然她预料到娃娃有点"熟龄"，但没想到这么"资深"，"保养得太好了，你经常给它做清洁？"

"头发和裙子都洗过多次，还拿到专业店去保养。"

"是你爸妈买的？"凌钰小心翼翼地问。

"是的。一岁生日时爸爸买的，看我很喜欢，每年生日都送我一个。他们分开后，妈妈把我的芭比娃娃都扔了，这一个我偷偷藏了起来，才幸免于难。"

"怪不得你喜欢戴发套。"凌钰心里感喟，嘴上说，"真是可爱的小人儿。"

"不说这些了。"星如将芭比娃娃放进柜子里，转头问凌钰，"你昨天发现了什么？保险合同找到了吧？”

“找到了。”凌钰将昨天上午发现保单，下午在凌思远工作室与顾正辉见面，以及指纹比对一致后的分析，简单说了一下，只是未提和沐保安见面。

星如专注地听着，脸色越来越阴郁，但一直未插话。凌钰说完后，她凄然长叹，黯然道：“你知道吗？我妈妈得了脑瘤。这是郑警官早上告诉我的。”

“苗阿姨得了脑瘤？”凌钰也大为震惊。

“半年前就发现了，这么大的事，她居然没和我说，我也一直没发现，我真是太不关心她了。”说到这儿，星如的眼圈又红了。

“别难过，她也是不想让你担心。”凌钰安慰道。

“都怪我！如果我能对妈妈好一点，她肯定不会走。哪个妈妈舍得丢下孩子呢？她该有多绝望啊！”星如抽抽噎噎地哭了。

“哪个妈妈舍得丢下孩子呢？”凌钰喃喃说，她木然直视前方，眼神发空。

往事倏然从时光尽头汹涌而至。

九年前，凌钰如常步行去学校上课。她所在的初中，是江宁大学的附属中学，从家里走过去只要十多分钟。走出家门之后，她渐渐感觉气氛不对。她发现不少人盯着她看，眼神异样，有好奇、同情，似乎还有幸灾乐祸，甚至还有人暗地里指指点点、窃窃私语。走到学校以后，这种异样的气氛更浓烈了，很多同学，尤其是男生，认识不认识的，都使劲盯着她看，发出各种怪笑。出了什么事吗？正当她困惑惊惧之时，好朋友玲子走过来，将她拉到一边。

“你妈出事了，你可要有心理准备。”

“什么事？”她的心蓦然一紧。

“有张照片，传疯了。”玲子将手机递给她。

照片正中是一个裸体女子，正躺在床上，从房间陈设和床上雪白的床单和枕头看，是在酒店的床上。她全身一丝不挂，姿态慵懒，眼睛微闭，脸色红润，一脸的沉醉和倦怠。

那张脸，不是母亲是谁？

她的血一下子涌上头顶，险些跌倒，玲子扶住了她。她看见玲子的嘴巴一开一合，但听不到她在说什么，耳朵里轰隆隆地响，一瞬间，整个世界沸腾而无声。

好半天，她才醒过神，然后拔脚往校外走，越走越快，最后开始奔跑。她只想赶紧离开这个地方，虽然去哪里，她完全不知道。家，现在肯定不能回去。母亲现在需要家来避难。

她知道应该去安慰母亲，告诉她，自己并不介意，但她说不出口。事实上，她是介意的。她感到无比的羞耻和愤怒，为母亲，为自己是她的女儿。

她在外面晃荡了一天，晚上 10 点多才回到家。没有人找她。天地破损，大家自顾不暇，她去哪里躲避，又有什么关系呢？

家里黑着灯，她蹑手蹑脚地摸进自己的房间，躺在床上，翻来覆去，很久之后，听见外面客厅有声音，许是父亲回来了。

第二天早上，父亲做了早餐，母亲的房门依然紧闭。吃饭时父亲说学校派他去北京出差，父亲将两千元放在桌子上，对她说，照顾好自己，吃好点。她没有说话，默默吃完碗里的鸡蛋羹，背起书包，走出家门。

她在楼梯间坐了很久，看到时间差不多了，才开始下楼去学校。她踩着上课铃声低头步入教室。下课后她无处可去，趴在桌子上睡觉，周围全是阴阳怪气的说笑声。她塞上耳机听音乐。

下午一放学她就往家里赶，发现家里空空如也，母亲不在。她的心一沉，但似乎又松了一口气。这个家，成了她一个人的避难所，也好。

学校成了她最恐惧的地方。

霸凌逐渐升级，花样百出。他们用污秽的语言描述那个场景，加入夸张不堪的想象。他们将不雅照放大，贴在她桌子上，贴在教室的板报墙上，甚至还有人朝她背后扔鞋子。

她默默地承受这一切，从小她就是乖乖女。小时候父母经常吵架，家里气氛压抑，父亲常年不着家，母亲沉浸在自我的世界里。缺爱的孩子有讨好型人格，她努力讨好老师和同学，拼命学习，帮助同学，积极融入集体，这让她在学校有了些许人缘，有几个可以说话的女同学，还有男生向她示好。

她心里暗暗高兴，但她没想到，这些友情是如此脆弱，母亲不雅照曝光后，她被所有同学遗弃。那些讨厌她的人嘲笑她，整她；而她视作朋友的，没有一个和她说话，连好朋友玲子，也不再理她。她恨母亲，也恨周围的人，她用沉默将自己包裹，抵御周围的风刀霜剑。

然而，那些刀剑却不放过她。一次课后她去了洗手间，等她回来时，发现桌子上被泼了水，抽屉里的作业和书本都湿透了。她默默擦干桌面，将书本拿出来，用纸巾吸干。她希望她的隐忍能换来息事宁人，但没想到更大的伤害在等着她。

放学后，几个男生和女生在小巷口堵着路，用难听的话骂她。她不看他们，也不说话，低头快步前行。他们见她不为所动，更恼怒了，拦着她，揪住她，要剥下她的衣衫。她忍无可忍，奋起反击，抓住领头的男生扭扯厮打。多日积聚的愤怒和委屈终于在此刻爆发，她力大无穷，男生感受到挑战，也使上蛮力，将她按倒在地。她使劲挣扎，给了男生一巴掌。男生破口大骂，旋即从口袋里掏出一把小刀，想往她脸上划，她拼死抵挡。刀子在她的手臂划出一道长印，瞬间血流如注。男生吓得手一松，刀子掉落，她即刻用脚使劲往男生肚子上狠踹，男生大叫一声滚到一边。

她脱了外衣包住手臂，忍着剧痛跑到学校医院，一路上，殷红的血不停往下滴，她却没有落泪，她咬着下唇，咬出了血。那一刻，她遽然不再害怕，她感到自己无比强大。

以前，她把希望寄托在别人身上，她靠讨好别人来肯定自己，讨好父母，讨好同学，讨好老师，讨好亲戚，讨好一切她认识的人。现在她醒悟了，遇到真正的危机，没有人帮你，即使是至亲。而你，还要打起一万分精神，去对付那些落井下石的人。此刻，她明白了一切要靠自己，她不再寄希望于任何人。

她一个人住院，一个人出院，一个人回家。父亲和母亲都不在家。三天后她出院了，出院后她回到学校，班主任叫她去教务处，说学校领导找她。

她低眉垂眼、贴着墙根慢腾腾往前蹭，心里紧张又害怕。虽然她的胆子比以前大了，但毕竟只是一个 14 岁的孩子啊，她的反抗是被迫的，她并不希望造成可怕后果。刚才班主任告诉她，被踢的男生脾破裂，去医院做了脾切除手术，现在还躺在医院。她知道那个男生叫张鸿鸣，老爸是市政府的一个大官。

终于她挨到了教务处门口，里面有个面目模糊的男人，她不敢抬头。

“凌钰吗？进来！”是男人冰冷严厉的声音。

她垂着手、拖着脚，一步一步挪进房间，在离男人几米远的地方站住了。

男人瞟了一眼她包扎的手臂，冷笑一声：“恢复得挺快嘛。你可知道，张鸿鸣同学因为你险些丧命，现在还躺在医院，你打架致人重伤，学校要开除你。”

“开除？”她抬起头，瞪大眼睛，又惊又恐，“不，我是被逼的，我是正当防卫。”

“你还知道正当防卫，谁能证明？明明是你先出手。”男人翻出一张纸，拍在桌子上，神色漠然，“这是开除学籍通知单，你今天可以走了。”

“不，不！那些同学都看到了，我去找他们。”凌钰拼命辩解，转身欲走。

正在这时，母亲突然出现在门口。母亲深深看了她一眼，急步跨进房间，走到男人坐的桌子旁，站住了。母亲垂着肩，缩着手，哀求道：“张校长，求求您了，您一向仁慈宽宏，给孩子一个机会吧！所有费用我们出，多少都行。”

凌钰从未见到优雅端庄的母亲变得如此瑟缩卑微。

那个张校长用刀子一样的眼光，从上到下，将母亲狠狠剜了一遍，末了，用轻蔑嘲讽的语气说：“你以为生命是可以用钱来衡量的吗？我们要严惩肇事者。”

“孩子有错，是我们没有教育好，念在她还小，平时也听话，给她一个机会吧，否则她一辈子就完了啊，她一定不会再犯的。”母亲可怜巴巴地看着他，就像一个企望伸冤的乞丐，在顶礼膜拜威严的青天大老爷。

“你怎么知道她不会再犯？”男人发出一声嗤笑，一脸鄙夷，“上梁不正下梁歪，有其母必有其女。你有什么资格站在这里和我说话，我告诉你，你也被学校开除了。”

母亲的脸霎时变得惨白，张口结舌，好半天，才艰难地出了声："为……为什么？"

对方冷冷道："你还不知道吗？你已经被江大开除了，因为你不配为人师表。"

"不，不，你们不能这样！我……不好，要……要开除我，我女儿不能开除。"母亲的声音有点喘。

"你回去写个检查来再说。"对方幸灾乐祸地说。

凌钰无法再目睹他猥琐丑恶的嘴脸，掉头就走，听到背后母亲语无伦次的道歉声。

她坐车去了海边，一个人坐在空旷的沙滩，听潮涨潮落，看硕大浑圆的夕阳将海天之际染成一片橙黄。

就在她心绪渐渐平复之际，接到一个陌生电话，小区保安打过来的，说她母亲跳楼了，叫她赶紧回来。

她不敢相信自己的耳朵，抓着手机怔了好久，然后，没有任何征兆的，泪如雨下。她像疯了一样往回赶，的士一路狂奔。她在小区门口下车，发现气氛异样，警车停在外面，几个警察，还有小区保安、居民、各色人等，神情肃穆。远远地，看见一群人在楼下围了一个圈。她想都没想拼命往里冲，围着的圆圈开了一个口，她冲进那个圆圈中心，一下子瘫倒在地。她看见水泥地上一摊暗红的血，一件大红长裙，覆盖着一个瘪的人，如硕大的猩红色的蝴蝶标本。她双手抱头，使劲摇晃，希望这一切都是幻觉，但周围瞬间变得鸦雀无声，她看见众人眼里的同情和怜悯，她知道这一切都是真的了。恐惧、痛苦、伤心、愤怒，所有的情绪用力挤压着她的胸口，她撕心裂肺大喊了一声："妈——"

警察过来扶起了她，叫她带他们回家看看。

她跌跌撞撞地扑到家中，奔向书房，门大开着，长条形的书桌上，摊着一张大纸，一大半已经歪到地上了，一阵风从敞开的落地窗吹进来，大纸荡一荡，终于像风筝一样坠了地。

桌子的边上，放着一只墨绿色的长盒，里面安静地躺着母亲钟爱的翡翠项链，那是母亲的贴身之物，据说可以辟邪、驱魔，佑护健康，然而母亲终究是没有逃过自己的心魔。

桌子的另一侧，立着一个白酒瓶，从来不喝白酒的母亲干完了一瓶，在大纸上写下一行字，走到阳台，纵身一跃，去了一个没有痛苦的世界。

母亲用死捍卫了自己和女儿的尊严。母亲的开除被撤销，教师身份保留，凌钰的处分也被撤销，但她没有再回学校。一个月后，父亲带着她离开了那个闷热潮湿的江南城市，来到深城，开学后她读了初三。进入新的环境，原先困扰她的那些人和事都湮灭了，生活似乎重回正轨。她努力学习，参加社团活动，尽力融入到人群中。但她内心知道，她再也回不去了，那个天真纯良的孩子，就像诗歌，经历了开元盛世，再也产不出生气四溢、浑然天成的诗句了。

天地终归是要破损的。

“你说，妈妈是不是因为我走的？”星如抓住凌钰的胳膊，哽咽道。

“是……啊，不，有人害死了她。”凌钰愣愣神，从记忆中挣脱出来。

“是谁？”

“我的妈妈也走了。”

“什么？”

“你知道那天我看到苗阿姨为什么晕倒吗？因为我妈妈走的时候，也穿着大红长裙。”

“啊？！”

“唉！”凌钰发出沉重的长叹，将从未对人提及的伤心往事告诉了星如。

“没想到，你一直以来承受了这么多。”星如紧紧握住凌钰的手，眼里噙着泪。

两个年龄相仿的要好姐妹，因为相似的痛苦经历，心，更加紧密地连接在一起了。

3 亮出底牌

上午10点，郑炜坐在分局刑警大队的办公室，仔细翻阅宋宁打印的资料。马上要见顾正辉，这才是一场硬仗，这个老狐狸，绝对没有谢宇飞好对付，他是导演也是演员，惯于掩藏自己的真实情绪。

死者苗若风，55 岁，知名编剧、作家。22 岁毕业于北京电影学院文学系。父亲苗澄宇生前是北京电影学院教授、中国电影界领军人物。苗若风大学毕业后写小说，做编剧，不到 30 岁，已是国内知名作家、一线编剧。

苗若风 30 岁时和 28 岁的顾正辉结婚，32 岁生下女儿顾星如。结婚后，由顾正辉导演、苗若风编剧的几部都市爱情电影，融入奇幻、科幻元素，在市场上独树一帜，大受欢迎，有的票房超过 10 亿。

两人爱情和事业的蜜月期维持了几年，之后由于电影的同质化，观众审美疲劳，票房大幅滑坡。顾正辉选择了找别的编剧，改拍悬疑片，他细腻稳重、富有质感的风格给粗糙浮夸的悬疑电影市场带来一股清新之风，几部电影拍下来，他被誉为“中国悬疑电影导演第一人”。

苗若风或许也准备尝试走悬疑路线，但还来不及等她转换风格，父亲患重病去世。苗澄宇去世几个月后，顾正辉和苗若风离婚。离婚后，42 岁的苗若风带着 10 岁的女儿到深城定居。

有人说顾正辉完全是冲着苗若风的家境，岳父用完了就和妻子离婚；也有人说顾正辉早就有了外遇，碍于岳父的权威不敢离婚，岳父过世后马上提出离婚。总之，公主和王子的童话终结了。

沉寂了几年的苗若风，华丽转身为推理作家，出版了两部小说，都被拍成电影，奈何电影票房平平，小说销量也一般。有人说苗若风本来是写爱情小说的，写推理小说自然捉襟见肘；也有人说，小说有独到之处，关键是电影没拍好，对小说销售没有起到推动作用，现在看小说的人本来就少，哪部推理小说的走红不是靠着电影的热映?

苗若风 50 岁时，认识了比她小 15 岁的网络写手谢宇飞，谢宇飞自诩才华横溢，但靠写作谋生的他，生活却入不敷出，苗若风将他介绍到出版社做编辑。两人认识一年后同居，同居两年后分手。据谢宇飞说分手是苗若风提出的，苗若风说他没用，烂泥扶不上墙。但据苗若风的闺蜜说，分手是谢宇飞提出的，因为苗若风没有了利用价值。谢宇飞曾经找苗若风借过三次钱用于投资，均告失败。第四次找苗若风借钱时，被拒绝，谢宇飞很不高兴，提出分手。谢宇飞酒后还曾说，本以为苗若风的小说和电影能走红，谁知道过气了终究是过气了，写的东西观众根本不买账，关键是自我感觉良好，对他颐指气使，还自以为是公主。闺蜜大骂谢宇飞是渣男，并替苗若风感慨，为什么女神老是碰到渣男。

不管是谁提出分手，分手后的苗若风都陷入了严重的心理危机。顾星如建议苗若风找凌思远做心理咨询，凌思远是顾星如好友凌钰的父亲。凌思远给苗若风做了一年的心理辅导后，建议苗若风另找他人。据凌思远说，因为苗若风对她产生了依恋之情，于是将她介绍给女性同行，但苗若风没有去。半年后，也就是今年初，苗若风被查出患了脑瘤。

苗若风和谢宇飞分手不久，在自己的53岁生日当天（苗若风的生日是5月31日）购买了一份巨额人身保险，保险金的受益人是顾星如。今年1月6日，苗若风被查出患有脑瘤。1月8日，她将保险金的受益人改成顾正辉。5月30日，又将保险金的受益人改成顾星如。5月31日，保险公司将更改后的纸质保险合同快递给凌思远，凌思远在6月1日收到。

6月2日中午，苗若风被发现死于家中，死因是三氧化二砷中毒。

一个人的一生，这么短短的一页纸就完了吗？郑炜捏着手里薄薄的纸张，感慨万分。

他在心中暗暗说，一定要查清苗若风的死因。

他接着看宋宁写的调查分析。

死者死亡时间在6月2日上午11点10分到12点15分之间。在瓷杯中的花茶残留物里，检测到三氧化二砷成分。

死者身上没有外伤，房间没有外来人员进入痕迹，但门厅处的鞋架被擦拭，客厅被打扫。客厅里只有死者遗留在瓷杯上的一枚指纹，其他指纹均被擦掉。死者为何在自杀前打扫房间？且打扫的仅仅是客厅，其他房间都留有死者大量生物痕迹。如果这一切是外人所为，有谁进入了客厅？

在排查死者的社会关系时，没有发现死者和他人有财务纠纷，我们重点排查曾经到过别墅、有条件熟悉房屋监控和房间布局的人。死者的女儿顾星如当天上午和朋友凌钰走梅山绿道，排除作案可能。死者工作中接触的人，除了谢宇飞，都没有到过别墅。死者的女性友人，有两位到过别墅，但2号上午一个在公司上班，一个在外地。死者的男性友人，凌思远、顾正辉和谢宇飞，曾经到访别墅。

凌思远当天上午和中午都在工作室接待来访者，有助理和来访者证明。

顾正辉和谢宇飞都声称2号上午一个人待在家里。顾正辉的邻居说上午在阳台侍弄花草时，听到隔壁的顾正辉家里有唱京剧的声音，似乎是顾正辉在“吊嗓子”，顾正辉喜爱京剧，时不时会在家里练唱。

谢宇飞说出版社编辑不用坐班，他因为和苗若风约好了中午过去，上午就没有去出版社，因为从家里过去更近。谢宇飞11点10分给苗若风打了电话，苗若风说在家等他。于是他在11点20分驾车出发，11点50分到达别墅小区大门口。谢宇飞到达别墅后，敲门没人应，拿自己偷偷配的钥匙进入客厅，见苗若风已经死亡，旁边的电脑开着，有打开的小说文档，于是拷贝了整个文件夹资料，然后删除文档，擦掉指纹，离开房间，跑到管理处报警。

顾正辉所在小区监控显示，他在6月1日晚上进入公寓后，一直到6月2日中午1点半才出门。谢宇飞是6月1日晚上进入居住小区后，6月2日上午11点20分驾车出门。

二人居住的公寓大楼都只在电梯里安装了摄像头，走廊和楼梯没有安装。

从目前掌握的情况看，顾正辉有可能在苗若风死前见过她。如果谢宇飞到来时，苗若风还活着，并且泡好了茶等他，谢宇飞基本不可能在10分钟之内完成下毒、盗走文稿、抹去痕迹等工作，他进屋后需要和苗若风说话，伺机下手，但他的汽车入场时间又是确定的。10分钟内杀人又抹去痕迹，这种计划谁也不敢制订。事实更像是他自述的那样，发现苗若风死了，临时起意盗走文稿，抹去痕迹离开。

郑炜思忖，如果谢宇飞不具备作案时间，那顾正辉呢？这是一个狡猾的对手，希望一会儿和他的交锋能发现蛛丝马迹。

他思考了一下，又在纸上记了记，整理了思路。

十分钟之后，宋宁带着顾正辉走进了会议室。

“辛苦顾导又跑一趟，有些事情，还需要再找您询问一下。”郑炜站起身，向顾正辉点头致意。

“郑警官客气了，我都在深城，随叫随到。”顾正辉略一欠身，坐在郑炜对面。

“那我就不绕弯子了。以下我的所有问题，请您务必据实回答。有些之前问过，也麻烦您再回答一次。”

“那是自然，你说。”

“你最后一次见到苗若风的时间、地点、谈话内容？”

“今年 3 月 8 号，在苗若风的别墅，她约我去谈新小说。她和我说了小说的思路和遇到的问题，希望我给她提些建议。”

“能把新小说的情节说一下吗？”

“这个……过去几个月了，不记得了。”

“还有谈其他吗？你上门给苗若风带礼物了吗？”

“这个，我想想。”半晌，他说，“这个，真不太记得了，还聊了女儿的情况，印象中就聊了这些，好像也没有带什么东西。”

“6 月 2 日，你最早几点钟从云峰公寓出门的？”

“中午 1 点半，因为下午 2 点约了朋友谈事。”

“在这之前，你一直待在自己的公寓没有出门？”

“是的。”

“我们在离小区不远的一个店铺的摄像头里发现了你的身影，你穿着一身黑衣。”

“不可能，一定是认错人了。”顾正辉眼神躲闪，语气却是毫不迟疑。

顾正辉的反应也在郑炜的意料之中。虽说他们发现了疑似顾正辉身形的人，但那人戴着口罩、墨镜和棒球帽，而且帽檐压得很低，整张脸都被包裹住了，明显就是不想让人认出。这种情况很难认定视频中的人就是顾正辉。

郑炜又抛出一条重磅信息。

“5月28日下午，你去过清香茶苑吗？”

顾正辉怔住了，慢吞吞地说：“我想想。”他低下头，用手指撑着额头，许久才道，“去过。”

“你去那里做什么？”

“订购了一盒铁观音，去拿货。”

“哪里生产的？”

“安溪甘田茶厂的。”

“苗若风后院的垃圾桶里，有茶叶渣，和你订购的是同一品类：‘想佳人’。那是你6月2号上午带过去的。”

顾正辉没有说话，他专注地看着杯子里的茶水，脸上看不出一丝情绪的波动。

“这款茶叶市场小众，基本都是老客户预订。‘想佳人’在深城的专卖店是清香茶苑，我们去店里拿到了订购客户名单，除了你，没有人与苗若风有交集，而你虽然用了假名，店员还是认出你是订购人之一。”

“茶店里有卖的。”顾正辉淡漠地说。

“茶叶是5月下旬上市的，6月2日之前，除了预订的客户，茶店没有卖出一盒。”郑炜道。

顾正辉没有吭气。

“苗若风家里怎么会有你的茶叶？”宋宁追问。

“我送给她的。”

“你是5月28日才拿到茶叶的，而你最后一次见她是今年3月，你怎么给她？”郑炜沉声道。

顾正辉的脸色微微一变，他低头抿了一口茶水，缓缓地说：“真是年纪大了，容易忘事。几天前，我和苗若风在外面见过一次，我把茶叶给了她。”

“哪天？在什么地方？”

“这个，想不起来了。唉，不服老不行啊。”顾正辉说完，举起茶杯，对宋宁说，“麻烦宋警官倒点水好吗？”

宋宁递给他一瓶矿泉水。

“6 月 2 日上午，为了完成你的计划，你提前做好不在场证明，录下自己的声音，设置 11 点定时播放。你 10 点前从家里偷偷溜出，不坐电梯走楼梯，小心避开路面监控，但你没想到没有公共监控的小路，居然还有小店自行设置店外监控。你从别墅后门进入客厅，和苗一起喝了你带来的铁观音，喝完铁观音之后改喝花茶，你趁苗不注意将砒霜放进花茶里。苗若风死后，你开始清理现场，因为你不确定自己碰过哪些地方，干脆将客厅都打扫了一遍，留下花茶杯子不动，因为那个杯子只有苗碰过。然后你删掉门厅电脑里的数据，因为你早就知道那台电脑连着监控设备。”

“郑警官的故事很精彩，不写小说可惜了。既然我将指纹都擦掉了，为什么不带走茶渣，还把它留下来当证据？再说，我自己活得好好的，为什么要杀苗若风？”

“你不是年老忘事吗？忘掉带走也是可能的。”郑炜冷笑，继续说，“苗若风两年前买过一份人身保险，受益人是你，如果她身故，你可以拿到保险金，数额之巨，足够你几辈子花的。”

“这和我有什么关系？我现在的财富，几辈子都花不完，会觊觎她的保险金？再说，我压根就不知道有这个保险。”

“外界都以为顾导很有钱，实际上你的财务状况岌岌可危。最近五年星辉公司参与投拍了五部电影、三部电视剧，除了你作为导演的两部电影赚钱之外，其他的票房平平，还有几部亏本。另外，你个人还投资了一家连锁餐饮企业、两家电影院，均已宣告破产，你的股票投资同样惨不忍睹。据我们的专业人士初步测算，你目前的资产状况是负数。”

顾正辉脸色有些虚白，他拿起桌上的矿泉水瓶，慢慢拧开，一口一口地喝着。

“你知道保险是苗若风两年前生日时买的，如果她今年生日之后身故，就会启动赔付。如何让她结束生命而不被怀疑，谋杀伪装成自杀，是最好的方法。”

“我不知道你在说什么，我也不知道保险的事。”顾正辉仿佛缓过神来，又换上漠然的表情。

“只要犯罪人到过现场，都会留下蛛丝马迹。调查公交车和的士，我们就能找到你到过现场的证据，这只是一两天的事。早点坦白，可以从宽处理。”

“我没有杀苗若风，她的死和我没关系，你们爱怎么调查都可以。如果没有其他问题，我是不是可以走了。”顾正辉冷冰冰地说。

“耽搁顾导时间，如果你想起什么，随时和我们联系。”

“一定一定。”顾正辉敷衍着，扬了一下手，快速走出会议室。

郑炜用双手撑住额头，陷入沉思。今天的询问可谓一无所获，底牌都让对手知道了，可他一句轻飘飘的“不记得了”，就将所有的怀疑推得一干二净，你却奈何不得。顾正辉 2 号肯定去过苗若风家，并且和苗若风一起喝过茶。如果苗是他杀的，他为何不带走那包茶渣？如果苗不是他杀的，他为何提前做好不在场证明？

还有那份保单，为什么苗若风在知道自己得了脑瘤后将受益人改成顾正辉，而在死前又改回顾星如？顾正辉显然不知道她改了受益人。如果顾正辉还以为受益人是他，会不会动杀心？顾正辉擅长拍摄推理电影，自认为能做出一桩完美犯罪，毒杀苗若风，伪装成自尽，岂料苗已经将受益人改了。

但证据呢？

郑炜拿拳头使劲捶了捶脑袋，没有一条路行得通，一定还有很多他不知道的隐情。他感觉自己正隔着一片模糊的玻璃使劲往里看，可玻璃被油纸蒙住了，怎么都看不清，只要揭开油纸，就会云开雾散，豁然明朗。

接下来该怎么调查？明天得去找找凌老师，启发一下思路。

4 难道是她

早上 8 点半，高行知照例坐在电脑前。

他打开娱乐频道，头条是“美女作家苗若风前日因病去世”。高行知赶紧点开文章，说的是苗若风前日在深城家中因病去世，苗若风的女儿顾星如，委托独家代理苗若风小说的星辰出版社今晨发布了讣告。文章简单回顾了苗若风的生平，提及了苗若风和前夫顾正辉的合作，但未说明苗若风患何病去世。这只是一个简短的讯息，高行知很快看完了，不由得感慨生命的脆弱。苗若风曾经是鼎鼎有名的一线编剧、小说家，由她编剧、顾正辉导演的青春爱情电影《穿越时空的思念》，成为一代年轻人的共同记忆，票房也曾创下爱情片纪录。和顾正辉离婚后，她改写推理小说，并将自己的小说改编成电影剧本，但推理小说和电影都没有一部叫好或叫座。

高行知浏览了其他新闻，审阅了编辑部筛选后的大赛小说。下午，他感觉有点疲累，给自己冲了一杯咖啡，打开邮箱，阅读邮件里的作品。

“流浪的小行星”发来了更新。

当晚，我在公安局附近的旅店住了一晚。我想回家，宋警官说家里已封，明天带我过去。

第二天早上，我和宋警官一起，回到了陌生的家。

与其说是家，不如说是母亲的居所。上高中时，母亲在郊外买了这栋房子。我高中寄宿，周末才回家，但我不愿意去偏远的别墅。寄宿高中本来就处在没有人间烟火的远郊，周末我希望回市里闹腾，和同学们逛街吃饭。母亲迁就我，周末从别墅回到市里的房子，我们在市里还有一套三居室。

这栋别墅，我只来过几次。客厅明亮开阔，母亲在客厅正对落地窗的地方摆上书桌，窗外的绿意尽收眼底。对于作家来说，这是难得而又必要的写作环境。只是母亲住过来几年了，也没有写成一部像样的小说。上一部小说，据说恶评如潮。而母亲最得意的小说，是一家人最初蜗居在小房间里写出来的。后来母亲成名了，我们换了三居室。

“你母亲，被发现的时候，躺在这里。”宋警官指了指沙发。

书桌的正前方是一张长条沙发，沙发前面的茶几上摆放着茶叶罐和功夫茶具，繁琐笨重的功夫茶具是从市区的房子里搬过来的。当时我还问母亲，搬过来做什么，因为自从父亲离开家以后，我从未见到母亲用过那套茶具。母亲笑笑说，说不定日后用得着。我知道那套茶具是母亲当年送给父亲的礼物。父亲特别爱喝乌龙茶，母亲在狭小的客厅安置了一套体量大、价格不菲的茶具。自那以后，父亲果然在家中呆的时间长了，但他最终还是离开了这个家。

我蹲下身，仔细看过去。赭石色的紫砂壶和紫砂茶盏，光润亮洁，隐隐还有水痕，似乎经过了冲洗。

客厅和开放式餐厅相连，大理石餐台上放着托盘和三只珐琅彩瓷茶杯，上面有淡淡水痕。

我想起第一次和母亲享用这套精美茶具的情形。

那是几年前的夏天，母亲从英国旅行回来，执意要我去别墅度周末。

母亲像孩子一样，兴高采烈地述说自己在英国旧货市场的淘宝历程。这套珐琅彩瓷茶具，是欧洲宫廷用品，原价不菲，母亲独具慧眼，店主也认为给物品觅到了良主，遂以低价售出。

母亲将玻璃壶的水注满，烧开，烫了茶壶和茶杯，又从几个锡罐中，一一取出玫瑰、枸杞、桂花，置入茶壶；待到水温冷却到70度，将水倒进茶壶，静置片刻后，将茶水倾入瓷杯。

“喝吧。”母亲端起杯子，慢慢悠悠地说，“南方人看不起花茶，说不入流。真茶滋味固然迷人，花茶又何尝没有自己的生命，每一瓣花，都有她的内涵，都有她的寄意。”

我饮了一口，果然香韵沁脾。

那个炎热潮湿的午后，我们在室内品着芳香四溢的花茶，吃着甜腻的小饼干，看阳光一寸寸从阶前消失，清凉而温馨。

此时，我望着沙发，仿佛母亲依然坐在那里，对着我招手，唤我过去坐。

“有发现吗？”是宋警官的声音。我愣一愣，从记忆中挣扎出来，摇了摇头。

“还有一个珐琅彩瓷茶杯，被你们拿走了，是吗？”

“是的。”

“如果只是喝花茶，为什么要将功夫茶具都清洗一遍呢？”我问。

“可能先喝了功夫茶。”

“我从未看到母亲用过家里的功夫茶具，她一个人只喝花茶，珐琅彩瓷杯就是她用来盛花茶的。”

“难道说，那天上午来了客人，你母亲和他／她一起饮了功夫茶，后来又一起或者独自喝了花茶？”

“来者为了抹掉自己留下的痕迹，将所有的功夫茶具和花茶杯子都洗了一遍，造成我母亲打扫卫生清洗茶具的错觉。”

“我们也想过外人入室的可能。但一是没有任何其他指纹和足迹，二是查了小区监控，没有看到外人进入。不过也有奇怪之处。”说着，他走近靠近门口的一张桌子，上面放着一个电脑显示器。

“这个显示器是监控设备，所有的影像都被删除了。”

“外人进入的可能性很大。”说着，我走到门口，这里有一个简易的塑料三层鞋架，如果有人从外面进来，会把鞋搁置在此，换上家居拖鞋。

“鞋架都被擦过了。”我盯着鞋架，从上看到下，“真够仔细的，没有留下任何痕迹。然而，”我转头看着宋一宁，正色说，“我母亲肯定是被谋杀的，她不可能在自杀前将痕迹都抹掉，她没有必要这么做。”

“我们也有此怀疑，正在进行调查。”

“有哪些嫌疑人？”

“首先是现场的发现者，也是你母亲的前男友，沐小白。其次是和你母亲熟悉的人，包括她的朋友和工作伙伴，其中也包括你的父亲耿云山。”末了，宋警官放慢语速，瞧着我的表情。

“希望尽快有结果。”我语气平淡，并无不适。自从10岁那年父母离婚后，我与父亲的见面次数，一只手都能数过来。最近一次，还是四年前。我都快不记得这个男人了。

这时，宋一宁的电话响了，他接听后，连说“好、好”。挂了电话，他说：“有急事，我得回去，你回市里吗？”

“我想在房子里多待会儿，可以吗？”我说。

“也好，你是学刑侦的，又是在自己家里，可能会发现我们发现不了的线索。回头我们电话联系。”宋一宁说完，又交代了几句，匆匆离去。

故事一步步展开了，还挺吸引人，高行知不知不觉喝完了一杯咖啡，他又冲了一杯，接下来写的是“我”在家里回忆父母，也就是对父母背景和关系的交代。

母亲何清欢是知名推理作家，父亲耿云山是出版社编辑，母亲的小说走红后，父亲辞去出版社工作，成立了一家文化公司，用于出版和推广母亲的小说及代理小说衍生业务。随着母亲的小说越来越畅销，他们赚的钱也越来越多，但两人的关系却开始出现裂隙。记得小时候父母经常吵架，后来他们离婚了，我跟着母亲生活。离婚后，母亲也许是心情变糟，也许是才气耗尽，写的小说越来越少，质量也大不如前，销量下滑，由此形成恶性循环。母亲的心情变得更坏，喜怒无常，经常无缘无故打骂她唯一的孩子。后来我上了高中，开始住校，和母亲直接对抗的机会减少，我们的关系开始改善，母亲也觅到比她小十多岁的男友。爱情一度让母亲焕发青春，心情明亮，但没过多久，她和男友的关系出现危机。在母亲眼里，男人都对她有所图。当年父亲和她结婚，是看中她的小说未来能畅销。如今的男友沐小白，一个毫无名气的网络写手，更是看中她能带给他的利益了。

母亲的这番想法我并不认同，我是个理性现实主义者。两个人在一起，总要互相有所图，说得好听点，就是互相匹配。看上对方的，无外乎外表、能力和性格，或者说，你在两性关系中，能提供的，无非是性价值、经济价值和情绪价值。这些价值大致对等，天平才能平衡，两个人才能在一起，一旦价值匹配严重不等，就会产生争吵乃至最后分手。

母亲是才女而非美女，性格偏激，情绪多变，在女性能提供的价值体系里，她能提供的只有经济价值和少量的性价值、情绪价值。而父亲虽然不会写作，但有敏锐的眼光和超强的行动力，善于抓住机会。而且，父亲一表人才，性格沉稳，情商高。虽然这个家早年是靠母亲的写作收入支撑，但父亲离开母亲后，靠着分到的一半家产，另起炉灶，代理其他作家的小说，也做得很好。而母亲，却是江河日下，不仅作品越写越差，收入越来越少，之前的积蓄也因投资失败和挥霍性消费而折损大半，自然，在沐小白身上也没少花钱。

老天爷可以赏饭吃，但你若是不珍惜，也只怕最后没饭吃。

当然，靠着过往的版税，母亲依然过着不愁吃喝的日子，只是，昔日的荣光不复再有。万物皆有荣枯，人亦如此。如果一个人过了知天命之年，依然不懂天命，等待她的，只能是精神上的痛苦和折磨。

母亲开始酗酒，情绪也变得极不稳定。两年前我就知道母亲看过心理咨询师，家里也有抗抑郁的药。

她真的会想不开寻短见吗？

高行知快速掠过背景交代文字，继续阅读。

不！我忘不了母亲清亮的笑声。就在两天前，母亲还打电话给我，问我考得如何，何时结束，等我回来做我最喜欢的鲜笋炒酸菜，叫我一定带个男朋友回来，她急着抱孙子。说完，母亲就在电话那头咯咯咯笑了。我也笑着说，必须的，他长得可帅了，老妈定会满意。我琢磨着要不要租个男友带回去，没想到永远不需要了。

母亲还等着见她未来的女婿呢，怎么会走呢？而且，她根本没有留下遗书。

遗书？我心念一动，会不会放在保险箱呢？

我走进二楼母亲的卧室，打开双开门的落地大衣柜，拉开最下面的一个大抽屉，里面空空如也。我蹲下来探身细看，抽屉底部有一圈淡淡的灰迹，密码箱被搬走了，而且时隔不长。

会在哪里呢？我暗自想着，下到一楼，走进我的房间，我已经很久没有来这里了。我打开衣柜，拉开最下面的大抽屉，还是空空如也。我将目光移到床上。上次我来的时候，床面用旧床单覆盖着，当时母亲略带歉意地说还没来得及收拾。

今天的床单，一看就是新的，我走上前轻轻抚摸，上面没有因放置过久而落下的尘埃。我俯身闻了闻，有一种刚洗过的淡淡的洗涤剂的味道。

我掀起床垫，露出用木框围起来的空间，里面有相框、棉被等杂物，还有，那个方形保险箱，安静地躺在角落。

母亲为什么将保险箱搬到我的床底下？我从包里取出手套戴在手上，从床架里小心谨慎地搬起密码箱，轻轻放在窗前的桌子上。我从包里拿出一个小袋子，将里面的粉末轻轻撒在密码箱表面，静置片刻之后，用一个小刷子在上面轻轻刷扫，果然有指纹！我拿出手机拍下指纹。

我将拇指摁上密码箱的面板，传来轻轻的“咔嚓”声，我打开箱门，一份文件“哗”的一声掉落在地。我拾起文件，封面写着：人身保险合同。

我赶紧翻开，迅速扫视。保单的第一页写着：

投保人：何清欢

被保险人：何清欢

身故保险金受益人：耿云山

合同生效日是两年前。

我将第一页摊开放在桌子上。从包里取出一个小瓶，将试剂喷洒在纸张上。片刻，纸张右下方出现了紫色的指纹。我又用手机把它拍下来。

这些都是我在刑侦课上学习的知识，没想到在我自己家中派上了用场。

我对比了两个指纹，密码箱表面和这页纸上的，居然不一样！我从母亲的卧室提取了几枚指纹，和密码箱上的一致，肯定是母亲的。那这张纸上的，又是谁的呢？

难道是父亲的？

瞬间，种种信息涌入我的大脑，我的眼前浮现出一幅场景。昨天上午父亲进入别墅，母亲将保单交给父亲，父亲拿起保单的时候留下了指纹。母亲将保单重新放回密码箱，将密码箱放在我的房间床底下，然后回到客厅。然后呢？

我不敢再往下想。

保单的受益人是父亲。如果母亲亡故，父亲将获得巨额赔付。

然而，不管是谁害死了母亲，不管前路多么艰难，我一定要找出真相！我的心里涌起一股悲壮豪情。我告诫自己不能再儿女情长，否则英雄气短。我匆匆收拾东西，锁上大门，直奔父亲住所。

读到这里，高行知不由得思忖，难道真的是父亲做的？他想起鲷鱼烧的故事，真相往往直白浅显，最有可能下手的就是身边最亲近的人，关键是如何下手。

但是，母亲为什么将巨额保单的受益人写成离婚多年的前夫呢？

他接着往下看。

今天只能写到这里。时间不早，要休息了。您猜对了，我就是在天气多变、雨雾迷蒙的伦敦。

果然是伦敦。

那年夏天，他和她一起去伦敦参加研讨会。会后，还有一天的时间，其他同行者忙着购物，他们俩偷偷去了静僻之地，度过了浪漫销魂的一天。这是他们感情的高光时刻，也是走下坡路的开始。

爱情是一场战争，征服，也是被征服。这场战争不是零和，而是要么双赢，要么双输。爱情有开始，也会有结束，但他没有想到以如此决绝的方式寂灭。

高行知心事浩渺。

“又在哪里神游呢？”他一惊，是冯碧，站在他身后。他用手拍了拍额头，做疲惫状。

“在构思小说吗？打扰了啊，我刚才敲了门了。”

“没事。”他敛起尴尬的面容，转过身。

“昨天给几家公司发了资料，今天又一个个打电话问了。以前有意向的影视公司，说今年没有收购小说的计划，几家投资公司也说暂时不考虑投资文化内容产业。”

高行知心里一沉，脸上也微微变色，他强打精神，说：“辛苦你了，回头我再找找其他公司。”

“别着急，虽说这两年市场不太好，但慢慢找，肯定会遇到识货的。”冯碧安慰道。

“现在电影不好做。”

“是啊，像顾正辉这样拍一部火一部的导演，太少了。当年他和苗若风合作的《穿越时空的思念》，我印象很深。可惜，苗若风就这么走了。”

“生命真是脆弱。记得几年前的读书月活动，我还见到了苗若风，她看着很健康，没想到这么快就走了。”高行知也感喟不已。

“走得很突然，听说她的女儿顾星如刚从国外回来，谁料到没两天她就走了。”

停了停，冯碧问：“今天苗若风的讣告，你有没有发现异常？”

“异常？”

“人走了两天才发，前天中午去世的，最迟昨天该发了吧。”

“也是。为什么拖这么久呢？”

“因为不知道怎么发呗。”冯碧撇撇嘴道。

“什么意思？”

“苗若风不是因病，而是自杀。”

“自杀？”高行知瞠目，“她为什么要自杀？”

“也许人家过腻了。关键是，可能也并非自杀。”

“谋杀？怎么可能？”高行知惊道。

身为推理作家，高行知却从未想过，谋杀会发生在他的真实生活中。

“凡事皆有可能，生活比小说更精彩。”冯碧兴致盎然，她说着，坐到沙发上开始冲茶，高行知也走过来坐下。

“如果是谋杀，谁会有嫌疑呢？”高行知问。

冯碧冲好茶，斟进茶盏，慢条斯理道：“听说顾正辉最近频频被公安局传唤，肯定是警察发现了谋杀的证据。”

“什么证据？”

“如果现场明显像谋杀，死者家属可能不会对外宣告因病去世。现场可能像自杀，家属为了死者名誉，决定发布病逝。但是后来又发现了疑点。”冯碧托起茶盏，抿了一口，琢磨道。

“有这种可能，警察和家属对现场的初步判定可能为自杀，但后来发现疑点，就再启动调查。”高行知分析道。

在推理之神工作的，个个都是福尔摩斯。

“苗若风的父母都过世了，和顾正辉十多年前就离婚了，家属只有刚回国的女儿。一个二十来岁的女孩会对母亲的死因存疑，并怀疑父亲，也是奇了。一家人都是戏精。”冯碧一边品茶一边点评。

“是她先怀疑苗若风死因的？”高行知问。

“应该是，苗若风的家属只有她，警察第一时间通知了她，她看过现场。

听说现场像服毒自杀，找不到外来者的任何痕迹。”

“顾星如在英国念书吗？”高行知又问。

“对。还听说父女感情不和。周助理说，他跟了顾正辉多年，从没见过他女儿，也没听过他和女儿通电话。”冯碧说。

“顾星如10岁时父母离婚，对她的心理肯定影响不小。”

“你居然连这个都知道，看不出还挺八卦的呀。”冯碧挤挤眼笑着说。

“没有了。”高行知讪讪道，心里却是一惊，自己怎么不自觉将刚看到的小说内容代入了。苗若风、何清欢，都是女推理作家，都死在自己家中，死亡现场相似，而前夫都有嫌疑。“流浪的小行星”，会不会是顾星如的化名？

难道，小说中的故事在现实生活中同步发生了？这一切只是巧合，还是真有其事？苗若风的死真的不简单吗？

冯碧走后，高行知把“流浪的小行星”的几封邮件又重新看了一遍。

顾星如在苗若风去世前已经回国，小说却是在苗若风去世后发送的，“流浪的小行星”为什么在邮件里说自己在英国读书，而且显示的邮箱时间还是英国的呢？

难道是为了掩盖自己的真实身份？

如此看来，这个小女孩心思绝不简单。既有推理作家的缜密思维，又有表演者的善于欺骗和掩饰。

但是，设局者总会露出马脚。一个二十出头的小姑娘，家境优渥，又喜欢感性的表演，能有多复杂的心思呢？高行知很快在邮件中发现了“错误”。松鼠怎么可能晚上不睡觉，跳到窗台呢？想到这儿，他乐了。明明是白天写的，非要编成晚上，自然有漏洞，都忘了晚上不可能看到松鼠。明明已经回国，还故意暗示身处国外，明显是想误导他，不想让他猜出作者身份。小女生的小伎俩，他不由得摇头嗤笑。

如果“流浪的小行星”真的是顾星如，小说里写的极可能就是正在发生的苗若风的命案，可能她发现了重大线索，而顾正辉极可能是因为她的线索而被调查和怀疑的。

可是，顾星如为什么要将母亲的命案写出来呢？这个时候，她不是应该忙着母亲的后事，沉浸于悲痛中吗？

要了解小说是不是顾星如所写，小说内容是不是和苗若风有关，最重要的，是尽快看到小说全文，并和作者见面。高行知思索片刻，回复了邮件。

故事越来越有意思了，父亲有嫌疑，女儿调查父亲，有看头，后续定会更精彩。能否知道你从哪里获得的灵感？

离直通邮箱截稿日只有三天了，期望尽快更完，或许会成为本届大赛的一匹黑马。学校该放假了吧，什么时候回国？欢迎来我公司实习、工作。推理之神需要你这样有灵气的作者。

晚上 8 点，高行知坐在电脑前处理工作，有点心不在焉。他的眼睛盯着屏幕，却总是不能聚焦。他叹一口气，关了电脑，步行回家。

他在一栋高层公寓租了单间，房间不大，但布局合理，装饰温馨：灰绿色布艺沙发，松木色书柜、暖白色书桌。最让他心仪的，是房子朝东，采光好。每日清晨，和煦的阳光总会像老朋友一样，依约在他脸上挠痒痒，将他从睡梦中唤醒。他微微开启眼帘，第一眼便落在书桌上的绿植。那也是他的心头好，从花卉市场淘来的。绿植普通，但盛装它的透明玻璃瓶形似波浪，造型独特。

他换下 POLO 衫，从衣柜里拣出一件白衬衣穿上。衬衫上缀着黑色的纽扣和袖扣，前胸绘着宝蓝色的印花图案。这是他最喜欢的一件衣服，但并不常穿。

酒吧人不多，他一眼看到她，他们互相点头示意，像老朋友一样。他跟着她走向最里边的座位。他点了啤酒，等她送上来的时候，邀请她喝一杯。

她坐下来，一脸倦怠，眉头紧蹙，闷闷不乐的样子。

“你的脸色不太好，工作太累了吗？”他关切地问。

“可能我的角色要黄了。”她恹恹地说。

“为什么？”

“开机延期了，刚收到通知。”

“为什么呢？”

“不清楚，有人私下说是投资商想撤资，导演在协商。”

“顾导这么大牌，多少投资人趋之若鹜，怎么还会撤资？”

“可能遇到麻烦了。”她倾身向前，凑近他的耳朵低声说，“你可别外传，苗若风去世，听说不是因病，死因待查。”

“什么原因？”

“不好说，听说顾导一周被公安局传唤两次。”她依然压低嗓音。

“是你的菲菲姐告诉你的？”

她点点头，说：“菲菲姐和我抱怨说一个星期都见不着顾导，发了信息也不回。如果顾导真有什么事，《罂粟花》肯定拍不了，我的第一部片子也黄了。”她垂下眼睛，神情沮丧。

“总会有机会的，你这么优秀，有才华。”他安慰道。

“你的《一剪梅》找到买家了吗？”

“顾导不要，其他人也不要，目前市场不景气。”

“总会有机会的。《一剪梅》的故事很好，拍成电影一定好看。”她转而安慰他。

“谢谢你。我有一个请求，不知道是否合适。”他踌躇道。

“说都说了，有啥不合适的，你说吧，看我能不能做。”

“我想，你可能会认识一些影视公司的人，不知可否尽快帮我看看，他们有没有可能买《一剪梅》？”

“我帮你找菲菲姐问问吧，急吗？”她说。

“急，家里人生病急需用钱。不过我知道，合作要靠机缘，急也没用。”

顿一顿，他又说：“《罂粟花》的大纲你能发我学习吗？我得写个故事大纲，影视公司的大佬不一定有时间看小说原文。”

她怔了怔，随即道：“没问题，回头我发给你，不过要保密哦，这是不能外传的。”

“我明白，一定不会外传。”他忙道。

他端起酒杯，诚恳道：“谢谢你！祝你早日成为明星。”

她也举起杯子，笑一笑说：“也祝你的小说早日得遇金主。”

放下酒杯，她忽然问：“你炒过股票吗？”

“哎，别提了。”他也放下杯子，自嘲道，“韭菜根都割没了。买了股票亏得一塌糊涂，割肉以后买基金，也亏得一塌糊涂，我就没这个炒股赚钱的命。”

“我看《一剪梅》里提到K线图的运用，很有想法啊，我以为你是炒股高手呢。”她嘻嘻一笑。

“都是血淋淋的教训。”他的脸微微一红，“你会炒股？”

“经验不多，只在看好的时候出手。”她望着桌子上小小的蜡烛，它被一个玻璃小罐子罩着，发出若有似无的光。

“股价波澜诡谲，毫无规律，你怎么判断涨跌呢？我买的时候也以为要涨，可十有八九都是跌。”

“这个嘛，有时需要内幕消息。”她眨眨眼说。

“内幕消息不一定准吧，而且吃不准的话，不敢重仓，也赚不了多少钱。”

“那就要看消息来源了，是不是来自企业的核心高管，是不是第一手消息，有没有经过其他人。消息越直接，源头越重要，当然就越可靠。”

“这，很难吧。”

她浅浅一笑，将桌子上的玻璃盖子揭开，火苗一下子蹿上来，幽暗暧昧的空间，骤然变得明朗而热烈。

“内幕消息就像这个玻璃盖子，揭开了股价就会往上蹿，但此时烫手，你无法介入，你一定要在盖子揭开前介入。机会稍纵即逝，有时只有一两个小时，所以得提前准备好资金。”

“这得重仓吧，万一看错了呢？”

“看好了再出手，重仓杀入。万一看错了呢？”她噘一噘嘴，咯咯笑了，“大不了赔光咯。如果损失这些钱对我的生活没有大的影响，而我又有可能因此获得巨额财富，我会赌一把。”

“今天遇到女股神了，佩服佩服，学习了。”他竖起大拇指，笑着说。

“别笑话我了，下次有机会告诉你。”她也笑了，眼波流转，脸上掠过一丝红晕。

他的心一颤，赶紧端起酒杯，说：“多谢，先干为敬。”然后饮了一大口。

这是怎样的一个女孩呢？她单纯又复杂，感性又理智，超尘又实际。和她的每一次交流，都带给他愉悦或思考。她不只是个年轻女孩，甚至在某些方面可以称作他的老师。也许，叫对手更为合适。

“你慢慢喝，我得先忙了。”她说着，站起身，却不小心将桌子边上的塑料啤酒杯碰翻了，白色的上衣被啤酒染成一片晕黄。

他赶紧抓了一把桌子上的纸巾，塞到她手上。她揩了揩衣服，又捋起袖子，擦拭手臂。他猛然看到触目惊心的一幕：她雪白的前臂上有一道长长的暗红色伤疤，像一条狰狞扭曲的蜈蚣，趴在那里狠狠啃噬她洁白的柔肤。他的心头震惊而酸楚，柔声道：“怎么会这样，还疼吗？”

“不痛了，小时候和男生打架留下的。”她轻描淡写地说，把袖子放下来。

“当时一定很疼吧，怎么还会和男生打架呢？你这么温柔讨喜的女孩子。”

“伤筋动骨一百天，三个月以后才痊愈。”

“伤到筋骨了，以后还会痛的。我的老家在山区，治疗筋骨受伤的中草药有奇效，外用涂抹就可以，我回去了给你买一盒。”他说。

“谢谢你，不碍事，不用麻烦了，我过去找件衣服换上。”

他凝视着她的背影，心里涌起一股怜悯。蓦然地，他觉得这背影似曾相识。想多了，他摇头自嘲。

第四章　第四天

1 呼之欲出

阳光洒满书桌的清晨，高行知迫不及待地打开电脑，“流浪的小行星”发来了更新。

耿云山住在市区一栋高层公寓，视野开阔，交通方便，便于他远眺沉思，也便于他出去应酬各路人马。商人，无论是做厕纸的，还是做文化的，都要紧贴市场，既要瞄准客户，也要打点各种关系。住在郊区显然是不适合的。

我们已经有好几年没见面了，所以我的这次突然造访，他很惊讶，也有些局促和尴尬。我装作满不在乎地“嗨”了一声，然后直奔沙发，一屁股坐下，好像这是我的家，虽然我一次也没来过。

不愧是商界大佬，他很快恢复了镇定，问：“喝水还是咖啡？”

“水。”

他转身去倒水。我扫了一眼房间，宽敞的大客厅，落地开窗，阳光漫进来，地板闪闪发光。客厅的一角是餐厅，餐厅再往里是中式厨房，餐桌上摆着早餐：牛奶、面包和煎鸡蛋。

他倒了一杯水，递给我，在我对面坐下来。“你瘦了。大四了吧，学什么专业？”

“你连我在哪儿上学都不知道吧。我妈走了你知道吗？”我将他给我的玻璃杯放在茶几上。

他的脸上露出痛苦的表情，慢慢地说："我正想找你呢，发现没有你的电话。昨天下午我去了公安局，真是万万没想到。这几年我知道她的状况不太好，但没想到她会轻生，我对她关心得太少了。"他说完，垂下头，将头埋进两手间。

"我妈几天前还给我打电话，要我带个男朋友回家，我答应了。没想到她走了。"

"真是难以置信，我也很痛苦。以后你有什么需要，就找我吧。我以前对你关心得太少了。你有男朋友了？"他抬头问道。

"没有，我只是口头答应，让她高兴。"

我的目光落在他的餐桌上："早餐没吃，有点饿了。"

"想吃点什么？我来做。"他的语气变得轻松。

"我想吃蛋饼，要放三个鸡蛋，还要煮的咖啡。"

"没问题。"他站起身，眼里含着笑意。

"做饭有油烟，把门关上。"

"没问题。"他转身钻进厨房，关上门。

我一边盯着厨房，一边迅速从包里取出工具，让玻璃杯外壁的指纹显现出来，并拍下照片。接着我去了卫生间，关上房门，提取了牙刷和梳子上的残留物及刷牙杯子上的指纹。之后我从容不迫地坐到餐桌上。

他将做好的早餐端上来，我们两人面对面坐在餐桌上吃饭。记忆中上次和他一起吃饭，还是读小学的时候，真是恍若隔世。如今坐在一起，却是因为我们之间唯一纽带的离去，我感到悲凉且滑稽。

"你马上毕业了吧，有什么打算？"他的话将我拉回到现实。

"还没想好。"

"如果你愿意，可以来我公司工作，效益不错。"

"嗯嗯。"我点点头。不能再让他问东问西了，我得赶紧进入正题。

"我妈最近和你联系了吗？你感觉她有异常吗？"

他的神色变得凝重，语调也放缓了："上次见你母亲还是今年 3 月，她说新小说的完整大纲出来了，让我帮忙看看，提提建议。"

"你给她提了什么建议？"

他愣了，想了想说：“无非是人物和情节，人物略显单薄，情节也不够出彩。”

“能说说小说的情节吗？”

“这个……过去了几个月，早忘了。”

“她没有留下遗书。”

“这点也让人困惑，不知道会不会是因为抑郁症，当时我感觉你母亲的心理有些不太正常，既偏执又消极，我让她找心理咨询师看看。她说以前找过，没什么用。关于你母亲走之前的心路历程，你可以问问沐小白，他应该是和你母亲走得最近的人。”

沐小白是一个没有正经工作的网络写手，搭上母亲后，母亲安排他去出版社做编辑，母亲的文稿由他审阅。母亲自从和他好了以后，写作事业一路下滑。这次又是他首先到达案发现场，实是可疑。

“我会找他的。”我咬了一口蛋饼，直视着父亲，“我妈的死不像自尽，有很多疑点。”

“什么疑点？”他惊讶道，提高了声调。

“比如，现场除了她的一枚指纹，没有留下其他指纹。”

“啊！有这事？太奇怪了。”他的声音有些尖锐，握着牛奶杯的手微微颤抖了一下，虽然极细微，但怎会逃过我这个刑侦学生的法眼？

“警方说，会调查她的死因，不排除有人下毒。”

“下毒？谁有可能？第一个到达现场的沐小白最有嫌疑，他可能还留有你母亲别墅的钥匙。”

“我不知道，这是警察的事。你昨天上午在哪儿？”

“我 11 点才起床，在家吃早餐，和今天一样。”

停了一会儿，他说：“你在怀疑我？”

“每个和她相关的人都会受到警察询问。我只是问问。”

“我为什么要害她，我和她没有利益纠葛，更不用说曾经是夫妻，还有你了。你想多了，怀疑谁也不要怀疑你老爸。”他神情严肃，又叹了口气，语气沉痛，“不怪你，怪我这么多年没有照顾好你们。我一直想多看看你们，你母亲不让，我对不住你们。”

“她买了一份人身保险，受益人是你。”

“有这事？我不知道啊。”他瞪大眼睛，一脸无辜的样子。

我一时无语。

“以后没事多到我这里来坐坐，有什么困难和需要直接说。我老了，只有你一个亲人，唯一放心不下的就是你。”

我低着头拼命喝咖啡，咖啡已经见底了。

“我去给你倒杯水，你小时候就喜欢喝水，一天好几大杯，所以皮肤好嘛。”他说着走开去接水，我赶紧拿手边的餐巾纸擦了擦湿润的眼角。

他将一杯水还有一把钥匙放在我面前：“隔壁还有一套公寓，全新装修，空的，你过来住吧，比你那边条件好。”

我将杯子里的水“咕咚咕咚”一饮而尽。“我有地方住，以后再说。”说完，我提起背包，“我还有事，先走。”

“你母亲的死因，警方会调查的。这段时间你有很多事要处理，需要的话叫我。”

“知道了。”我匆匆离去，不敢回头。

走出公寓的大门，我赶紧掏出手机，将父亲的指纹和保险单上取到的指纹进行比对。

完全一致！

可他为什么否认知道保单呢？难道他到过现场？

我杵在树荫下，久久不能动弹，阴影一点点将我包裹，直至吞没。

果然是顾正辉！高行知内心震惊，但似乎又在意料之中。他已经不自觉地将故事代入了现实。

谢谢总编夸奖！很开心！灵感嘛，就是看的小说多了，自然有些梗交织在一起了。这叫“融梗”，您可别说我是抄袭啊。

我家在深城，能去推理之神工作，求之不得，只怕不符合要求呢。

高行知马上回复：

电邮联系没有那么快捷，如若方便，能否添加我的个人微信。还想听你讲讲创作思路。

很快，高行知的手机亮了，有人加他，正是“流浪的小行星”。高行知通过后，迅速点开她的朋友圈，朋友圈一月内可见，上面有几张图片，都是英国当地的风景。没有一张人像，群像也没有。

“图片拍得很专业，你是学摄影的？”高行知问。

“不是，我学戏剧表演。”

“哪个学校？”

“伦敦皇家艺术学院。”

“国内拍悬疑片很出色的顾正辉导演，他的女儿也在英国念表演，你认识她吗？”

“她叫什么名字？”

“顾星如，认识她对你未来的星途可能会有帮助。”

“不认识呢，谢谢高老师。我觉得最靠谱的还是在您的剧本里给我预留一个小角色。”她发了一个调皮的表情。

“如果我的小说改编成电影，一定找你。对了，你说是看了小说以后的灵感，能否让我学习一下，故事还挺有意思的。”高行知转换了话题，这也是他想知道的。

女孩说了一部小说的名字，是国内某个推理作家的中篇。

“你的小说在今年的大赛中极有可能获奖，期待你尽快更完。”

“我会努力的。”女孩发了一个笑脸，紧接着又发了一个苦瓜脸，“可是我不知道怎么往下写了。”

“遇到什么困难了？我能帮你吗？”

“希望得到老师的指导啊，您有空见面交流吗？”女孩说。

“你回深城了吗？”高行知问。

“刚回来，老师下午有空吗？”

“下午可以。”

"好嘞。"

正聊着，冯碧敲门进来了，高行知关了微信窗口。

"明天下午的交流会，你会去吧？"

"准备去看看。"

"顾正辉也会去，这是周助理刚刚告诉我的。"

"哦？"高行知从办公桌后走出来，招呼冯碧在沙发上坐，并开始沏茶。

"他不是遇到麻烦了吗？"

"目前看，至少有人身自由。顾正辉公开亮相，也是想告诉大家，他没问题。"

"《罂粟花》下个月会如期开拍吗？"

"现在投资人在观望，也是听到了一些风声。如果顾正辉真的没事，资金不是问题。"

"知道他有嫌疑的人多吗？"

"很少，顾和身边的人都打了招呼，但没有不透风的墙，投资方知道了，不过也是在非常小的范围内。"

"顾正辉的女儿在英国哪个学校念书？"高行知忽然问。

"这个还不清楚，你需要了解吗？"

"不用了，随便问问。"高行知摆摆手说。

冯碧走后，高行知回到电脑前，重新点开"流浪的小行星"的朋友圈，将几张建筑物照片全部下载，通过谷歌地图查找到了建筑物的地址，果然是伦敦皇家艺术学院。

接着，他从网上找到了"流浪的小行星"说的推理中篇。小说讲述了这样一个故事。

女作家被发现死于家中，丈夫是最后一个见到她的人，有重大嫌疑。丈夫将谋杀伪装成自杀的拙劣伎俩很快被警察识破，丈夫被抓。警察在调查丈夫杀人动机的过程中，发现丈夫是被妻子陷害的。妻子有抑郁症想结束生命，但一直对丈夫怀有恶意，临死前也要拉丈夫垫背。妻子给养女买了巨额保险，两年内如果妻子自杀保单无效，被谋杀则保单生效。丈夫开了一个小公司，代理妻子的小说出版，像寄生虫一样靠妻子的写作过活，个人收入很少，且已患不治之症不久于人世。妻子除了这份保单，将其他的钱都捐了。丈夫为了给养女留下生存资金，不得不配合妻子，将妻子的自杀伪装成谋杀，承担谋杀妻子的罪名。

一起因为保单而产生的自杀伪装成谋杀，实际还是自杀的故事。这种故事在推理小说中并不鲜见。

“流浪的小行星”这篇，目前看似有模仿之嫌，甚至连职业也不换一下。这种职业间的“共生互利”关系，有很多种，比如编剧和导演，就是典型的例子，为什么不用？不是想不到，而是避嫌。

因为，她不希望读者猜到，故事和苗若风及顾正辉有关。

初写小说者，总会不自觉地避免在小说中透露自己的生活痕迹，以免让人臆测。

“流浪的小行星”，真的就是顾星如吗？想到马上就要和这个神秘人物见面，高行知忽然有了些许兴奋。作为推理作家，看过写过推理小说，但高行知从未想到，在现实生活中，他会碰到一起命案，并可以直接接触当事人了解内幕。

兴奋过后，高行知开始沮丧，他想起近日困扰自己的难题——母亲的手术费。

前天申请赎回的基金，今天可以转钱出来了。他用手机一番操作，将资金转入表弟账户，然后拨通表弟电话，询问母亲的治疗情况。

表弟说她的身体检查完成后，医院进行了会诊，治疗方案和医生之前预想的一致，先化疗再手术。目前他母亲正在休息。

表弟说完将电话给了他母亲。

“大远，最近还好吧？工作累不累？”母亲的声音虚弱无力，和曾经的声如洪钟判若两人。

“工作挺好，不累。妈你累吗？”高行知鼻子一酸，忙道。

“做检查累啥，省医院比县医院强一百倍，医生态度还好。”

“妈你好好治疗，配合医生，医生说哪个药最好就用哪个药，我听小斌说这个病没啥，容易治，但是得用好药，你别顾着省钱，身体最重要。”

“这个我晓得，我儿子是大作家，还能缺钱嘛。”母亲努力抬高了一点声调。

“妈说得对，我手头的工作马上收尾了，完事了我回家一趟。”

“不要回来了，我这边挺好，有小斌和他爸妈照顾。你是公司老板，公司离不开你。”

高行知心头一热，母亲总是体谅他的。他又听母亲在电话那头说：“你的对象谈得怎样了？妈也许日子不多了，就希望看到你成家。”

“妈你说啥呢！你身体一向很好，医生说以后都用进口药，一点问题都没有。”

“进口药多贵啊。”母亲的声音低下去。

“我有钱，最近公司的股票分红，我分了一大笔钱，有几百万呢，治疗妈的病绰绰有余。”

“你要用钱的地方多，以后结婚生孩子还要钱呢。”母亲说。

“我年轻，以后挣钱的机会多。你好好治病吧，别操心我的事。”高行知叮嘱道。

母子二人又说了几句体贴话，高行知挂了电话。

公司股票分红，子虚乌有，完全是安慰母亲的。报喜不报忧，必要时还得撒谎，这是在深城工作的他和远在家乡的母亲的沟通方式。

高行知出生在湘西的农村家庭，父亲是乡村小学教师，母亲是农民，他是家中独子。母亲对他很是宠溺，从不让他沾手农活家务活。母亲说，我儿子的手是读书写字的，不是做粗活的。母亲对他也是狠的，没有考年级第一，回去必是一顿暴打。如此，年幼的他，才收起好玩的心，认真学习。

母亲心比天高，奈何命比纸薄，家庭贫寒，弟妹多，她是老大，不得不早早辍学，务农、打工，脏活累活重体力活都干过。后来弟妹长大了，母亲也嫁人了。父亲是乡村小学教师，老实、木讷。父亲祖上出过进士，做过大官，到曾祖一辈没落了，但父亲却生来一副闲散的风骨，印象中除了被母亲指挥做家务、干农活，就是捧着一本书。母亲希望父亲“上进”，上课之外多走走门路，父亲却是近了校长的家门绕着走。看父亲不是当官的料，母亲又希望父亲多挣点钱，做点小生意，最不济，把家里的一亩三分地种好，农忙时再出去换工，赚点外快。奈何父亲是“仆役的命，秀才的身”，对母亲终日的唠叨充耳不闻，兀自沉浸在自己的世界，工作之余，就是读书、写字。家务农活、孩子教育、人情往来，一概丢给母亲。母亲少不得唠叨、抱怨、呵斥，甚至歇斯底里地谩骂。父亲依然故我，到后来两人停止了争吵，虽然这争吵一向只是母亲的独角戏。母亲选择了和父亲一样的沉默，于是家里长期弥漫着沉闷和焦灼。

直到有一天夜里，母亲哭着和父亲吵了一架。年少的高行知躲在被子里偷听，母亲边说边哭，父亲声音低沉，他听不清楚。第二天，他放学回家，发现父亲走了，只带走了几本书几件衣服，留下一封信，说自己出门云游四方，对不住你们母子俩。母亲绷着脸，咬紧下唇，忍住泪水，将信件撕碎后丢进了火里。半夜醒来，他听到隔壁房间里母亲压抑的呜咽声，泪落如雨。他在心底暗暗发誓，一定要好好学习，出人头地，报答母亲。

他拼尽全力，一路考取了重点高中、重点本科。

他以为实现了母亲对他的期望，金榜题名，走出农村，跨入城市。可是母亲对他的要求远不止于此，母亲希望他读硕读博，将来当大学教授。硕士毕业后他放弃读博去深城工作，母亲得知他做了编辑，从事文字工作，又期待他能当作家。再后来他一举成名，母亲终于满意了，只是对他提出了新的要求，赶紧结婚生子。每年回老家，必被母亲催婚，每次给母亲打电话，必被询问对象。而且，母亲对未来的儿媳妇期望值挺高，既要肤白貌美，又要多金有权势，还要温良恭俭让。高行知明白这种人根本不存在，即使有，也不会看上他，所以他对母亲的絮叨，只能敷衍。

还好他在深城，远离家乡。至少在这里，和他一样，35岁以上、单身租房的人很多，他在这里呼吸到自由的空气，同时，也深深地感到梦想遥不可及。他成功过，写了几本小说，成了知名作家，可如今再也写不出了。

这是才华和野心不相称的悲哀吗？

2 用生命设谜

上午，郑炜去凌思远的工作室拜访，他将已有的信息和盘托出，包括昨天和谢宇飞及顾正辉的交锋。

“毒药的来源查过吗？”

“查不到。”郑炜说，“苗若风的别墅里没有找到毒药，也查不出她生前从何种渠道获取。问了顾正辉的助理，他说自己从未得知顾拥有砒霜。”

“确实不好查。不管是自杀还是谋杀，这场死亡都是有预谋的，但其间又发生了我们不知道的事情。”凌思远说。

“综合动机和作案可能性，顾正辉是最大的嫌疑人，但遗留在现场的茶叶，也无法证明什么。这个案子最令人困惑的地方是没有痕迹。根据物质交换原理，只要有犯罪行为，就会造成相关物体的物质互换，必然会在现场形成犯罪信息，构成犯罪人与犯罪现场的联系。”郑炜说，语气中透出些许沮丧。

“物质交换关系的构成必须具备两个条件，其一，是外力条件。外力主要来自犯罪相关人的行为力量。外力越大，物质交换就越明显，反之，则不明显。其二，施力物体与受力物体必须发生紧密接触，否则就可能不发生交换。”凌思远分析道。

“是不是可以这样说，”郑炜停了一下，思忖道，“如果顾正辉想下毒，必然会提前做好不在场证明，而且极力避免自己在现场留下痕迹，又因为他和苗若风的关系，他也无须和苗若风发生紧密接触，就能达成目标。”

“对！所以，这起案子，我们更多的是要考虑因果联系。”

“您的看法是……？”

“刑案中的因果联系非常复杂，不仅有犯罪行为的隐蔽性，作案人对现场的伪装、破坏，还可能有偶然因素的介入，甚至被害人或其他人员的不当行为，包括有意无意对现场的改变或破坏。苗若风在这个过程中起了什么作用？为什么临死前几天将保单寄给我，还特意附上说明，告诉我顾正辉曾经是受益人。”

郑炜脑中倏地电光一闪，兴奋道："苗把保单寄给你，就是告知顾有嫌疑。如果苗希望顾来杀他，并且配合他，我们无论如何是找不到痕迹的，正常谋杀哪有这么顺利。"

"接着说。"凌思远鼓励道。

"苗在临死前将保单寄给老师，是提前做好准备，如果遇到不测，老师可以告诉警方。苗得了脑瘤，不想活了，却想在死之前拉上顾。死在爱人怀里，也算是死得其所，这是苗的小说里的经典情节。她恨顾，却把巨额保险的受益人改成顾，就是给顾一个诱饵，引诱顾杀她。她知道顾有重大财务危机，苗还可能在其他地方给顾下套，比如知道顾不可告人的秘密，扬言要公之于众，总之是要引诱顾在保单满两年之后杀掉她。苗家后院灌木丛上的铁丝网有剪开的裂缝，可以容人出入。也许3月顾来苗家，苗带他看过那里。苗还可以向他透露，门厅的电脑就是监视器，可以删除监控录像。在顾进入之前，苗可能关闭了监控，并将之前的监控录像都删除。顾进入之后，和苗一起喝了他带过来的乌龙茶，喝完乌龙茶后改喝花茶，他趁苗不注意将砒霜放进花茶里。苗死后他打扫房间，擦去指纹，只留下花茶杯子不动，因为那个杯子只有苗碰过。顾将室内垃圾扔到户外，没有带走茶渣，可能是故布疑阵，也可能他认为这不是个事儿，毕竟茶叶里没毒，他完全可以说茶叶是苗自己的。"郑炜说完，期待地看着老师。

凌思远却没有马上接话，他想起两个没有告诉郑炜的细节，一是苗若风事先反复确认顾走了楼梯而不是电梯，二是保险箱的挪动及顾正辉留在保单上的指纹。第一个细节间接印证了郑炜的推断，如果顾能下毒成功，必然有苗的配合。苗事先知道顾心里有鬼，为何不防范？只因这一切都在她的计划中。第二个细节说明顾知道保单。苗若风把留有顾正辉指纹的保单放进保险箱，并且将保险箱搬到顾星如床底下。这个细节间接说明顾去过现场。

但这两个细节，都起不到证据作用，也并不影响郑炜的判断。所以他决定不告诉郑炜。他想到另外一个细节。

"2号上午11点10分，谢宇飞给苗打了电话。苗头天晚上要谢在11点10分打电话，并且特意叮嘱要电话，不要微信。为什么苗要这么做？因为那个时间顾也在。为什么苗要让顾听到谢要到来的信息？"凌思远说。

“暗示顾离开？”

“对。”

“可是谢 12 点到，当时是 11 点 10 分，顾完全有时间完成下毒和清除痕迹等活动。”

“以顾的谨慎，他听到上午还有人要来，即使是一个小时以后到，他也不敢轻易下手。他要趁苗不注意时完成下毒，然后清理现场安然撤退，如果上午有人过来，难度和不确定性骤然升高，即使成功了风险也很大。顾会担心苗之前告诉过谢，自己上午要来。苗还可能在挂了谢的电话后对顾说，谢马上就到。苗完全可以编造谢到来的时间。只要苗接了这个电话，她的用意就是要顾马上离开。”凌思远说。

“她还可以不接这个电话，这样顾就根本不知道有人会来，会接着按计划行事。”郑炜说。

“对。苗让谢打电话，是给自己两手准备。如果想让顾走，就接电话；想让顾留下，就不接电话。”

“顾留下，就可能按照自己的原计划行事。但是苗接了电话，顾很可能在这之后就走了。但是这样一来，不是和苗的初衷不一致吗？她千方百计把顾引诱到她别墅，软硬兼施，希望顾来杀她，她为什么临时改变主意呢？”

“这个我也没想明白，我们梳理一下苗若风的心路历程。苗若风两年前和谢宇飞分手后，心情抑郁，她买了巨额保险，受益人是女儿，可能想着熬两年后自尽。后来顾星如推荐她来找我做咨询，她的心情好转，可惜我没有对她负责到底。”

凌思远长叹一声，继续说：“我逃避了责任，将她推荐给我的女同行，但她没有去，而且心理再次崩塌。她认为所有的人都抛弃了她，事业也越来越差，而这一切的始作俑者，就是顾正辉。今年初她查出脑瘤，她认为自己的人生彻底失败，也面临结束，结束之前她要报复顾，也要惩罚谢宇飞。她将保单受益人改成顾正辉，让顾有作案动机。以她和顾的关系，她很有可能知道顾不能见光的秘密，她以此要挟。今年 3 月顾正辉去苗若风的别墅，不是去谈小说，而是想进行安抚，但安抚失败，苗若风的疯狂让顾正辉起了杀心。在保险合同满两年之后，苗若风邀请顾正辉去她的别墅，顾求之不得，提前做好不在场证明，全身包裹，一路避开监控，从后院溜进别墅。顾正辉对别墅的了解可能始于3月那次到访，他起了杀机，所以留了心眼，记住了后院可以避开监控进入房间，屋内的监控设备就是门厅电脑。”

“顾正辉进屋之后又发生了什么呢？”郑炜问。

“这些我们之前分析过，苗若风让他顺利进屋，但谢宇飞的临时电话，让顾正辉打消了下毒念头，匆匆离开。他走之前拿走了自己带过去的茶叶盒，但茶渣没法带走了。”凌思远说。

“为什么顾正辉一开始就否认自己到过别墅呢？他怎么知道苗若风会清理他的痕迹呢？还有监控。”

“顾带着杀机去的，一定会尽可能少碰家里的东西，苗也会暗地配合他。或许他只喝了铁观音，喝完冲洗了茶具，花茶他根本没喝也没碰。他可能留意到监控设备已经关了，苗若风还可能主动告诉他这一点。顾知道自己没有留下痕迹，所以矢口否认到过别墅。”

“嗯，有这种可能。还有一点，苗若风在10点58分拉了电闸，在11点13分，也就是接了谢宇飞电话后三分钟，提上电闸。这段时间，顾正辉在别墅里，苗若风为什么要这么做呢？”郑炜说。

凌思远没有回答。

郑炜凝神想了半天，无果，感慨道：“不可思议，一个作家，尤其是女作家，尤其是女推理作家，你完全无法想象她在想什么。”

“苗若风作为推理作家，并不是很成功。也许，这是她此生最成功的一次设谜，因为谜底无人能解。”凌思远的声音里夹着一丝苦涩。

“因为她是在用生命设谜啊。”郑炜叹道。

凌思远想了想，说：“门厅电脑鉴定了吗？里面的数据什么时候删除的？”

“技术组的小刘，老婆生孩子了，请了几天假，明天回来。如果出事之前数据被删掉了，说明是苗有意为之，苗自杀可能性大，但案子定性为自杀，还要看是否有遗书。有两点让人想不通，一是苗若风死前的心理，既然配合顾正辉谋杀她，为何最后又让顾正辉走？二是苗若风人为断电的目的，也不清楚。”

“你下一步准备怎么做？”

“我准备查公共监控，看顾正辉是否去过。”

“查公共监控，费时费力，而且顾当时全副武装，无法确定样貌。何况，即使查到他乘坐的士到了附近，他也肯定会提前下车，步行前往，但苗若风别墅后院外的小路和别墅内外都没有监控，只能查到他到了附近。即使他承认去了别墅又如何？他可以说他去了，但是聊完天就走了。”

“我也考虑到这种结果了，只是想印证自己的判断。”郑炜道。

他其实还有一个想法，就是探究真相。也许，某些时候，正如凌老师在课上讲过的，真相并没有人们想象的那么重要，重要的不是探究真相，而是如何去面对真相。但是作为侦查员，他的好奇心和好胜心不允许他停止探究，即使最后的结果毫无意义。可是，探究人心难道不是一件有意义的事吗？

“如果死者决意隐瞒真相，真相或许只能永沉她的心底了。”凌思远感叹道。

停一停，他接着说：“此案的关键，是苗若风临死前的心理，顾正辉去的时候带了铁观音，这是他带到现场的唯一物品。顾正辉的老家是铁观音产地，这款茶叶也是他要求定制的。也许，这款茶叶能帮助我们触摸到苗若风的心理。”

郑炜的眼睛一亮，说：“我尽快去一趟福建。”

“还有，我有一种感觉……”凌思远欲言又止。

“老师说吧，直觉也很重要。”

“以顾的老练，如果他知道巨额保单的受益人是他，他不会往枪口上撞。”

郑炜一愣，还来不及发表看法，凌思远紧接着说：“这只是感觉，不一定准确，也许你去了福建之后会有新的认识。”

“谢谢老师的分析指点，我今天先告辞了。”郑炜道。

郑炜走了之后，凌钰从里面房间走出来。

“苗阿姨到底还是自己走的。”她叹息一声说。

“大概率是，目前没有明确的证据证明他杀，而大部分线索指向自杀。

苗若风死意已决，所以才在去世前几天将保险受益人改回女儿，并通过快递保单告知我这一信息。她知道顾过来不坐电梯，有可能对她下手，她是完全可以阻止顾的，她确实也阻止了，接听谢的电话，就是要顾赶紧离开。可是，在顾走之后，她却选择自己赴死。走之前她清理了房间，将留有顾正辉指纹的保单匆匆塞进保险箱，将保险箱从二楼衣柜搬到一楼床底，这些都和我们之前的分析吻合。"

"她为什么一定要寻死，连孩子都舍得放下，她该有多绝望。"凌钰哀怨地说，她想起那个盛夏的黄昏，坍塌在地上那只硕大的血红色的蝴蝶。

凌思远黯然无语。

"丁零零……"手机铃声突然响起，凌钰接起电话，说："我马上过来。"

凌思远兀自静静坐着。往事在时光的另一头，几乎已被烟尘埋葬，此刻，突然从记忆深处奔涌而出，绵绵不绝。

3 人生若只如初见

那年，凌思远读大三。

初秋的夜晚，他去学校的图书馆上自习，目光在长长的桌椅之间搜寻，正碰上她抬眼一瞥。她一头瀑布般黑亮的头发，白皙清秀的脸庞，温柔的神情、文雅的气质，令他一见倾心，眼睛再也挪不开。他果断走过去，坐在她对面，不顾旁边女生的皱眉。他心不在焉地翻着书，眼睛却时不时偷瞄对面的她。她气定神闲，埋首书本，偶尔抬头，也是闲闲地看着斜前方，并不看他。等她收拾书包离开座位，他马上跟了出去。他鼓足勇气找她搭讪，那是他第一次也是最后一次追求女生。他知道了她有一个好听的名字：柳筠，知道了这个美好名字的出处是苏轼的"无波真古井，有节是秋筠"；知道了她读中文，也是大三。他跟着她行至宿舍门口，目送她上楼，她走到二楼宿舍的窗户边，朝他挥手。那一刻，他心花怒放，认定她是此生的伴侣。

第二天日暮时分，他早早地在她宿舍楼下守候。他的手里擎着一束桂花，那是学校新开的金桂，金黄色的细小花瓣，沁着幽雅绵长的芬芳，正如她本人。他将花送给她，念了李清照那首著名的桂花诗："暗淡轻黄体性柔，情疏迹远只香留。何须浅碧深红色，自是花中第一流。”她湛然一笑，接过花，朝图书馆走去。他一路跟着，有时说几句，有时沉默。他懂得的诗词有限，和一个中文系才女谈诗词，只会露怯，所以他宁愿保持他作为法学生的谨言。

桂花落尽，梅花绽放，樱花漫天飞舞的春天，他们的爱情也成熟了。

毕业后，她跟着他去了他的家乡江宁，一个位于富庶的长三角的中等城市，他们双双进了江宁大学，她教中文，他教法律。

他们是公认的郎才女貌，经常出双入对，羡煞旁人。后来，他们有了爱的结晶，可他们之间却逐渐生出嫌隙。

他不再满足每天两点一线的单调生活。工作几年，他不仅教学出色，还完成了硕士和博士课程的学习，也考了律师执照，在校外兼职做律师。他越来越忙，陪伴妻子和孩子的时间也越来越少。

他能感受到她的不满和怨怼，可是，他有什么办法呢？他本不是浪漫的人，吟赏烟霞，卿卿我我，本不是他喜爱和擅长的。男人要有能力，他的内心对事业有执着的追求，他不知道这是刻在他骨子里的信念，还是源于他的原生家庭带来的不安全感。6 岁那年，母亲离开了他和父亲。他考上了名牌大学，娶了漂亮有才华的柳筠，他骄傲且珍惜，但他内心也时时感到不安。柳筠是江宁大学最耀眼夺目的年轻教师，她的课程一位难求，学生爆满，她的论文专著屡屡获奖，她作为嘉宾出席的电视台诗词栏目广受赞誉。这样一位性情柔和的美貌才女，不知有多少男人觊觎。何况，她的丈夫又是如此的相貌平平。他拼命努力，希望在事业上有所建树，也有部分原因是柳筠的无形鞭策。她太优秀了，他得配得上她。

虽然他的工作很忙，但他不忘盘问柳筠的行踪。骨子里，他有严重的大男子主义。他可以晚归，可以在学校加班、在外面应酬，但妻子要早点回家带娃。他不允许柳筠和男同事有工作以外的接触，为此他们没少在家里吵架。

他的同事钱方平，一个善良也爱八卦的男人，经常向他汇报柳筠的动向，提醒他注意。有一次钱方平告诉他，中文系主任马善才晚上单独请柳筠吃饭。他回去问柳筠，柳筠却遮遮掩掩，不愿承认。他们为此大吵了一架，他的心里也生了芥蒂。

让他们关系发生重大转折的，是他撞见了柳筠和马善才在一起。

现在想来，那或许是一个阴谋。

那天，他的手机收到一条陌生短信：快去马主任办公室，柳老师沦陷了。

又是这个马某人，他的脑袋一下炸了，丢下上课的学生，火速跑到系主任办公室，直接推门而入。

屋内，马善才正搂着柳筠，听到“砰”的一声，他们同时扭头，并且迅速分开。凌思远的血一下子涌上头顶，他一个箭步冲上去，扇了柳筠一巴掌，又挥起拳头，砸向马善才。

马善才一边用胳膊抵挡他的袭击，一边惶急道：“别，别，不是你想的那样。”

“我都看到了，你还想抵赖？”他气愤地大喊，又冲上来。

“不要闹大，对柳老师不好。”马善才招架不住，呼着气说。

在扭扯厮打中，他狠狠扇了马一巴掌，然后愤怒地摔门而去。

这件事很快在学校传开了，大家都等着看笑话。他要离婚，柳筠不肯，说当时马善才说她肩膀后面有个小爬虫，要帮她捉掉。他根本不信，但他并不想真的离婚。他只有离开那个圈子，眼不见心不烦。

不久江宁政法大学组建刑侦系，他毫不犹豫地去了，后来还做了主任。他在教授法律学的同时，转攻犯罪心理学，成为学校唯一可以教授刑法和犯罪心理学的教师。他的工作非常忙，但他很享受工作中的忘我。虽然在同一个城市，他却在学校申请了宿舍，周末才回到家。

柳筠被破格提拔为教授，这让他更加相信柳筠和马善才有私情，只是找不到证据。他唯有逃避，用工作麻痹自己的情感，用冷暴力对待柳筠。

他去了江宁政法大学一年后，马善才结婚了，新娘是中文系一位年轻教师，他这才相信妻子是无辜的，而一年前让他看到的一幕很可能是马善才自导自演的。马善才离异多年，觊觎柳筠已久，柳筠对他毫无兴趣，但碍于面子，不得不和他周旋。马善才希望凌思远看到暧昧场景，造成他们家庭破裂，而提拔柳筠一来是因为柳筠的成绩有目共睹，二来也是让凌思远产生柳筠和他有私情的联想。

马善才指望他们离婚，指望柳筠受到丈夫冷落后来找他，但他的表白被柳筠拒绝。马怀恨在心，但又无计可施，转头追求别的女教师。凌思远明白当初错怪了妻子，但他什么都没说，也没有向她道歉。

在江宁政法大学执教期间，他拼命工作，何以解忧，唯有“工作”。他乐在其中，却忽略了妻子忍耐许久的不快乐。他想起好几次，妻子说要和他谈谈，然而他都找借口躲避了，他不想听妻子对他的要求，他只想维持现状。温柔内秀的妻子有几次冲他大发脾气，有一次甚至摔碎了新买的骨瓷碗。那一次他也情绪失控，将妻子揍得鼻青脸肿，然后摔门而去，一个月没回家。那几年，他工作日都在学校住，周末也难得回家，女儿的学习和生活都由柳筠照看，但他却自认是个好丈夫。节假日只要有空，他会陪妻女：带女儿上培训班，陪妻子看电影，一家三口出去旅行。他的收入全部上缴，对别的女人偶尔也有动心，但从未付诸行动。以他的学识和地位，有几个女同事和女学生向他示好，其中不乏年轻漂亮的，但他从未给她们机会。

直到有一天，他终于意识到，妻子是一个有血有肉情感丰富的女人，那些累积的怨念，以一种他完全没有意料到的方式彻底爆发了。妻子，终于出轨了！而被告知的方式，还是那样的不堪。一张没有打马赛克的裸照，将他们一家扔进痛苦的深渊。

他这才想起，其实是有先兆的。钱方平曾经提醒过他：“最近柳老师似乎被人非议，说和某位男教师走得很近。”他的神情和语气都是耐人寻味的，等着他继续追问。有了系主任事件后，他对妻子的绯闻再无兴趣，他相信妻子。钱方平如此热衷于柳筠的八卦，说不定，他也暗恋她呢，但生性胆小的钱是不敢表露的，只能在一旁吃干醋。

但这一次，居然是真的。婚姻关系中，如果一方出轨，另一方一定是最后知道的。

照片曝光时，他还在学校，事情很快传遍整个江宁，他无法面对周围或好奇或同情或幸灾乐祸的眼光，于是递了休假条，匆匆逃离学校。

他一个人在外面吃饭，完了又去酒吧喝酒，他有二十年没去过酒吧了。他喝了啤酒喝洋酒，喝了洋酒喝白酒，直到把自己喝吐，才摇摇晃晃回到家。家里黑着灯，他一头栽入客厅的沙发，昏昏睡去。

早上他头疼欲裂，睡不着，爬起来做早饭。吃饭的时候，他给了女儿钱，告诉她学校派他去北京出差，叫她照顾好自己。女儿懂事地点头。

下午他去了灵谷寺，每天在痛苦和煎熬中修行，可完全难以静心。几天后，钱方平突然来找他，说凌钰出事了，学校要开除她。他去寺庙只告诉了钱方平。他没想到，一向乖巧柔弱的女儿出于自卫本能，有这么强的爆发力，她该是在学校面对和承受了多少欺负和委屈啊！他后悔自己在妻子出事后选择了逃避而不是承担，他本该是家庭的顶梁柱，即使在这个家庭倒塌之际，他也该保护好自己的女儿。

但在家庭关系中，他似乎习惯了逃避而不是面对。

过往，终究要去直面。和女儿三年不说话，并非因为一场突如其来的争吵，而是累积多年的怨怼。

他拨通了钱方平的电话。

4 原来是她

下午 2 点，高行知依约来到华人城的清香茶苑。

华人城是深城一块独特区域，行政区划隶属南海区，地理位置得天独厚，处于知性秀雅的福华区和蓬勃富庶的南海区之间。华人城内山水相间、楼宇错落、花繁叶茂、曲径通幽，不啻为都市里的世外桃源。

清香茶苑宛如这片世外桃源里一朵淡雅芬芳的栀子花。茶店隐匿在一栋低矮的两层楼的首层，屋外布满绿植和鲜花。沿着一条铺满鹅卵石的小路蜿蜒而入，伴着清幽的花草香，推开一扇木门，便到了安静清凉的室内。

高行知扫了一眼大厅，靠窗的位置坐着一位女孩，手里捧着一本书。

她穿着一件白衬衣，领子和袖口缀着蕾丝，下身是黑色的纱质长裙。她正低头看书，一头垂顺的黑色长发，自然舒展地淌在肩头。

“你好，请问你是？”他欠身问道。

女孩抬起头，看着他说：“我是‘流浪的小行星’，您是绣春刀老师？”

只这一抬眼，高行知便确认了，她就是顾正辉的女儿。五官像是一个模子刻出来的，国字脸、浓眉大眼。这种五官若是长在男人脸上，是英挺俊朗，若安在女孩脸上，就有点说不出的感觉。虽然不难看，但绝对不能说漂亮。还好她年轻，有着年轻女孩的紧致肌肤和懵懂神情，齐眉的刘海，也让她的脸显得小了一点。高行知虽然阅人无数，但一时却无法形容。浓眉大眼男生长相，文艺女青年知性素雅的着装，这种“乱炖”风格，显得奇怪而有趣。

“我是绣春刀。”高行知在她面前坐下，心里略感意外，他心目中的“流浪的小行星”可不是这样的。

“老师，我的小说写不下去了，您能否支支招？”女孩说，她的脸色沉郁，眉间有一抹淡淡的哀伤。

“你的小说，文笔和故事都有可取之处，至于如何往下写，要看作者意图。推理小说首先是小说，小说通过情节和人物来表达作者的思想，作者的思想决定情节和人物的走向。”

女孩听了高行知一番理论，茫然道：“我只是想试试自己的水平，没想那么多。”

“好吧，那我们就来讨论你的小说。女作家死在家里，貌似自杀，但疑点重重，女孩发现父亲有嫌疑。这里可以将小说的情节分解成两条线，一是女作家的死因，自杀还是谋杀？二是女孩的行动，当她发现重要线索，是告知警方一起侦查，还是自己私下查案？关于女作家的死因，我们可以设计几种思路。比如，一、谋杀伪装成自杀，凶手是父亲或者其他人。二、自杀伪装成谋杀，女作家另有图谋。三、既有自杀又有谋杀，二者不期而遇。”

女孩听得很入神，眉头紧蹙，表情专注。

他接着道：“关于女孩的行动，也可以有几种。比如，一、她发现了重要线索，告诉警方，帮助警方查明真相，真相可能是上面提到的三种形式之一。二、女孩发现了重要线索，但她不告诉警方，选择自己查案。两条线下各有不同思路，可以将这些与女作家的死因交叉排列组合，任何一种写法都是可以的，只要将故事编圆。”

“太复杂了。我只是希望小说吸引人。关于小说的结局，老师有什么建议吗？”女孩说。

“推理小说的诡计固然重要，但更重要的是揭示人性。人性有恶，推理小说也是集中展现人性恶的地方。然而，在恶之中，仍有人性善的闪光。有时，善恶只在一念之间，一念天堂，一念地狱。是否将父亲写成凶手，并不重要，重要的是，如果他有恶意，因何而起，恶之中是否有善念。女儿追查的过程中，有怎样的心路历程，她的恨能否释放，她最终能否实现自我和解。”

“可是，如果父亲真的是毒杀母亲的凶手呢？难道就让他逍遥法外？这样对死去的母亲也不公平，女孩不会释然。”

“《一剪梅》里有句话：恨比爱更难。爱苦，却是心甘情愿的付出，是喜悦。因爱而来的恨，比爱更苦，是无奈的自我伤害。如果父亲是凶手，他应该受到法律制裁，但女孩可以不恨他。恨一个人，不管你能否伤害到他，你都一定会伤害到自己，因为恨是消耗自身能量的。”

女孩低头沉思，浓黑的眉毛拧得更紧了。

“有一个小问题，小说里母亲为什么将巨额保单的受益人定为离婚多年的前夫，而不是自己的女儿呢？”

“啊？”女孩微微抬头，一脸迷茫，像是大梦初醒，“我还没想清楚。”

“可以把这个交代一下。你的小说不错，后天总编邮箱截止收稿，你今天更完，有希望入围。”

“我不准备更了。”

“为什么？”

“有些事情，结果不是目的，我知道该怎么做了。”女孩眉头微展，淡然道。

“留着素材吧，以后随时可以写。如果需要，我愿意提供建议。”

“谢谢老师，您今天的建议很好。”

“不客气。对了，英国最近天气如何？霭霭停云，蒙蒙时雨？”

“啊？”女孩愣了愣，捋了捋头发，“挺好的。”

“你的头发很黑，发型也漂亮。”

“是吗？”女孩眼睛亮一亮，“芭比娃娃也有这款黑发。”

“你喜欢芭比娃娃？”

“小时候喜欢。”

“每个小女孩都有一个公主梦。”

“可惜梦总会醒的。”女孩的声音略带惆怅。

她站起身，说：“老师，今天耽误您这么长时间，非常感谢，没什么事的话，我就不打扰您了。”

“好，我们以后再聊，你先走，我在这里坐会儿。”

女孩走后，高行知端起桌上没喝完的茶，慢慢回想他们刚才见面的情形。

从谈吐看，这个顾星如，不像是对诗词有兴趣的人。他打开手机，仔细翻阅了一遍她发的邮件，还有他们上午的微信对话。

她暗示写作地点在国外，尚可理解成避免被人猜测。可是，小说里的某些细节，貌似她也不清楚。邮件里小说正文之外的作者自述，还有她上午给他发的微信，有时还透着一丝欢快，不像是一位刚走了母亲的女孩写的。

微信对话里，还有一处可疑。她称他为高老师。可刚才顾星如明明叫他绣春刀老师。虽然公司员工和不少同行都知道他的真名，但读者不知道，因为公开的报道，从未出现他的真名，这也是他特意叮嘱媒体的。推理之神公众号里，有公司名字，但没有股东名字。只有对他极有兴趣，且具备一定商业知识的读者，才会使用专业的企业信用查询系统，查到公司的股东名字。

小说第二篇更新里，他发现了一个问题。

就在两天前，母亲还打电话给我，问我考得如何，何时结束，等我回来做我最喜欢的鲜笋炒酸菜。

苗若风是北京人，而新鲜竹笋是南方蔬菜，苗若风应该不会做，更不会经常做。顾星如作为土生土长的北京人，鲜笋炒酸菜不可能是她的最爱。喜欢这道菜的作者，一定是南方人。

还有最后一篇更新，是女儿见父亲，出了这么大事，两人见面的第一反应要么是沉默，要么是女儿发泄不满或直接询问，但小说里两人还绕着圈子讲废话。如果真是顾星如所写，她不应该这样写，除非她在苗若风死后没有见过顾正辉，小说里写的都是她想象的。

如果不是顾星如写的，就是有人执笔代写，因为里面涉及的秘密细节，不是一般人能知晓的。这个人和她的关系非比寻常，而且对诗词和推理都有所造诣，对商业领域也有一定了解。会是谁？

难道是……她？

脑海里跳出她的模样，他心里一惊，轻呼道："不可能。"

为什么不可能呢？

他对她说过，他是推理之神的总编，推理之神的公司股东里有他的本名。

还有第一次见她时，她展现的柔顺黑发，和今天顾星如的发型一致，齐刘海都是一样的。他注意到顾星如的发尾有几缕发丝外翘，和她当时戴的一模一样。

她们是好姐妹，共用一个发套！

他吐了吐气，拨通了她的电话。

二十分钟后，她来了，穿着黑色T恤，背着那个深蓝色的双肩包，没有戴发套，乌黑的短发鲜明而利落。

"《推理作家之死》是你写的吗？"她刚刚落座，他单刀直入。

"为什么这么问？"她将双肩包卸下来，放在座位上。

"我刚才和顾星如聊过了，发现她对诗词和邮件里的内容并不熟悉，说明她不是作者。她今天戴的黑色假发发套，和我第一次见你时戴的一模一样，你们连发套都能共用，说明你们关系很好，所以你对苗若风的死因内幕有了解。"

"既然你猜到了，我也不想隐瞒了。小说是我写的，是顾星如要求我代笔的。"她坦然道。

"为什么？"

"星如自从母亲走了以后，情绪极其低落。我看到推理之神推出你的私人邮箱，就和星如说了，希望她投稿转移痛苦。她喜欢看推理小说，国内推理作家里她最崇拜你。她有点动心，但对自己的文笔没信心，她说你对文笔要求高，问我能不能代她写，我说没问题。她说想把当下的经历用小说的形式写出来，但人物身份要改，不要让别人看出写的是她的家事。我说好。”

“其实并不难看出。”

“谁叫您道行深呢。”她微微一笑，说：“你知道吗，她想写这个故事，还有一重想法，是希冀他人的帮助，希望有人告诉她小说结局，也就是告诉她在现实生活中该怎么做。这个人，是我，也是你。”

“刚才她也问过我这个问题了，希望我的话对她有所帮助。不管结局怎么写，我都不希望她活在仇恨中，这样只会伤害她自己。”

顿一顿，他问：“小说里写的都是真的吗？”

“基本都是事实，有一些虚构，比如人物职业，还有一些细节描述。”

“保单是顾星如找到的？”

“她托我去找的，我找到后，我父亲检验的指纹。不过警方还不知道。”

“为什么不告诉警方？”

“这也许是苗若风的想法吧。她把保险箱从她的衣柜挪到星如床底下，或许是提示星如，她并不希望警方知道，而只是希望星如一个人掌握。”

“原来是这样，小说里提到了这个细节，但没有具体说暗示。”

停一停，他问：“你父亲也介入了案件调查吗？”

“父亲曾经做过苗若风的心理咨询师，苗若风死前托他看管保单。”她将他们如何从苗若风寄的新保单入手，找到有顾正辉指纹的旧保单，又如何拿到顾正辉的指纹，但顾正辉矢口否认知道保单等情况，一一道来。

“生活比小说更有趣。”他感慨道，又不无担忧地说，“虽然苗若风对你父亲有所请托，但调查命案这么危险的事，还是交给警察吧。”

“其实我除了找了个保单，也没做什么。负责调查的警官恰好是我父亲的学生，我偷听到他们的谈话，今天和你说的都是机密，也只告诉了星如和你。”

“谢谢你的信任，放心，我不会外传。”他说，又问，“顾正辉到过现场吗？保单上的指纹是他在现场留下的吗？”

“大概率——”她忽而噤声，像是想到了什么，过了一会儿，才慢慢地说，“警方没有查到他到过现场，现场也没有他的痕迹。”

“这么说是没去了？指纹是以前苗若风拿给他看时留下的？”

“是的。”

“为什么苗若风自杀前要抹去所有的痕迹呢？”

“为了让现场看起来像谋杀，嫁祸顾正辉。”

“如此说来，我明白了她为什么将保单的受益人定为前夫而不是女儿了，是为了增加顾的嫌疑。”

“对。所以顾否认知道保单，也是不想惹麻烦，怕警方认为他有作案动机。苗初立保单的时候，受益人是顾星如，得知自己患了脑瘤后，将受益人改成顾正辉，那时候她就想着报复前夫了。她在离世前又将保单受益人改回女儿，毕竟不能让顾真的拿到钱。”

“可是，如果苗想报复顾，为什么将这份留有顾的指纹的保单藏起来，而不是放在显眼处让警方发现呢？”

“也许她临时改变了主意吧。”她轻叹一声，“死者心理的幽微深邃，我们无从得知。”

“原来这背后还有如此复杂的因由。”他不禁感叹，“生活比小说更精彩啊，因为虚构必须遵循逻辑，而生活有时毫无逻辑可言。”

“是啊，生活中有很多变数，包括人的念头，也在不停变化，起起灭灭。”

“既然顾没去过现场，警察也不知道他看过保单，为什么还没有解除对他的嫌疑呢？”

“苗的自杀现场看起来像谋杀，警察肯定要调查一番。顾说没看过保单，但警方未必信啊，苗若风曾经将受益人改成顾正辉，苗死了，顾受益最大，从这个角度说，顾的嫌疑最大，而且，那天案发时他一个人待在自家房间，无法被证实。”

“现在警方怎么看呢？”

“目前证据都指向自杀，警方倾向自杀，估计很快会结案。”

“留有顾正辉指纹的保单，是否该交给警察呢？”

“这个对警察破案没有意义，只能说明顾看过保单，不能证明他去过现场，而且警察也没有查到他到过现场。”她的语气透着些微的不耐烦。

“那你们留着这个有什么用呢？”

“怎么没有用呢？至少对顾正辉有威慑作用，这可是苗若风留给她女儿的。”她翻了翻白眼，没好气道。

“对不起，是我考虑不周。”他连忙道歉，又说，“你和顾星如怎么认识的？”

“我们是高中同学，那时候就是好姐妹，后来她去英国念戏剧表演，我在深城大学念表演。”

“夏菲菲是看到这层关系才推荐你演《罂粟花》的吧。”

“作家果然深谙人性。”她说，“想巴结菲菲姐的人很多，但和顾星如关系好的就我一个。我和星如虽是闺蜜，但她和顾导多年都不来往，所以我不好通过星如去找顾导，菲菲姐推荐才会有力。”

“夏菲菲需要你做什么呢？”

“她和顾导好了几年，看顾导一直没有娶她的意思，心里有些着急。顾导什么都不缺，唯一的遗憾是父女关系生分。如果菲菲姐能化解父女俩的心结，让星如接受她，对顾导娶她是极大的加分。”

“确实，如果夏菲菲能帮助父女俩和好，就会成为这个家庭不可或缺的一员。你如何助力夏菲菲呢？”

“原想着星如回国后，带她和菲菲姐见面，一起玩。没想到星如回国后几天苗老师就走了。唉！”她叹了一口气。

“顾星如是在苗老师走之前回国的？”

“对，去世前两天。”

“那你为什么写小说在英国写的？”

“一是为了显得特别，引起你的注意；二也是避免让人猜到小说里写的和苗老师有关。”

“主要是为了避免让我猜到吧。”

她耸耸肩，微微一笑，没有说话。

“原来那些文字是你写的，怪不得如此有文采。”

她略带忸怩地说：“过奖了。很抱歉之前没有告诉你小说是我代笔的。”

“完全理解，我没有怪你。”高行知见她面容憔悴，关切道，“这段时间，你辛苦了，要上晚班，要写稿，还要照顾星如。”

“没什么，这都是我应该做的，我也很乐意。”她端起茶杯抿了一口茶，“你先坐会儿，我去下洗手间。”

茶店没有洗手间，洗手间在旁边一栋楼里，高行知去过。他望着窗外她单薄而矫健的背影，内心翻滚。这个女孩果然不简单，会表演、懂诗词、擅推理，还会现场查案。她天真、热烈，又谨慎、克制，她的身上有一团被压抑的火，随时都可能爆发，她甚至有点像迷人的罂粟花，带着一丝危险的气息。

是怎样特别的经历，造就了如此独特的她呢？

第五章　第五天

1 佳茗似佳人

武夷山南的小镇西华，干净，清秀。它本是个羞涩的山间少女，却因为铁观音被世人熟识。

山脚下，一片葱郁的密林里，掩着一栋白色的两层楼房：西华铁观音茶叶研究所。这是国内为数不多的专业研究铁观音的机构。一楼有展厅和茶艺体验室，二楼有办公场地和科研基地。

苗若风别墅遗留的茶渣，经深城的茶叶专家鉴定为“想佳人”。这是西华镇“甘田”铁观音旗下的一个小众子品牌，创立有二十多年了。创始人是甘田茶厂的总工龚大鹏，现任茶科所所长。

郑炜来之前，让广东省茶科所的专家和龚所长打了招呼，说是广州农业大学老师做研究，过来了解铁观音制作工艺。

龚所长是一个精瘦的老头，身材不高，面色黧黑。郑炜讲明来意后，龚所长说：“郑老师真是年轻，大城市的精英就是不一样。”

“龚所长客气了。您一辈子研究铁观音，令人钦佩，今日要向您好好请教。”

“请教谈不上，铁观音早已不流行了，郑老师缘何千里迢迢过来了解？”龚所长微眯了眼睛问道。

“小时候父母喜欢喝，家里常备，不知不觉，家里铁观音少了，后来便看不到了。但我对铁观音一直怀有美好的记忆，还记得那份淡淡的香气。希望能探访源头，了解它背后的故事。”

“唉！”龚所长重重叹了口气，“物极必反，其兴也勃，其亡也忽啊！”他边说边将郑炜迎进一间茶室。茶室中间摆着两张长条木桌，上面搁着不同材质的冲茶器具。挨着墙立着一排木柜，里面陈列着各种风格的茶罐和茶具，另一边墙上挂着四张地图，依次是世界地图、中国地图、福建省地图和安溪县地图。

龚所长走到安溪县地图前面，指着它说：“全县 3000 多平方公里，90% 以上是山地，海拔千米以上的高山有近 3000 座。高山出好茶。而且，这里的土质大部分是弱酸性红壤，土层深厚，特别适合种植茶树。铁观音发源于安溪，是上天对安溪的馈赠，也是一种自然选择。可是，铁观音爆红之后，需求量剧增，资本裹挟茶农，无视自然规律，无节制地开采，招致了老天的惩罚。”

“是啊。”郑炜轻叹一声说，“茶叶虽是植物，但和人一样，需要新陈代谢、休养生息，这样它才能源源不断地汲取天地能量，并将这种能量传递给饮茶之人。”

“你说得太对了。好的茶树，一年采一次，甚至几年采一次，但现在很多茶树，一年采三次甚至四次，这是竭泽而渔啊。”龚所长语气沉重。

“可是，产量太少，没法满足庞大的需求。有没有平衡的法子呢？”

“茶农的本心是制作好茶，而不是追求数量。过于扩张种植，那就不是安溪铁观音了。”龚所长正色道。

“想要心无杂念地坚持初心，不容易啊。”郑炜感慨。

“我们茶科所除了做科研，还经营了一片茶园，一直坚持手工制茶，一年只采一次，就是春茶。”

“那一定是铁观音中的极品了。”

“其实也就是传统铁观音的风味。铁观音走红之后，被大量生产，味道都变了，牌子也砸了，对于我们这些热爱铁观音、认真做茶的人来说，真正是伤痛。”

“是啊，铁观音本是乌龙茶中的极品，既有绿茶的清香雅韵，又有红茶的绵长馥郁。最迷人的，是它的香气，高长清雅，喝完齿颊留香，回甘无穷。”郑炜说。

“兰花香，观音韵。好的铁观音，都有兰香音韵。”龚所长道。

“记得小时候妈妈常说，铁观音好香，回甘又足，原来指的就是铁观音的兰香音韵。年少时喝茶少，体会不深，铁观音的名字倒是印象深刻。”

“哈哈，铁观音的名字也迷人。”龚所长笑道，“你知道铁观音的名字由来吗？”

“因为此茶美如观音重如铁？”郑炜笑着说。

“这倒不失为文化人的解读。”龚所长也乐了，说，“安溪铁观音是乾隆年间问世的，对于它的发现和名字的由来，历来众说纷纭。一说是姓魏的茶农因为潜心礼拜观音，终于在山上发现了一棵神奇茶树，移栽回来，制作的茶叶，沉重如铁，因此叫铁观音。另一个版本则说是观音托梦，茶农采摘了茶枝，种在铁鼎之中，故名铁观音。”

“这些听起来像是民间传说，有没有正解？”

“安溪铁观音，这一品名之形成，应与《东溪试茶录》所说的地理特质有关。安溪富含铁矿，这种地质所产之茶，含铁高，茶汤色深，有时表面会泛起一层淡淡的铁锈纹，故而得名。至于‘观音’二字，可能是赞美其香、味、韵的美妙绝伦，也可能与‘铁罗汉’一样，是一种吉祥意味的命名。”龚所长侃侃而谈。

“龚所长对铁观音果然深有研究，学习了。”郑炜赞道。

“郑老师客气了，和郑老师投缘，聊得忘了冲茶了，是我的罪过。”龚所长乐呵呵地说，“郑老师有没有喜欢的品种？”

“我的睡眠浅，平日只敢偶试清香型的铁观音。听说您这儿有一款低咖啡因的？”

“是啊。”龚所长说，“二十多年前我就研究铁观音脱咖啡碱工艺，算是国内最早从事这方面研究的。”

“那真是太好了，今日既可品茶之高香，又可以享睡眠安稳。”

“我给你沏一壶我做的改良品种。”龚所长说完，从茶柜里抱出一个铁罐，拨出一小撮重实圆结的砂绿色铁观音，放入茶荷，又烧了水，温了杯，将铁观音置入白瓷盖碗，提起铁壶，沿着白瓷盖碗内壁细细地注入水，合上碗盖。

茶汤出来后被倾入白瓷品茗杯，金黄色的茶汤，色泽晶莹，清澈见底。

郑炜小口啜饮，用心体会。

“如何？”龚所长问。

“鲜醇高爽，回甘绵绵不绝，微甜，还有兰花香。”

“郑老师是懂茶之人。”龚所长笑了，“这种改良后的铁观音，减少了咖啡碱，也就是我们俗称的咖啡因，但是却保留了茶多酚和氨基酸。茶多酚呈苦涩味，氨基酸形成茶汤的鲜甜。二者含量高且比例协调，才能造就最佳口感。”

“太赞了！如何降低茶里的咖啡因，一直是茶叶工艺的难点。低咖啡因又要高品质，很难，也特别少见。”

“果然郑老师也懂制茶。”龚所长微微颔首，继续说，“茶叶的品质，取决于成茶的色香味，是茶叶所含各种化学物质组成的综合反映。任何组分的改变，都会影响天然品质的变化。最明显的，是茶叶香气。只要组成茶叶香气的某一芳香物质的量稍有改变，整个香气就会起变化。香气物质很娇气，种类多，含量低又不稳定，稍有变化就不香了。”

“龚所长如何研发出高香低咖啡因的茶叶呢？”

“说来话长。茶叶脱咖啡碱的技术主要有物理、化学、生化等方面，可无论何种工艺，都会影响茶叶的口感和香气。后来我就琢磨，能否从源头着手，寻找低咖啡因茶树。绝大多数茶叶，都含有 2% 到 5% 的咖啡碱，这是一种自然选择，因为咖啡碱是许多昆虫的天敌，可以保护茶树。功夫不负有心人，经过多年考察，终于在武夷山发现了低咖啡因的野生古茶树。这种茶树的咖啡因含量只有 0.2%，但可可碱含量比普通茶树高出几倍，所以也叫可可茶。可可碱与咖啡碱化学结构相似，但对中枢神经系统几乎没有影响。”

“龚所长对茶叶的热爱和执着令人感佩，低咖啡因茶树二十多年前就被发现了吗？”

“如果那样就好咯。”龚所长说，“茶树是前几年发现的，这款茶是今年刚上市的。”

“那我可真是有口福了。您二十多年前就研发脱咖啡碱茶叶了，当时怎么想到做这个的呢，有什么契机吗？”

“要说有，也是有的。当年我就在琢磨茶叶的脱咖啡碱工艺，但厂领导说没需求，没必要把钱浪费在这里。恰在这时，有一个小伙子过来问能不能做低咖啡因的铁观音。”

“小伙子叫什么名字，还记得吗？”

“不记得了，二十多年了。”

“姓顾吗？”

“好像是，厂长姓顾，记得有人说是厂长的同宗子侄提议的，否则厂长也不会理这个茬。”

“我记得。”一位皮肤黑红、身形敦实的中年女人边说边走进来，龚所长连忙站起来，说：“你怎么来了？”然后向郑炜介绍，“这是我老婆万晓红。”又对女人说，“这位是广州来的郑老师，了解茶叶脱咖啡碱工艺。”

女人礼貌地和郑炜打招呼，转头没好气地对龚所长说：“我怎么不能来了？今天有客户要订‘想佳人’，我看看还有多少货。”

她又扭头看向郑炜，脸上立刻堆起笑容，表情转换之快令郑炜既惊奇又好笑，果然是内外有别。

“他叫顾正辉，就是那个鼎鼎大名的顾导啦，二十年多前还是北漂的电影人，回老家的时候问能不能做出低咖啡因的茶叶。”

“二十多年前的事你咋记得那么清楚？”龚所长问。

“谁像你，看人都眼盲，茶叶的细毫倒是分得清。”

“我看还是因为小伙子长得帅吧。”龚所长揶揄道。

“是又怎么样？这不是很正常吗？就准你们男人喜欢看美女，女人就不能看帅哥了？”女人撇撇嘴，不满道。

“行行，我们别在郑老师面前打嘴巴官司了，你接着说你的顾导。”

“什么我的顾导。”女人白了龚所长一眼，又转向郑炜，眉开眼笑，“我问他为什么想做这种茶叶，福建人从小喝茶，根本不会去想茶叶里还需要加这个减那个的。他说家乡的铁观音好，希望女朋友和他一起品尝。女孩追求苗条，常饮铁观音能减肥，但她神经敏感，白天喝茶，晚上都会失眠，铁观音尝了一两次之后不敢喝了。”

“原来是因为爱情啊，怪不得大姐记住了这个美丽的故事。”郑炜笑道。

“就是嘛，我当时听了很感动，催老龚赶紧实施。老龚以前做过些研究，现在又有厂里支持，一年以后新品种的茶就做出来了。茶叶上市之前我还问过他，能不能给新茶起个名字，毕竟人家是文化人嘛，在北京读的大学。”

“取了什么名字呢？”郑炜问。

“想佳人。”女人说。

“名字很雅，有什么来历吗？”郑炜追问。

“是根据诗来的。我从小做茶，也不知道写茶的诗，人家随口就念出一首。”女人顿一顿，清了清嗓子，朗声念道：

仙山灵草湿行云，洗遍香肌粉未匀。
明月来投玉川子，清风吹破武林春。
要知冰雪心肠好，不是膏油首面新。
戏作小诗君勿笑，从来佳茗似佳人。

“好！”郑炜竖起大拇指，夸道，“大姐真是好记性，这么长的诗，背得如此顺畅。”

女人脸一红，忸怩道：“其实他只说了最后一句，说是诗里的，我去查了，是大文豪苏轼的诗，然后我把其他的几句都背了。”

“真难得，我都不知道你还能背全一首诗。”龚所长冷不丁道。

“你连一首诗都背不全呢。”女人白了他一眼，转向郑炜，“他当时念了最后一句，我说那就叫‘似佳人’。他说太直白，然后又念了李白的一句诗‘云想衣裳花想容’。他说诗里用云来比喻衣裳，花来比喻美人，如果用茶叶来比喻佳人，那就叫‘想佳人’。”

“好名字，原来还有这么深邃委婉的出处，顾导不愧是大才子。”郑炜说。

龚所长也不打趣了，安静地听着，他可能从来都没有发现，自己老婆还有诗情画意的一面。

万晓红继续说："顾正辉当时买了一斤，说买多了也用不完，只是女朋友一个人喝，没多久他就和那个女孩结婚了，还给我送了喜糖，说感谢我帮他追到了女孩。"

"你们确实是做了大好事，成人之美。后来顾正辉每年都买吗？"

"对，每年都买一两斤，都会提前打电话过来订。不过，后来好多年都没有消息了，我也没在意，我们生意好客户多，有个别客户不续订也正常。直到我在网上看到顾正辉离婚的消息，才想起他好多年都没有订茶叶了。"

"也难怪，离婚以后不用再讨好老婆，也就不需要这种特制茶叶了。"郑炜说。

"今年 3 月他突然打电话过来，问能不能预订'想佳人'，我当时还想，难道他要和前妻复合了？"

"3 月几号？您还有印象吗？"郑炜问。

"应该是 8 号，那天下午女员工放假，我在外面逛街，付款买单的时候接到了他的电话，我就把东西扔到一边，先和他讲电话。他说想订 100 克'想佳人'，我说你好久没订了，他嘿嘿笑着没说啥。我说你今年可是订对了，老龚刚研发出新款'想佳人'，是用低咖啡因的古树茶制作的，口感、香气都比原来的'想佳人'好，和传统铁观音差不多。他说那太好了，怎么买呢？我说我们在深城有专卖店，你去那里订货拿货，方便。他说你把名字告诉我，我说叫清香茶苑，店长是我们小老乡。他说好，谢过我之后挂了电话。"

"'想佳人'什么时候上市的？"

"比传统铁观音春茶晚一些，5 月下旬。"

"我喝的就是'想佳人'吧，没想到背后还有这么美丽的爱情故事，怪不得滋味甘甜沁人心脾。"郑炜端起品茗杯慢慢啜饮，闭上眼睛细细回味。

"确实，茶叶制作里面学问多。"龚所长说。

郑炜又和他们聊了一会儿制茶工艺，看天色向晚，便起身告辞。

返回深城的飞机上，他一直都在设想顾正辉和苗若风最后见面的场景。宋宁中午时分给他打了电话，小刘回来上班，鉴定了门厅电脑。不出所料，里面所有的数据都是在事发前一天，也就是 6 月 1 日下午删除的，而且之后监控一直关闭。

他梳理了一下纷乱飞扬的思路。

“想佳人”是顾和苗的爱情密码。当初顾为了追求苗，特意跑回老家，央求厂长研发低咖啡因茶叶。他的真情感动了苗，当然，顾还有其他殷勤举动，但这款“想佳人”无疑加分不少，顾还会告诉苗，茶叶名字的寓意。两人结婚后，顾年年买“想佳人”，直到他们离婚，从此苗也不再喝乌龙茶。

今年 3 月 8 日顾在苗的别墅见面后，决定再次订购爱情信物，为何？苗为了引诱顾杀她，仅凭一个保单是不够的，肯定还握有顾的致命把柄。苗在和顾 3 月的会面中，以此要挟，要求顾投拍她的小说。顾心里恼恨，嘴上却好言相劝，当天离开后马上预订“想佳人”，也是希望能借此打动苗，获得苗的谅解。

苗在保单生效两年后，邀顾上门，顾带上“想佳人”，或许也做了两手准备：如果苗不依不饶，就毒死她，为此他提前做好不在场证明；如果苗愿意保守秘密，就收手。但顾万万没有想到苗做好了赴死的准备，苗死后一切都变得复杂起来。

6 月 1 日下午苗若风驾车从云山花园来到汀洲别墅后，开始布局“自杀事件”。她做了两手准备，自杀或者让顾正辉杀她。苗让谢宇飞 6 月 2 日 11 点 10 分打电话给她，如果她希望顾正辉完成杀人计划，就不会接听电话，如果她希望顾离开，就会接听，并且让顾听到。还有其他吗？

保单？

郑炜脑子里灵光一现，想起凌思远说的话：以顾的老练，如果知道巨额保单的受益人是他，他不会往枪口上撞。顾正辉到底知不知道保单的存在？如果苗想阻止顾正辉杀她，是不是还可以当场出示保单？

顾正辉拿出新款“想佳人”，名字依然是那个动听的名字，茶汤依然莹润剔透，却多了兰香音韵。原来顾正辉一直在关注“想佳人”，新品上市之前就为她预订了。顾正辉自有一番情深意切的表述，苗若风感念于此，改变了心意，亮出保单，接听谢宇飞的电话，意图让顾正辉赶紧离开。

苗在自杀前大张旗鼓地打扫卫生，不是为了替顾遮掩，她应该清楚顾碰了哪些地方，而是为了让她的死看起来像谋杀。她虽然阻止了顾成为杀人犯，但也不想轻易放过他。她给顾施加压力，让顾有所忌惮，让顾处于她的掌控之下，即使她已经去了另一个世界。

原来，一直挡住视线的“油纸”不是缺失的信息，而是惯性的思维模式。“油纸”有两层：一、这不是一个简单的自杀或谋杀，而是自杀中混杂着谋杀，而且自杀者和谋杀者在现场时，又都因为某些突发因素改变了最初的计划；二、亮出保单，不是让顾产生杀机，而是正好相反，让顾及时收手并离开。

想通了这两点，案子就明朗了，疑点也都能解释。

如果是这样，那这份受益人为顾正辉的保单必然还在别墅内。顾正辉看完后，苗若风将它隐匿在一个秘密地点。或许，只有她女儿顾星如知道。或许，苗若风还藏有顾正辉其他“罪证”。

顾星如今天上午打电话过来说要见他，到底是什么事呢？这个看似单纯柔弱的女孩，内心也许并不像外表那么不经事。她或许是解开本案的唯一“密码”，但她也可能像她母亲一样，善于静观和隐藏，却又将一切置于自己的掌控之下。

苗对顾有两重心思，杀与不杀。

顾对苗也有两重心思，杀与不杀。

郑炜想到这，不由得打了个寒噤。

一念爱你、一念恨你。一念天堂、一念地狱。爱恨、善恶系于一念起灭。

至于真相，可能永远尘封。

2 尘埃落定

上午 10 点左右，凌钰接到顾星如的电话，叫她马上过去。

凌钰赶到云山花园，顾星如开了门，她的脸色苍白，眼睛又红又肿，看似刚刚大哭了一场。

客厅的长条桌上放着笔记本电脑，顾星如走过去，敲了一下电脑键盘。

凌钰跟上前，倾身细看。屏幕上显示一封邮件。

我最亲爱的女儿

你是我在世上唯一的牵挂，我希望你能好好地生活，勇敢、快乐。

我来日无多，活着对我已是痛苦，请原谅我不辞而别。我在天国看着你，祝福你！

一定要幸福！

永远爱你的妈妈

凌钰心里一沉，一股强烈的哀伤恣意蔓延，差点将她淹没，她吸了吸鼻子，忍住悲痛，走到星如身边，搂紧她的肩膀。

“我想把遗书交给郑警官。”星如哽咽道。

“我陪你去。先打电话约一下郑警官吧。”凌钰说。

“好。”顾星如拨通了郑炜的电话，按了免提，电话那头的声音很嘈杂。

“郑警官，我是顾星如，您现在哪里？我找您有事。”

“我刚到外地，今天晚上的飞机回去。什么事，能不能先说说？”

“没什么大事，见面说吧，明天上午 9 点可以吗？”

“没问题。你今天可以去找宋宁，他在局里。”

“没事，我们明天上午见。”

“好，那我先挂了，这边很吵。”

顾星如挂了电话。凌钰说：“快到饭点了，要不我们一起做饭吧？好久没做饭了。”

星如说好，两人开始忙活。她们在英国念书的时候，住一个宿舍，常在一起做饭，主厨是凌钰，星如打下手。美食可以调节心情，尤其是自己做的可口饭菜，更有治愈的功效。吃过饭，星如的情绪渐渐平稳，脸上也有了血色。凌钰这才放心离开。

走出星如的公寓，凌钰给高行知拨了电话。

“是我。”她的声音清晰有力。

“我知道。”他一下子坐直身子。

“你现在有空吗？来清香茶苑？”

“好，我收拾一下，完了正好去市民中心开个会。”

二十分钟后，两人在清香茶苑碰面。

她先到了，坐在靠窗的位置，摆弄着手机。

他走过来，和她打招呼，坐在她对面。

她朝他点点头，说：“把你叫过来，是想告诉你一件事。我刚从星如家里出来，她的邮箱收到了苗若风的遗书，说活着痛苦，选择离世，希望女儿好好生活。”

“真的是自杀啊！怎么今天才收到？”他感慨又吃惊。

“邮箱设置了定时发送，不知道为什么今天才发。星如准备明天早上去公安局汇报，明天可以结案了。”

“哦。”他似乎还沉浸在消息带给他的震惊中。

“下午政府的交流会，你去吗？顾正辉会去。”

“准备去。”

“你可以找他谈谈你的小说，看他能不能买。他马上就会解除嫌疑，江湖地位不受影响，不过他本人现在还不知道遗书的事，明天上午会知道。”

“我之前找过他，被拒绝了，说资金短缺。”他有点犹豫。

“此一时彼一时，任何事物都在变化之中，何不试试呢？”她的声音略略有些发急。

“呃……我看看。”他不知道该说什么。“呃”是他的语气词，在他勉为其难地回答时，他会用这个词。

“好吧，你自己看着办，机会稍纵即逝。”她的口气似有轻微的埋怨。

“谢谢你的提示和鼓励。”他赶紧道谢。不管如何，不该拂了人家好意。

下午3点，在市民中心的一间大厅，政府组织的影视投资交流会正在举行。

作为移民城市，文化一直是深城的短板，但年轻富有的深城野心勃勃，砸下重金“弯道超车”。市政府在发展文化方面可谓舍得，从全国各地引进高层次文化人才，提供生活住房、创业发展等多项优惠和便利。顾正辉，便是在十年前看好深城的文化扶持政策，落户深城并将深城作为他的主要事业发展地。

顾正辉 30 岁之前都寂寂无名，虽说也是北京电影学院导演系科班毕业，但有多少人挤在这条道上呢，要想脱颖而出，并不容易。毕业后他在影视公司打过杂，拍过纪录片和小成本的文艺片，都没有在院线公映，业内也没有太大反响。后来他认识了苗若风，开启了人生新境遇。

苗若风长相平平但自恃颇高，对另一半要求也高，既要有才华，还要颜值高。男导演长得帅的本就奇缺，如有，也早已被圈定，即便长相磕碜，但凡有才华，也会被圈定。当然，没有成名的除外，而顾正辉，当时正好属于这种“除外”。

两人一见倾心，女才男貌，不到一年就结婚了。婚后，顾正辉有了大展才华的机会，苗若风成为他的御用编剧，岳父苗澄宇控制的影视公司是他坚实的发展平台。先是拍网络大电影练手，接着执导院线商业大电影，在各方力量的扶持下，加上顾正辉本人的聪明努力，几年工夫他凭借几部电影，成为国内令人瞩目的新生代导演。

顾正辉成名后，绯闻渐多，虽然苗若风是他的御用编剧，也一直在片场监督把关，但架不住对手太多太厉害，个个年轻貌美有心计，苗若风最后心灰意冷，放弃家庭保卫战。在他们结婚后第十二年，也是苗澄宇去世那年，两人离婚。

离婚后的顾正辉如鱼得水，有名有利，还有好身体，更有单身的好身份。许多年轻女演员，梦寐以求从“灰姑娘”变身“辉姑娘”。这几年，被他捧红的夏菲菲，既是他的御用女主，也是他的地下女友。顾正辉从不对外宣称自己有女友。

顾正辉今天穿了一件浅灰色的麻质唐装，藏青色麻料长裤，在一众衬衫T 恤里，显得飘逸不群又有文化内涵。虽已年过五十，但顾正辉的脸上毫无沧桑，反而像保养得宜的男明星。但高行知看出他有心事，修剪得当的双眉不自觉拧巴着。

座谈会结束后是自由交流时间，主办方安排了茶歇，顾正辉很快被一群人包围。高行知坐在角落，一边嚼着曲奇饼，一边喝着茶水，闲闲地望着顾正辉所在的圆圈。

看了十来分钟，他有点累了，没人找他交流，他也不想硬找人攀谈。他站起身，收拾桌上的材料，准备离开。

“你是高老师吧？”顾正辉突然出现在他面前。

高行知一怔。他和顾正辉并不相识。顾是名人，照片经常见诸媒体，今天还作为嘉宾发了言。但他的照片从未出现在网络和媒体上，今天的交流会上也默默无闻，顾正辉怎么认出他的呢？

“是我，顾导好。”高行知说。

“有时间的话，我们聊两分钟？”顾正辉说。

“好。”

高行知跟着顾正辉走到角落，顾正辉说：“我今天才听助理说，高老师给星辉公司发了合作意向书，他发过我邮箱，我没打开看，实在抱歉。”

“没事没事，我知道顾导这段时间很忙。”

“高老师，我们虽未谋面，但你的名字和作品我很熟悉，电影《西江月》和《青玉案》我都看过，故事是好故事，可惜没拍好。”

“承蒙顾导看得起。”

“如果我来拍，可能呈现的方式会不一样，所以我很期待能和你合作《一剪梅》。”

“我也期待。”

“你明天上午来一趟我办公室吧，我们把合作细节敲定一下。”

“好。”高行知又惊又喜，同时心底也掠过一丝疑惑。一向高高在上的顾正辉，主动找他谈合作，难道真的是此一时彼一时吗？还是像顾所说，之前没有好好看他发的资料？

第六章　第六天

1 天价合同

上午 10 点，深城前湾。

前湾开发区是深城一个特殊区域，位于南海区最西部，西邻前湾，北靠宝平中心区。经过十来年的开发建设，前湾的高楼大厦鳞次栉比，区内风光秀美，环境宜人。由于距离深城传统的商业中心和文化中心稍远，前湾的街道宽敞而落寞，干净又清静。

高行知走进顾正辉在前湾 88 号写字楼的办公室，顾正辉正在里面等他。

“昨天会后，回去看了《一剪梅》小说，确实是好故事，有创意，又有文化内涵，人物也很鲜明。我都等不及开始构思怎么改编了，哈哈。”顾正辉笑着说，招呼高行知坐下，开始冲茶。

“多谢顾导抬爱。听说顾导对饮茶颇有讲究，顾导喜欢喝什么茶？”

“家在闽南茶乡，自幼喝茶惯了，谈不上讲究，最喜欢的，当然还是老家的铁观音。我们现在喝的这茶，就是今年刚上市的新品，低咖啡因的铁观音。”

“哦？一定要好好品尝了。”高行知说。

“我对剧本一向都很看重。剧本剧本，一剧之本，没有好的剧本，电影票房都是空谈。”顾正辉说。

“顾导说得太对了，现在很多导演不重视剧本，导致内容空洞、情节拖沓、人物单薄的电影比比皆是。但是顾导的电影耐看，因为剧本很扎实。我也了解到您投拍的电影，剧本投资比其他同行高。有几部是重金购买原创小说改编的，仅顾导对剧本的重视，就比很多导演高出一大截。”谈起剧本和电影，高行知有一肚子话要说。

“高老师有好故事，我有能力呈现，我们联手，一定无敌。”

两人一边品茶，一边聊电影和剧本，又说起《一剪梅》的情节和改编思路。低咖啡因的茶叶，确实不像普通茶叶那样越喝越有精神，但是那股绵长的高香却依然令人沉醉。高行知感觉有点飘飘然，像酒一样，难道这就是传说中的“醉茶”？不过，他喜欢这种微醺的感觉。

这时，顾正辉的手机响了，他拿起电话。

“啊，郑警官，是我。”顾正辉忙道，他嘴里时不时“嗯”“啊”几句，最后他说，“太好了，谢谢郑警官。”

挂了电话，顾正辉如释重负地说：“若风的死因终于查清了，是自杀。她今年初查出脑瘤，可能是不想再忍受痛苦了吧。唉！”他长吁一口气。

高行知不知道该说什么，他感觉头有点重。

“我们接着聊改编的事吧。公司起草了合作协议，高老师看看。”顾正辉拿起座机打了个电话，不久，一位女职员拿着两份合同走进来。

高行知强打精神，一行行阅读。

第一页，有小说影视改编权的购买价格。1000万！他的眼皮跳了一下，心里也咚咚直跳。

他翻到第二页，看到这样一条。

如甲方侵犯他人著作权，甲方承担全部责任并赔偿因此给乙方造成的损失，赔偿金额为本合同金额的十倍。乙方可以终止合同。

看完以后，他说：“协议是格式文本吗？律师审过吗？”

顾正辉说：“这是我们公司购买原创小说影视改编权的标准文本，律师审过的。当然，每个项目报价不一样。《一剪梅》在同篇幅的小说中是最高的，还有价格更高的，篇幅都在百万字以上。”

“谢谢顾导抬爱，确实有点出乎意料。”高行知说完，忍不住打了几个呵欠。

"我这也是有要求的，除了买断小说的影视改编权，时间上也比一般的协议多五年。另外，还要买断高老师的时间，希望高老师能帮我们创作剧本。"

"当然没问题……不好意思，我现在想用一下洗手间，马上回来。"高行知说。

"没事，出门左手边走几步就是。"顾正辉道。

几分钟之后，高行知回来了。

"高总，可以签字了吗？合同已经盖好公章了。"女职员彬彬有礼地将合同、签字笔和油印盒放在高行知面前，又对顾正辉说，"顾导，11 点的会准备好了，王总已经到了。"

"知道了，你先过去接待，让他在会议室坐一下。"顾正辉说。

"好的。"女职员说完便离开了。

高行知提起笔，又放下，说："有件事，万望顾导体谅。按照合同，第一期费用要一个月后才能付。可是眼下我母亲重病住院，马上要做手术，亟需 100 万，顾导能否今天打给我？其他费用按合同走。"

顾正辉怔住了，随即不快道："100 万哪里是说有就有的。"

"我也知道要求有点过分，但我真是走投无路了，这几天一直为钱的事寝食难安，您的钱就是救命钱哪，不到万不得已我不敢开这个口。"高行知看着顾正辉，恳切地说。

顾正辉走到办公桌前，打开电脑，5 分钟之后，高行知的手机"叮"的响了一下，短信提示他有 100 万到账，他打开手机银行软件，果然里面躺着 100 万。

"太感谢了，谢谢！谢谢！"高行知连声道谢，在合同上写下名字。

和顾正辉告别后，高行知走进电梯间。强烈的困意再次袭来，他赶紧用手撑住电梯里的扶栏。难道是昨晚看稿太拼了吗？看来年龄大了不能熬夜，回去可以好好睡一觉了。

高行知坐出租车回到公寓，很快就沉沉睡去。

2 身份确认

高行知一觉醒来，已是下午 3 点。他抓起手机，给表弟转了 50 万，转账之后他给表弟打了电话。

表弟说："大姑开始做化疗了，身体状况比较稳定，我爸和小姑准备这几天做配型。"高行知心下稍安，说："这两天我把公司的事情安排一下，后天回来。"

高行知又给郭杰拨了电话，电话只响了一声就被接起。

"怎么样，兄弟？"郭杰压低声音，急切地问。

"合同签了，第一期费用要一个月后付，我怕你等不及，我妈也亟需钱做手术，所以今天先要了 100 万。"

"太棒了！辛苦你了兄弟，你把 50 万转到我国内账户，我想办法汇出来。"郭杰兴奋地说。

"好，我马上汇，希望这笔钱能帮你缓缓时间。你现在怎么样？他们最近没找你麻烦吧。"

"唉！苟延残喘吧，蜷在流浪汉收容所，每天都在挨饿，不过这样也好，他们不敢下手。"

"你多保重，这次渡过难关后，千万不要再去赌博了。"高行知殷殷嘱咐。

"一定痛改前非，这是用命换来的教训啊。"郭杰悔恨地说。

挂了电话，高行知给郭杰指定的账户转了 50 万。做完这些，他长吁了一口气，压在心中的两块巨石被搬走了，倍感轻松。

他的脑海中浮现出她的身影，如果不是她的提点和帮助，自己可能不会签下这份合同，她是他的贵人，得好好感谢她。

他给她发微信，说和顾正辉签了《一剪梅》的合作合同，晚上请她吃饭表示感谢，她爽快地答应了，并说想去天语餐厅的"玻璃房"，因"种草"已久，想去"拔草"。这家餐厅他也是久闻其名，因价格不菲，一直不敢问津，今天也正好借着请客庆祝，让自己奢侈一把。

放下手机，他大大地伸了个懒腰，拉开窗帘，打开窗户，午后的阳光扑面而来，几天来一直紧绷的神经终于彻底松弛了，全身三万六千个毛孔仿佛都浸润了酣畅适意，迎着阳光舒展绽放。

忽然，响起“咚、咚”的敲门声，高行知心里纳闷，是煤气抄表员吗？可上周刚来过了。他感到迷惑，直勾勾地盯着房门。“咚、咚、咚”，依然顽强而有节奏地响着。“谁啊？”他站起身，走向门口。

夜幕时分，高行知出了门。

他去了天语餐厅价格最高的“玻璃房”，天语是本城最高的大楼云汉大厦顶层的花园餐厅。站在600米高的楼顶，颇有一览众山小的气势，繁华都市的流光溢彩尽收眼底。

“玻璃房”位于户外天台，处于僻静的一隅，硕大的圆弧形玻璃罩，笼着一张奶白色长条餐桌，两把橙黄色靠背餐椅。坐在“玻璃房”，可以看到苍茫辽阔的浩瀚星空和绵延璀璨的万家灯火。

绮丽壮观的夜景并没有让他的目光过多流连，他阖上眼睛，以手覆额，似在沉思。

当他抬眼，看见前方一袭白纱长裙的曼妙女子正款款而来，合身的剪裁将她纤瘦玲珑的身材完美呈现，手臂修长紧实，轻施淡妆的脸色动人明艳。

他定定地望着她。她的肌肤若雪，和雪白的裙子融为一体。连衣裙是大V领，在V字底，有一个若隐若现的吊坠，闪着幽绿的光泽。

凌钰踏进“玻璃房”，将手里拎着的一瓶葡萄酒搁在桌子上，莞尔一笑：“怎么，不认识了？”

他收起呆滞的眼神，尴尬回应：“变成仙女不敢认了。”

她“扑哧”一笑，说：“这里确实有仙气呢，路过多次，从未上来，没想到楼顶这么有气势。会当凌绝顶，一览众山小。”她念了杜甫的诗句，颇为应景。

看他仍有些发愣，她便问：“你知道天语的出处吗？”

他醒一醒神，说：“中间最高顶，仿佛接天语。”

“对。”她笑了笑，“那云汉大厦呢？”

“永结无情游，相期邈云汉。”

“好一个‘相期邈云汉’。”她大笑，将葡萄酒斟入两只红酒杯。

“今晚就在云汉不醉不归。来，祝贺你的《一剪梅》未来大卖。”她擎起酒杯，豪气道。

“谢谢你。”他端起酒杯。

“是你的小说好，我其实啥也没做。”她和他碰杯，饮了一大口。

“你的项链很别致，是什么吊坠？”他突然问。

她用手指将吊坠轻轻拉出来，露在V领外。他定睛看去，眼睛顿感一阵刺痛，不由得闭上眼睛，深深地呼吸，手指微微发抖。

没错，就是她的玉竹吊坠。这种吊坠图案并不多见。他第一次见她戴的时候，问过她，她说是祖父特意托匠人定制，将翡翠雕刻成竹子，因为她的名字，是祖父起的，蕴含着祖父最喜爱的苏轼的诗词。

他睁开眼睛，干咳了一声，淡淡道：“好看。”

她饮尽杯中酒，抬头仰望星空，惊叹：“这里真美，如梦如幻。还记得几天前我们月下吟诗吗？”

“记得。”他抿了一口酒，并为她斟满酒杯。

“今夜我们接着对诗吧，说说月亮的诗句，我先起，听着啊。”她清了清嗓子，念出一首，“西宫夜静百花香，欲卷珠帘春恨长。斜抱云和深见月，朦胧树色隐昭阳。”

“你还真是喜欢王昌龄。”他的声音滞涩。

“以前不怎么了解他，上次听你说起，来了兴趣，回头把他的宫怨诗都读了，真是写得好，不过也有些不明白。”

“你说。”

“上次你说，王昌龄的《春宫曲》是讲男女欢好的，那这首《西宫春怨》呢？”

“《西宫春怨》写的也是欢好，‘西宫夜静百花香’，‘婉娈中自矜风轨’。”

“‘西宫夜静百花香，欲卷珠帘春恨长’可以作此理解，可‘斜抱云和深见月，朦胧树色隐昭阳’作何解呢？‘昭阳’有什么典故吗？”

“昭阳殿是汉成帝和赵飞燕姐妹居住的宫殿，喻指君王的宠幸。百花萌发，情丝渐长，虽然她用力想要去看的昭阳殿被树色遮掩，但她还是斜抱琴瑟，欲弹不弹，渴望‘深见月’，不肯舍弃，这是因情欲而生的孤独和渴望。”说起他喜爱和擅长的诗词，他的话开始多了，也流畅了些。

“学习了，不愧是古代文学的高才生。还有一首，也想请教。‘芙蓉不及美人妆，水殿风来珠翠香。却恨含情掩秋扇，空悬明月待君王。’前两句写宫女貌美自矜，这后两句又是何解，为何掩秋扇是恨，待君王又是空？”

“西汉班婕妤写过一首《怨歌行》，‘裁为合欢扇，团团似明月。’‘弃捐箧笥中，恩情中道绝。’秋扇见捐，指秋凉后，扇子被抛在一边不用，喻女子被男子抛弃。自掩秋扇，说明早已被弃，却依然含情，所以心里有恨。有恨必有爱，依然于明月空悬的夜晚，倾心待君王，但待的结果，也正如空中之月，可望而不可即。少伯的诗，深情幽怨，意旨微茫，这两句写尽了痴情女子爱恨交织的情感，哀怨失望之中更有等待和幻想。”他娓娓而谈。

“真是痴情又可怜的女人。”她托起酒杯，叹道。

“古代的宫女，命运大抵如此。虽说难逃秋扇见捐的悲剧，但‘昨夜风开露井桃’‘西宫夜静百花香’的美好时刻，也是值得记取的。”

“是啊。今人不见古时月，今月曾经照古人。不说古人了，希望我们都能记住今夜，好月、好诗、好酒。”

她是谈话高手，总能找到令他敞开心扉的话题，诗词、电影、小说、创业。但他即使在聊得最自如的时候，也显得心事重重。好几次他欲言又止，想说点什么，却被她开启的话题打断。

酒喝到一半时，她端起酒杯，伤感地说：“托大作家的福，说不定有一天我会成为明星，可惜母亲看不到这一切了。”

他的心跳了一下，竭力用平静的口吻问：“你母亲……怎么了？”

她看着杯中的红酒，低低地说：“她跳楼了。”

“……”他的嘴张开又闭上，又张开又闭上，却是一个字都没有说出口。

“已经过去九年了。”她抿了一口酒，幽幽道，“你知道一个人如何有勇气跳楼吗？”

她兀自说着，轻轻摇晃酒杯。杯中血红色的液体汹涌翻滚，似乎随时都要冲破这薄脆的玻璃，把这整洁优雅的世界，搅个天翻地覆。她将杯子挪到眼前，声音更加隐幽："她从不喝白酒，那一次，她干了一斤白酒。"

他看不见她的脸，只看见血红色液体映照着两颗黑亮的眼珠，他的心跳开始加剧。

"你知道吗？她留下一行诗。"

"啊！"他在心底喊道。记得有一次，他和她讨论生死，她说如果有一天，她知道自己快要死了，她会在醉酒之后吟诗而去，像诗仙李太白一样。他知道她不能喝酒，以为她是说笑，没想到她居然用生命践行。

他没有出声，双手紧紧捂着桌上的酒杯，手指微微颤抖。

"桃花开，珠帘卷，昭阳隐，明月悬。"她移开酒杯，盯着他，一个字一个字清楚地说。

他依然缄默，感觉被她两束灼亮的目光箍着，动弹不得。

"真是痴情又可怜的女人。"她悲叹。

"真是……可惜。"他的声音沙哑干涸。

"或许，她死的时候，痛苦并没有那么大，就像酒后捞月而死的李白。"她自顾说着，眼神里有一抹凄凉。

他默然。

"李白晚年流浪到安徽当涂，寄居在族叔李阳冰处，因为求道和从政的双重失败，也因为多年的漫游和好酒，他的健康挥霍得差不多了。"她徐徐道。

"当他感知大限将至，在一个月圆之夜，干了几桶李阳冰家的陈年好酒，一个人走出屋外，走到最近的湖边，高声吟唱自己写的临终歌，边歌边舞，衣袂飘飘，最后做飞翔状，投湖而死。他一辈子都想升天，不能往上飞，就往下跳吧，想象那里是天，因为有月亮。"她缥缈悠远的声音，仿佛来自另一个时空。

"强者总是将死亡掌控在自己手里，不能选择如何生，但可以决定如何死。"她眼神倔强，说完，站起身，跨出"玻璃房"，背靠天台栏杆，张开双臂，白裙被夜风撩起，如蝴蝶振翅翻飞。

只听她朗声念道：

大鹏飞兮振八裔，
中天摧兮力不济。
馀风激兮万世，
游扶桑兮挂左袂。
后人得之传此。
仲尼亡兮谁为出涕？

夜风清凉，月色无垠，白衣胜雪的绝色女子，清亮铿锵的嗓音，凄怆高昂的古风，一时让他有了恍惚之感，仿佛自己像大鹏一样展翅高飞，翅膀却陡然被挂住，但鼓起的余风飘送万里之遥。心中半是悲凉，半是豪爽，一种奇妙的出尘之感让他飘飘欲飞。

“酒醉后吟诗跳楼，会不会有一种升天的感觉？飘飘忽如遗世独立，羽化而登仙。”她说。

他从恍惚中惊醒，但见她两眼灼灼，双颊绯红，裙裾高高飘扬，似要将她掀起。他疾步上前，拽住她的手，将她往前拉，她站立不稳，扑入他的怀中，他将她搂住。

“住手！”他猛然听到一声大喝，一个中年男人飞快冲上来，将凌钰一把扯开，瞪着他，狠狠道，“不要碰我女儿！”

“不是……我怕她掉下去了。”他窘迫地说。

凌思远没理他，转向凌钰，说：“他就是你要找的人，高远。”

凌钰呆了一下，连连摇头，一叠声说：“不，不可能！”

“我找了钱方平，高远当年和你母亲一起参加了英国的研讨会，我看过他们的合影，高远就是这个高行知。”

凌钰望向高行知，他绷在原地，一动不动，神情无奈而悲苦。

“我们走吧。”凌思远说，他试图再次抓住凌钰的手，被她甩开。

“走去哪里？”

“跟我回家。”

“家？我有家吗？”她拧着颈子说。

“你，什么意思？”凌思远的声音微微一变。

“我不知道自己还有家！母亲出事以后，家在哪儿？我被同学欺负的时候，家在哪儿？我被殴打住进医院的时候，家又在哪儿？”她高声质问，语气急促愤懑。

“你……你怎么能这么说呢？那是特殊时期，我们都不好受！”凌思远气得发抖。

“妈妈出事后你就跑了，这是一个男人该做的吗？除了逃避，你还能干什么？”她的声音尖利高亢，含着哭腔。

“你——”凌思远挥起拳头，举到半空，看到女儿怨恨的眼神，又慢慢地松开拳头，垂下手。

凌钰狠狠瞪了他一眼，转身跑开了。

凌思远喟然而叹，他垂下脑袋，逐渐地矮下去，瘫坐在地上。他头上和两鬓的白发，白得刺目，似点点霜花。

3 假如爱有来生

高行知在暗夜里踽踽独行。往事似蜘蛛，在他身上吐丝结网，将他牢牢地包裹住了。

第一次遇见她，是他入校的第一年。秋天的傍晚，他一个人信步行至学校的落樱池。密林中笼着一个清幽世界，池边有几株樱树。阳春三月，樱花盛放，微风吹过，落樱缤纷，落樱池由此得名。

他拨开树枝，池水在眼前碧清地展开，同时，他看见了一个女人，坐在池边石头上。她穿着立领的白色衬衫，肩上随意系着一件宝蓝色的毛衣。她的头发高高扎起，露出整张清秀明媚的脸庞。

他本能地往后一缩，不让她看见自己。她没有看见他，因为她正在专注地喂鱼。她把手里的面包撕成碎屑，一点点撒向水面，池面一阵细微的骚动，是鱼儿们过来抢食。“别挤，排好队，都有。”她微笑着轻声说，仿佛是对着一群淘气的孩子，怜爱又纵容。面包撒完后，她站起来，紧一紧身上的毛衣，对着水面招招手，然后飘走了。那种步子，既轻盈、迅速，又带着一种随心所欲的从容。他从未见到一个女子有如此优美轻灵的步态，他像被施了法术一样，整个人定在原地。

从此这个像云一样的女子就定格在了他心里，他不知道她是谁，是学生还是老师，或者只是偶尔路过这里。他经常去落樱池，但是再也没有遇见她，于是渐渐绝了念想。

大一下学期开学时，他选了系里有名的柳老师的课程。第一堂课，他漫不经心地一抬头，竟看见那朵云轻盈地飘上讲台。像一瓢热水浇到了一片冰雪上，他的心倏然化开了。他狠狠地掐了一下自己的手，疼得咧嘴，但他随即笑了，狂喜像潮水一样涨上来，他的眼睛湿润了。

他上她的课，每次都听得极为认真。她的课讲得确实好，即使在全校最大的阶梯大教室上课，仍然一位难求。课间和课后，总有许多同学围上去，向她请教。虽然她脸上时有疲倦之色，但他从未见她流露任何厌烦表情，相反，她总是面带微笑、柔声细语地回答同学们的各种问题。

他却从未以这种方式找她，他有他自己的秘密。每天晚上吃过晚饭，他会到落樱池边坐一会儿，静静地看着水，清理一天的思绪，然后对着水里的鱼和水面的落花，还有一个看不见的人儿说话。这些都做完，他才会心满意足地离去。

夏天悄然而至，白昼渐长，他去落樱池的时间也变得晚了。他喜欢日暮时分，太阳刚刚落下，月亮尚未升起。大地依然明朗，却褪除了燥热，空气里有一种清幽又暧昧的气息。

这天傍晚，他依然轻轻地拨开树枝，就像初次，就像她会坐在那里一样。而这一次，她居然真的在那里！他赶紧躲到一边。她眉眼低垂，脸上挂着泪，他听到了她压抑的抽泣声。她手上的纸巾也湿了，她又抽出一张纸巾，擦拭着脸上的泪水。她的眼角和颧骨又红又肿，还有血迹！她是被殴打了吗？

他的心像针扎了一样刺痛。

难道是她丈夫？可他们是模范夫妻、神仙眷侣啊！可如果不是丈夫，谁会打她呢？谁打了她，她不能反抗不能诉说，却只能躲在这里暗自哭泣呢？

千般怜爱、万种柔情在他心里汹涌澎湃，他恨不得冲上去安慰她，但他克制了，他知道，此时她需要的是自我宣泄，是独自咽下苦水。

之后，他开始主动表现自己，引起她的注意。他在课堂上积极回答问题，课后找她请教，认真准备有她担任嘉宾的全市诗词比赛。全市的比赛，先在校园选拔，她担任评委，他一路过关斩将，在校赛中拔得头筹，她盛赞他才华横溢，有士子品格。市里的比赛，他最终也进入了前三。赛场上，她一次次向他投来嘉许的目光，他的心里满溢着幸福和甜蜜。他们在和诗词的对话中、在无数次的眼神交流中早已神交。

终于有一天，他等到了她再一次出现在落樱池边。

仿佛等待了千年，又仿佛只是一瞬间。当他看见她时，眼泪差一点掉下来。他忍住狂喜和激动，走过去和她打招呼。

她微微笑着，那种熟悉的表情他见过，第一次见她时，她就这样看着那些活泼又任性的鱼儿。他们像交往多年的老朋友，根本不需要寒暄，直接进入自然流畅的对话。他们是同类，他们有太多共同的思想和喜好，连他们的出生地，都是一样的。他才发现，他们是正宗同乡，老家都在湘西，她出生在县城，他出生在农村。她的父母都已过世，她很少回老家，但对故土有着深深的眷恋。

此后，他们经常在落樱池相遇，似乎没有谁提议，碰到了就碰到了，没碰到，就自己一个人坐一会儿。

再后来，他读了她的研究生，做了她的助教，和她一起从事古典诗词的课题研究。

她非常推崇王昌龄，专攻王昌龄的诗歌。她说，被誉为“七绝圣手”“诗家夫子”的王昌龄，在当世和后世都获得极高评价，然而，学界对于王昌龄的事迹和诗歌的研究，却是少之又少，少到无法将他的生平经历连贯起来，而且即使在已经很少的记载中，都颇有分歧。比如籍贯，就有京兆、太原、江宁几种说法，生年，就有 690 年、698 年之说，至于宦海经历，更是多有模糊、混沌之处。

她最激赏的是王昌龄的七言绝句，不仅立意深婉、构思精巧，而且语言凝练、风格多样，“令人测之无端，玩之无尽，惜后人不善读耳”，而她，愿做王昌龄诗歌的“领读人”。

王昌龄现存诗歌不多，不到200首。就题材而言，他的诗歌主要分为三类：边塞诗、宫怨诗和送别诗。边塞诗虽仅20余首，但皆为名作，他也因此被后人归入边塞代表诗人行列。宫怨诗就更少了，仅10余首，但皆为千古传诵的佳作，又使其被推为“第一婉丽手”。送别诗有60多首，是诗人情感和志向的坦诚流露。

她常说，诗无达诂。王昌龄的七绝由于格调高逸而含蓄蕴藉，诗歌语言亦颇富弹性和张力，使得诗的意象之间边界模糊，并具有互摄性和渗透性，不仅意蕴深藏，诗意也呈现出迷离性和多义性，给读者留下了艺术想象的大片“空白”。

比如脍炙人口的《出塞二首》其一：

秦时明月汉时关，万里长征人未还。
但使龙城飞将在，不教胡马度阴山。

由于诗人的语言摆脱了直陈性和指涉性，加之情感和意旨深隐，故解读见仁见智，是悲凉还是豪迈，莫衷一是。

再如《春宫曲》：

昨夜风开露井桃，未央前殿月轮高。
平阳歌舞新承宠，帘外春寒赐锦袍。

《春宫曲》是表现失宠妃子的不平，还是描写得宠女子的欢乐？依据视角的不同，可以作讽喻诗看，可以作宫怨诗看，甚至可以作艳诗看。

她说，王昌龄的诗歌妙处，更多体现在浑成，恰在似此似彼、截然相反的阐释共存不悖，言有尽而意无穷，留下更大的想象和诠释空间。

老师的解读，令他耳目一新又如痴如醉。他开始研究王昌龄，在了解了王昌龄的生平经历后，他仿佛遇见了千古知音。

王昌龄和他一样，“久于贫贱，是以多知危苦之事”。和许多同代人一样，他决心凭借聪明和进取来改变自身处境。年轻时他投笔从戎，“出塞复入塞”，可惜并未实现其“封侯取一战”的理想，继而，再重操翰墨，于开元十五年进士及第，授秘书省校书郎。校书郎的品秩仅是正九品上，且是一个闲职，这与他“圣代用之”的治国平天下理想相去甚远，于是，他再次考取博学宏词科。可是，再次登第后的王昌龄，官职并未升迁，仅授汜水尉，属正九品下，品秩不升反降。科场得意的王昌龄，仕途显为失意。而更失意的是，他在做了五年汜水尉后，由于“得罪由己招，本性易然诺”，被贬至荒僻的岭南，次年方有幸遇赦北返，并授江宁丞。可是，几年之后，又因所谓的“不矜细行，谤议沸腾”，再遭斥逐，贬为龙标尉。进士及第后的王昌龄不仅尽任丞、尉之属的末流小官，而且还东贬西谪，迭遭打击，悲剧连连。

而最为悲惨的是，他死于非命。安史之乱爆发后，被贬龙标的王昌龄匆匆北还，途经亳州时为刺史闾丘晓所杀。后闾丘晓因贻误战机之罪为河南节度使张镐所杀，这或可视作张镐在为王昌龄报仇雪恨。

了解了王昌龄的生平后，高行知唏嘘不已。他，矜负胸怀，充满自信：“天生贤才，必有圣代用之。”为了建功立业，远赴西鄙，科场登第，却数贬于荒远。左冲右突，宦游坎坷，空有报国之志和满腹才华。如此悲怨痛苦的人生，却留下那么多深情绮丽的诗句，这是怎样高贵敏感的灵魂呢？他该有多么仁厚旷达的胸怀和丰富细腻的情感。若不是，如何在远贬湘黔交界的龙标，送别友人时写下“青山一道同云雨，明月何曾是两乡”，如此豁达乐观又体贴婉转的诗句；在另一场与友人别离的哀伤中，虽然“江风引雨入舟凉”，他却不忘描画“醉别江楼橘柚香”的迷人明朗。

和她一起研究王昌龄的生平和诗歌，让他们接触更多，心也更近了，也让他获得了和她一起参加学术交流的机会。她带队参加在英国伦敦举办的中国古典诗词研讨会，他是其中唯一的在校学生。五天的日程，有一天自由活动。他瞅了机会单独和她说，会后想去乡下走走，她微微点头，脸上浮起一朵红云。最后一天，大家忙着购物，他们则分别找了理由离开人群，去了静僻的乡村，度过浪漫销魂的一天。

有了第一次就会有第二次。他们爱得热情似火，也爱得如履薄冰。或许，正是这份压抑，让感情的势头更加猛烈。

她开始憧憬未来，她希望光明正大和他在一起，想离了婚嫁给他。她说，女儿大了，丈夫忙于工作，和丈夫之间多年没有男女之事，也鲜有情感交流。她叫他不要读博士，和她一起去深城，他们去一个没人认识的地方重新开始。她说，她有同学在那边扎根，过得很好，深城人都忙于搞钱，没有心思嚼舌根子，大家都能活出自己，姐弟恋也不少，没有人会用异样的眼光看你。

他不置可否。虽然他知道那个叫深城的地方是移民城市，有些人在内地呆不下去了，跑到深城重新开始，反而混得不错。但他不相信他们的观念如此开放，都是中国人，骨子里的很多东西是一致的。

她说，如果不想去深城，就继续读她的博士研究生。

他答应了。学古代文学，读完博士可以去大学教书，否则硕士毕业能做什么呢？当大学老师也是母亲对他的期望。

博士被录取后，他回了老家。

没想到有一天，她骤然出现在他面前。

其时，他还不知道照片曝光的事，大山脚的小山村，生活平静舒缓，仿佛与世隔绝。

那个淡金色的黄昏，他正坐在院子里看书，一抬眼，见她杵在面前，直愣愣看着他，吓了一大跳。

“你怎么来了？”

“你跟我出来。”她形容枯槁，脸色蜡黄，眼神和语气却有不容置疑的坚定。

他下意识感觉有大事发生，大气不敢出，跟在她后面。

她急急在前面走，找到一处僻静的农田，停下来，回转身。

“那次在酒店拍的照片，都删了吗？”她问。

“删了呀，怎么啦？”他的心里有一种不祥的预感。

“有一张，网上传遍了。”

“啊！”他感觉胸口被猛烈撞击了一下，吞吞吐吐地说，“早都删了，有一张……舍不得，最近删的。”

“那怎么网上有，你发的吗？”

“不，怎么可能是我！”他断然否定。

“到底怎么回事？”

“我想想。”

他想了一会儿，使劲拍了拍额头，沮丧道：“怎么会这样？手机里的摄像头坏了，拿到手机店去修，老板说要换主板，但我之前就把照片都删了啊，包括那张。”

他望着她憔悴黯淡的面容，猛然想到这件事给她的巨大冲击，颤声问：“有人……认出你了吗？”

“昨天在网上传疯了，都知道是我，后来帖子和照片删除了，改成私下传。学校，回不去了。”她无力地说，慢慢弓下腰，坐在地上。

他赶紧也坐下来，搂住她的肩膀，惊惧、痛悔、怜悯、自责，种种情绪在心底翻滚激荡，他不知道该说什么，只是一个劲儿地道歉：“对不起，对不起，我不知道会这样，是我害了你，我真该死，我恨死自己了！”

“算了，事情都发生了，想想该怎么办吧。”她反而宽慰他。

“怎么办呢？”

“我没脸在江宁呆了，我想去深城，你和我一起去吧。”她直视着他，满含期待。

“我……”他低下头。

“你去深城能找到好工作的，你年轻，有学历有才华。”

“有点突然，我想想好吗？”他还是不敢看她。

她叹息一声，说：“好。”

她曾经对他说：“即使与全世界为敌，我也要与你相爱。”她是如此柔弱却又如此勇敢，然而，他知道自己做不到。他爱她，从他见她第一眼，就爱上了她，这份爱，深沉热烈，但并非奋不顾身，他有太多羁绊。她恬淡却洒脱，他优柔而寡断。

他带她去了镇上唯一的旅馆，然后回了家。

母亲正在门口东张西望，显然是在等他。进屋后，母亲迫不及待地问：“她是你女朋友吗？”

他不做声，一头钻进自己的房间，母亲追上来，连珠炮似的发问：“她走了吗？她跑来干吗？有急事吗？她是谁，多大了，做什么工作的？”

“呃……我有点累，想休息一会儿。”他心力交瘁，不想再说一句话。

“你累啥，出去走一圈就累了？”母亲不满道，“你别以为我看不出来，她和你的关系肯定不一般，不然她能找到这儿来，而且你还乖乖地跟着她走。”

他不说话，和衣躺下，蜷着身子，将后背对着母亲。

“那个女的虽然长得还行，但肯定年纪不小了，城市人都保养得好。她比你大多少？她是不是结了婚还有小孩？你准备和她结婚吗？”

“……”他的肩膀轻微抖了一下，没有出声。

“如果你们在谈恋爱，那就赶紧断了。我把话说在前头，我儿子不能找一个比他大的，更不能找一个离过婚的。”

见他依然不吭气，姜凤萍抬高了声调：“如果你非要和这种女人结婚，那你们自己过好了，别让我看见，我也不会承认！”

“就当我没养过你这个儿子！”姜凤萍恨得跺脚，撂下一句狠话，气呼呼地走了。

他一动不动，阖上眼睛，两行滚烫的泪水，淌了下来。

他在床上想了许久，做出了此生最重要的决定。他收拾了几件衣服，背了旅行包出门，在屋里留下一张纸条，说自己出门玩几天，然后他去旅馆找了她。

他们在旅馆度过了疯狂而销魂的一夜，仿佛那是他们第一次也是最后一次做爱。他拉开窗帘的一角，看见一轮金黄的圆月爬上远山的树梢。月光如轻纱般裹住她洁白的身体，她的笑容像花儿一样绽放。他希望能带给她快乐，这是他唯一能为她做的。他热烈地亲吻她，紧紧地拥抱她，恨不得将她掰开揉碎，一点点融化进他的身体。没有言语，此时任何言语都显得冗余。他们拼命吮吸对方身上的气息，深深感受水乳交融的极致愉悦。不知道过了多久，他感到肩上有点湿，他捧起她的脸，她泪流满面。他的眼睛也湿了，他温柔而狂热地吻她的眼睛，她的脸颊，将她咸咸涩涩的泪水吸入自己的身体。

那一夜，她哭了两次，也笑了好多次。世间好物不坚牢，彩云易散琉璃脆。人生苦短，片刻的欢乐亦是欢乐，莫要辜负了。爱情如烟花易散，但总有一星微光沉淀心底。

第二天早上，他们启程去神农架玩了三天，在莽莽苍苍的原始森林中，在只有两个人的世界里，他们感到前所未有的宁静和安然。这是我一生中最幸福的时光，他说。我也是，她说。

当诀别的时刻终于来临，她恢复了惯常的优雅和沉静。

“你多保重。”他说出一句无力的客套语。

“我会去深城。”她凝视着他的眼睛。

他在她的瞳孔里看见自己。

他拥抱了她，狠狠地，但一句话也没有说。他知道和她一起去深城，意味着什么，他还没有为此做好准备。

她头也不回地走了。

“桃花开，珠帘卷，昭阳隐，明月悬。”他喃喃自语。临死前，她都在“空悬明月待君王”吗？如果当时答应她去深城，她一定不会寻死的。假如爱有来生，下一世，他一定会改变自己的选择。

柳筠走后，他的感情堕入枯井。他没想到，时隔九年，35 岁的他还有爱的能力。可是，为什么偏偏是她的女儿？可是，如果不是她的女儿，如果不是和她有着天然的相似和联系，他会心动吗？

生活中没有如果。

他举头仰望，漆黑的夜空，没有月亮，也没有一点星光，仿佛深不可测的黑洞，神秘、无解，亦无望。

他潸然泪下。

第七章　第七天

1 茶之秘语

早上，艳阳高照，晴空万里。凌钰去云山花园看望顾星如，一天不见，她的变化令凌钰眼前一亮。

昨天上午，凌钰陪顾星如去公安局。一路上，星如眉头深蹙，神情静穆。

郑炜在会议室接待了她们。

“郑警官，不用再查了，我母亲是自己寻了短见。”顾星如面色沉郁。

“哦？有什么新发现？”

“昨天收到母亲邮箱发来的邮件，应该是生前设置好了发送时间。她说活着已是痛苦，希望我好好生活。”顾星如将手机交给郑炜，“这是邮件。”

郑炜接过去看了好一会儿，问：“能把它转发给我吗？”

“当然可以，我现在就操作。”

“你有你母亲邮箱的密码吗？”

“没有。”

“她以前用这个邮箱给你发过邮件？”

“是的，还有以前的几封，我都转发给你。”

“我们经过多方调查，从现场的痕迹，到你母亲的病情、情绪，再到相关人员的作案方式和动机，都找不到他杀的证据。如果你母亲留下遗书，说明她想自尽。我们今天可以将它结案了。”郑炜说。

“谢谢郑警官的关照。”

“不客气。还有个问题麻烦你回想一下，你母亲走之前将保单受益人从顾正辉改成你的名字，受益人为顾正辉的旧保单应该在别墅里。你见过吗？”

顾星如摇摇头。

“那你知道你母亲会把它放在哪里吗？”

顾星如依然不置一词。

从公安局出来后，顾星如独自打车离开，说累了回去休息。当时凌钰还暗暗担心她的状态，如今看，是多虑了。

星如着白衣白裤，没有戴发套，乌黑的头发散发着自然的光泽，脸色沉静如水，卸去了繁复的妆容，圆圆的黑眼睛显得清纯动人。

客厅的长条桌上，摆着青白瓷的盖碗，素肌玉骨的盏体光润清凉。凌钰捡起一只静观，白中有青，淡雅清澈，碗底纹样是攀戏于莲花间的婴孩。

“这图案和色泽，有宋瓷的韵味，价格不菲吧。”

“对，这是现代工艺复刻的宋式青白瓷婴戏莲纹盏碗。”星如指着桌上的茶具说，“这些都是昨天在清香茶苑买的，价格不贵。功夫茶具泡茶比较繁琐，先从盖碗茶学起。”

“开始学茶道了？怪不得如此脱俗了呢。”

“茶道谈不上，品茶也才刚入门呢。”星如腼腆地说，“宋代品茶有三点法则。一点是新茶、甘泉、洁器，二点为天气好，三点指风流儒雅、气味相投的佳客。反之就是三不点。”

“看来我们今儿是三点了。”凌钰调皮地笑笑，又好奇道，“怎么想起喝茶了？”星如和她一样，平时只喝水和饮料，提神时饮咖啡，最多也就是喝点被茶人鄙视的花茶。

“很正常啊，福建人哪个不饮茶。”她的脸上倏然泛起红晕，连忙转过身去找寻煮水器。

“给我泡一杯呗，展现一下你们福建博大精深的茶文化。”

凌钰心里一动，以前星如是从不提福建的，更不会自称福建人，她说自己是北京人。她生于北京，幼年长于北京，10岁那年，失婚丧父的苗若风带着她移居深城。深城优厚的条件、宜居的环境，之后也吸引了顾正辉带着他的团队，来深城定居。

很奇怪，在深城生活的人很少说自己是深城人，总说自己的家乡地，总喜欢问别人，你是哪里人。然而到了深城以外的地方，他们又傲娇地自称深城人，他们开始怀念那个所谓人情味淡漠同时也没有各种人情管束的自由之地。

“这是福建安溪的铁观音。”星如从长桌上拿起一个紫砂罐，“福建茶类丰富，红茶有正山小种、金骏眉，白茶有老君眉，最著名的莫过于乌龙茶，比如武夷水仙、肉桂、大红袍、铁观音。”星如侃侃而谈。

“士别一日，刮目相看啊！一天时间，你就成了茶文化专家了。”凌钰夸道。

星如脸上展露久违的恬淡微笑：“家里有很多茶书，以前没留意，最近翻了一下，没想到还挺好看。”

“你母亲不是只喝花茶吗？”凌钰疑惑道。

“可能是因为……父亲……喜欢喝茶吧。”星如低低地说。

她将水壶注满水，放在电磁炉上，说：“母亲因为神经敏感，长期睡眠不好，不能饮茶。但没想到她对茶这么有研究，家里有很多茶叶，但每样都只是用了一点点，大概她只是用来品尝吧。”

凌钰走到书柜前，看到一排讲茶艺茶道的书，有《陆羽茶经》《茶可道》《寻茶记》等等。桌上有一本摊开的书，她拾起来，念道：“日日是好日，茶道带来的十五种幸福。”

“这几天在看这本书，很好。”星如将茶叶投进盖碗，将烧好的沸水注入碗中。

“我们总希望每天都是阳光灿烂，阴雨天就会难过悲伤，其实，若无反向事物的存在，反而显现不出光明的价值。只要好好活在当下，日日都是好日。其实人生，也就是一盏茶的工夫，何不用心去体味这一杯茶？”

凌钰听得出了神。

“茶好了，过来尝一下。初次给人沏茶，不喜勿喷。”星如将盖碗里的茶倒至玻璃公道杯，又从公道杯斟入青瓷品茗杯。

“哎，对我这个茶盲，你还担心啥。”凌钰捧起品茗杯，轻轻啜饮，徐徐咽下，慢慢品味这茶汤从入口到喉底的滋味，以及咽下去之后口腔和舌尖的回甘。

“怎么样？”

“这茶好。”凌钰赞道。她说的是真心话，以前她只是觉得茶苦、茶涩，好茶孬茶，不同品类的茶，她都无感。她明白，不是茶不好，而是她没有用心去品。品茶，需要有一颗闲心、空心，将心放空，才能品出茶中真味。

星如双手托起品茗杯慢慢啜饮，饮毕，慢悠悠地说：“清香茶苑是福建老乡开的，茶叶茶具都是上品，还有茶艺培训，你过去看看吧。”

“看你状态这么好，我也有点心动，我一会儿就去。”

“正好你来了，拜托你一件事。我在清香茶苑买了一袋茶，你有空帮我带给郑警官。”

“没问题，你最近没空？”

“我不想再去公安局。”

停一停，星如又说：“我想去福建茶园学习茶艺，你有空一起去吗？”

“行啊，什么时候去？”

“下周你可以吗？”

“周二之后应该都可以。”

“好，到时候我们一起去。采茶、制茶、品茶，你可别嫌累哦。”星如微笑道。

两人又说了会儿闲话，凌钰告辞。

凌钰提着星如给的茶袋，直奔清香茶苑，最近一周，她来这里两次了，每次都心事重重，今天也不例外。

一位留着板寸头，系着绿色围裙的小哥，正在柜台后面忙碌。柜台外围是一圈层板，上面摆着各式茶叶，柜台边上一块直立的宣传板吸引了她，上面写着：本店提供多种茶艺培训。

她问小哥：“请问有茶艺培训的介绍吗？”

小哥放下手中活计，从抽屉里拿出一个平板电脑：“这里有介绍和图片，您可以坐在那里慢慢看。”他将平板递给凌钰，“需要喝点什么吗？”

“你推荐一款花茶吧，我是茶小白。”

“给您尝尝我们这里的向日葵之吻吧，金雀花、柠檬草、向日葵，很多小姐姐喜欢。”

“那就试试，我先过去坐了。”凌钰在窗户边找了一个位子，恰好是几天前她和高行知坐的地方。

她点开平板电脑，一页页翻看。这里的茶艺培训种类不少，有一次性体验课，也有初级、中级精品培训班，系统学习六大茶类的品鉴和冲泡，还有针对不同茶类的专业培训，比如普洱茶、乌龙茶的茶艺学习。培训课程的介绍，都附有学员学习图片。翻到最后，是花茶的茶艺培训，包括如何自制花茶、冲泡花茶、花茶的功效、花茶的寓意，等等。

“您的花茶好了。”寸头小哥将一个木制托盘放在桌子上，从托盘里取出明黄色的珐琅彩瓷茶杯和茶壶。橙黄色的茶汤在白色的内壁轻轻荡漾，仿佛微风拂过金色麦浪。

好精致的茶具！她在心里赞叹。她端起茶杯，一股清幽的草香沁入心底，令人神清气爽。

课程最后是学员上课图片，一众学员分坐在长条桌两旁。凌钰忽然发现图片上的人有点眼熟，她点开图片，放大了看，是苗若风和顾星如！她们一前一后坐在长凳上，面露微笑。她想起在案发现场时，星如说过茶渣是樱草花茶。凌钰赶紧翻回前一页，在花茶寓意中找到一栏。

樱草花：报春花科多年生草本植物，又名报春花、晚景花，花色艳丽丰富，有大红、粉红、紫、蓝、黄、橙、白等色，一般花心为黄色。

樱草花的传说故事。传说樱草花是古希腊的水泽女神悲恋的化身。有个无法言语的水泽女神爱上了英俊的青年，但是青年的身边围绕着一群爱慕者。无法说话的水泽女神无法表达爱意，只能悲伤地在远处看着他。日复一日，水泽女神的生命渐渐消逝，虽然失去生命，但她的爱却继续深情地守候着这个青年。于是，在她死去的地方，长出了一朵朵可爱的小花，这就是樱草花。

樱草花花语：除你之外，别无他爱。

凌钰心思转动，打开手边的纸袋，里面放着星如托她交给郑炜的花茶，花茶只有薄薄的一袋，外面贴着一个小标签，写着：樱草花茶，清香茶苑。

她朝寸头男生招手。他快步走过来，欠身问道："请问您有什么吩咐？"

"这里有樱草花茶吗？"

"啊？樱草花茶？"男生大为惊讶。昨天有位浓眉大眼的妹子来店里询问有没有樱草花茶，他说只有几袋了。妹子他认识，以前来店里上过茶艺培训课。妹子买了两袋，还说要他多准备一些，可能最近会有人来买。当时他并未上心，心想这么小众、味道又普通的花茶谁会要呢？没想到被她说中了。

"是啊，怎么啦？不会没有吧，我有个朋友刚买过。"凌钰把那袋樱草花茶递给寸头男生。

男生瞅了瞅说："这是以前定制的，店里还有几袋。"

"这个还要定制？"

"是的，因为很少有人用樱草花来泡茶，味苦。虽有药用价值，但同时也有副作用，需要配合其他原料一起冲泡比较好。"

"这是什么时候定制的呢？"

"前年底的茶艺班，有位学员说十分想要，其他学员也跟着附和。我们和总部的人说了，他们同意定制一批，成本价售卖给学员，多余的存放在店里。花茶大概是去年 4 月份到店的。"

凌钰拿起平板电脑，点了几下，指着屏幕说："你说的那个提议定制的学员是她吗？"

男生俯身细看，说："对，是她，前面那个女孩是她女儿，我对她们有印象。"旋即惊讶地问："咦？你怎么知道？"随后恍然道："对咯，你肯定认识她女儿。那个妹子昨天过来买了两袋，你手上这个就是。"

凌钰笑了笑，说："我也买一袋。"

"没问题，不过我可提醒你，味道着实一般，比你喝的这款差远了，还放了一年多。"

"谢谢你的提醒。因为不好喝，才想尝尝嘛，好奇害死猫。"凌钰挤挤眼，扮了个鬼脸。

"那我去找找，给你留着。"男生说完，回了柜台那边。

凌钰盯着桌子上薄薄的纸袋，陷入沉思。

苗若风为什么将毒药撒入味道不佳的樱草花茶？作为一名花茶专家，她应该不会喜欢它，否则也不会放置一年多没有喝完。那为什么死前特意拿出来冲泡呢？因为它的花语吗？顾正辉，一个喜欢乌龙茶的老男人，不可能懂得花茶花语，但和苗一起学习过花茶的星如一定知道。她是否在暗示星如？星如为什么特意买一袋送给郑炜呢？她不可能是向郑炜“传情”，而是“达意”。如果郑炜记得苗若风死前喝的是樱草花茶，就会来到清香茶苑。如果他足够敏感，就会发现这么不寻常的花茶背后的深意。

星如为什么叫我转交呢？难道，也是为了让我发现这花茶的秘语？

苗若风用樱草花茶作为死亡遗言，那母亲呢？那行诗是她的死亡遗言吗？

喝完了杯中的“向日葵之吻”，她走向柜台。

“您要的樱草花茶准备好了，还要点什么吗？”男生站在柜台后面，殷勤道。

“有柠檬草茶吗？”

“有的，要几盒？”

“一盒，和樱草花茶分开放。”

“没问题，还需要其他吗？”男生娴熟地从柜子里抽出一盒茶，装进另一个纸袋。

“刚才泡茶用的茶具，也来一套吧。”

“好嘞。”男生欢快地答应着，躬身从里面的地柜里搬出一套茶具。凌钰看了外观，正是那套。

凌钰付了钱，男生一叠声地道谢，满脸堆笑。

凌钰提了物品，奔向下一个目的地。

2 退而求知己

上午 11 点，萧枫坐在格子间，心猿意马。一向工作认真、眼睛不离电脑屏幕的他，却频频扭头，望向高行知的房间。百叶窗合上了，里面的世界只能想象。

凌钰几分钟前走了进去。

这个他认识了八年，却一直看不透也放不下的女孩，拎着一盒精美的茶具，姿态昂扬地进了他们公司，走过他的卡位，却故意不看他，径直去了高行知的房间。

他没法不心烦意乱。

高三时，萧枫是学校推理社的社长。新学期伊始，社团招新，在学校的演艺厅，他上台演讲。很快，他注意到角落有一张新面孔，她扎着马尾辫，几绺刘海倔强地贴着前额。她抿着嘴角，拧着眉毛，大部分时间低眉垂眼，像在沉思，又像是魂游他乡。讲完后，他下台和她说话，问她是不是新生，她吓了一跳，像是从梦中惊醒。她挤出微笑，红着脸说，她是高一学生凌钰。他拍拍她的肩膀，让她放松。第一次见面，他们并没有聊什么，他只是记住了她的名字。事后他反复回想，为什么她给自己这么深的印象，因为她的苍白瘦弱？因为她的敏感不群？后来他不得不承认，其实最重要的，第一眼吸引他的，是她的颜值。

后来吸引他的，是她的侠义。虽然她长相姣好，成绩优秀，但却独来独往，安静寡言，在人才济济的深城中学，并未引人注目，让她一举成名的是和同班男生的打斗。在一次小组体育竞赛中，肥胖的顾星如拖了后腿，遭到小组男生的嘲笑，顾星如默不作声，凌钰却看不下去，要男生道歉。男生自是不肯，反而连凌钰也一并奚落，暗示她俩是“拉拉”。两人从语言冲突上升到肢体战斗，最后男生被打趴下了。此事马上传遍全校，凌钰一战成名。

顾星如成绩差，基本是年级垫底，而且她长得胖，又木讷少语，一副“受气包”的模样，在同学中没有朋友，只有凌钰愿意和她说话。那时候大家并不知道顾星如的父母是谁，即使知道，也不会在乎，上深城中学的个个傲娇，该鄙视的照样鄙视。

打架事件后，两个姑娘关系更紧密了。萧枫不止一次看到，黄昏时的校园，同学们走得差不多了，凌钰带着顾星如在操场跑步。高三下晚自习后，他悄悄拐到高一的教室，每次都能在里面见到凌钰和顾星如学习的身影。高一的晚自习少一节，那时候大多数同学都走了。

凌钰的侠义让萧枫刮目相看，在心里引为知己。她并不是一个弱女子，相反她的身上蕴藏着巨大的能量。他想走进她的内心，了解她丰富而不为人知的世界。

虽然他们互加了微信，但彼此联系不多。朋友圈，她几乎不发，也很少看。推理是他们唯一的纽带。他要发表一篇小说来证明自己，他信心满满，投稿之后却石沉大海。虽然谈不上打击，但也有点意兴阑珊。高考在即，他收拾心情，投入全部精力应付高考，考入名牌大学。

上大学后，每年的寒暑假，他都会回学校推理社，和学弟学妹见面，聊天、玩玩剧本杀。当然，他最想见的，是凌钰。他发现，凌钰的状态越来越好。她的眉头舒展了，嘴唇也不再紧抿，反而时不时嘟起嘴，做些搞怪表情。她的脸色变得红润，身体也开始丰满，她像一朵初绽的水仙花，芬芳淡雅。围在她身边的学弟多了，作为学长，他怎么好意思去凑热闹？他也从不敢打听她是否有男朋友。他心想，高中生的恋情，大多作不得数，最后要看上什么大学。他对她说，他的大学如何好，希望她再次做他的学妹。他的大学的确是国内一流大学，她的成绩也够得上，但她却只是笑笑，不置可否。

她高考后那个暑假，他逮着机会，和她单独见了一面。他提前做了功课，包括“买通”和她同班的学弟，获知她来校的时间。当她快要离开学校的时候，他适时出现，祝贺她考上好大学，并提出去附近的餐厅吃晚饭庆祝。

她刚拿到录取通知书，心情大好，毫不犹豫地答应了。

他点了几个菜，要了一瓶红酒，她笑笑说：“别喝酒，太破费了。”

他扬起脸笑道：“今年炒股挣了不少，要多花，才能收支平衡。”

“厉害了，我的哥。”她也笑了。

“祝贺你！”他举起手中的红酒，和她碰杯。

“谢谢。”她抿了一口。

“你对心理学很有兴趣？”他问。她被北京一所高校的心理学专业录取。

“是啊。”

“那你喜欢推理是因为兴趣？”他一直对她参加推理社心存好奇。推理社的学员，要么是推理死忠粉，要么就是为了撩妹撩哥。而她，似乎两者都不是。

“……算是吧。”她垂下眉头，轻声道。

“还有其他原因吧。”

“这个牛排烤得不错呢，你尝尝。”她夹起一块牛排，放入他碗里。

他知道她不想说，这反而让他滋生了探寻的念头。他转换了话题，聊她感兴趣的文学和电影，又频频向她举杯，她不胜酒力，一瓶酒喝完，她醉了。

她说了学推理的原因，但只说了一半。她是个理性的人，有着强大的心理防线，即使醉了，依然保持着最后的清醒。

她靠在他的怀里，他握着她的手，这是他第一次和女孩如此亲近，他的心怦怦狂跳，兴奋又紧张，甜蜜而忧伤，种种复杂奇妙的情绪，在心底升腾又飘散。

后来想起来，那一晚，他最后悔的，是没有吻她。

第二天他起了大早，买了一盒巧克力，放进深蓝色双肩包。他想过买鲜花，但拿着太扎眼，送巧克力，是含蓄又直白的表达。当他敲开她的大门时，她满脸讶异，但没有慌张。今天是工作日，她的父亲应该上班去了，她和他都无需紧张。

“进来吧。”片刻的踌躇之后，她让他进了屋。

“你怎么来了？”她的语气里似乎有一丝埋怨。

“想给你一个惊喜。”他从双肩包里拿出巧克力，双手递到她面前。

他的眼光定格在她脸上，期待着她笑容绽放，像电影里，像他预想的那样。然而，她接过后，只是牵了牵嘴角，淡淡道：“谢谢了。”然后将它放在桌子上，看都不看一眼。

“你不喜欢巧克力？”他讪讪地问。

“不喜欢，太苦了，我不喜欢苦的东西。”

“对不起，我不知道，我以为女孩子都喜欢巧克力。”

“没关系，你找我有事吗？”

她客气冷淡的语气让他手足无措，事先设计好的桥段都无法演绎。他忽然觉得自己不该来这里，但就这样走，他不甘心。

他略略定一定神，走到椅子上坐下来。她跟着他，却没有坐，站在他对面。他于是又站起来，对她说："我想来看看你，昨天晚上，你喝了不少。"

她咬了一下嘴唇，低着头说："昨天晚上我喝多了，现在没事了。"

他往前走了一步，拉起她的手："无论你以前发生过什么，今后我都愿意和你一起去面对。"

她却松开他的手，后退一步，镇定道："如果昨天晚上我举止不妥，我向你道歉，请你不要放在心上。"

"你在说什么呢，凌钰！"他一步跨上前，抓住她的胳膊，试图将她揽入怀里，她却挣扎着跑开了。

"你是我敬佩的学长，学习好人品好，如果我需要帮助，会去找你的，谢谢你。"她站在墙角，一口气说完这些，目光却闪躲着。

她把我当什么了？

他蓦然觉得索然无味，抓起地上的双肩包，毅然决然地走了。

他是如此自负又傲娇的人，怎能受此大辱。从高中到大学，甚至从初中开始，向他暗送秋波和明确表白的女生不知道有多少，但他一直心无旁骛，可能因为晚熟，他当时的兴趣都在游戏和推理上，还有学业。高三时他遇见了凌钰，她是他喜欢的第一个女生，也是他主动示爱的第一个女生。

如果不喜欢我，又何必倒在我怀里，明明还有理智。如果喜欢，今天又为什么一副拒绝的表情，昨晚的事一笔勾销。是可忍孰不可忍！

他给一个喜欢他很久的女生发了信息，他们很快成了男女朋友，他谈起了恋爱，并在朋友圈发文"官宣"。如他所料，她没有点赞。

他和那个女生三个月后分了手，他又在朋友圈庆祝自己重回单身。如他所料，她同样没有留下任何印迹。

他忽然有些后悔，后悔自己和一个不爱的女生谈恋爱，也许伤了她的心。不，不是伤了她的心，而是伤了自己的心。他一直认为爱情是神圣的，他一定要和爱的女孩在一起。凭他的条件，这有何难呢？他一直以为自己是理性的，能掌控自己的，从小到大，他都是学霸，他的智商、理性，让他藐视一切懦弱的行为。然而，他还是屈从于情感和身体的软弱，和一个不爱的女孩在一起。

他为自己的爱情信仰悲伤。

他又开始想念凌钰了。

这种思念却不似往日那般浓烈，而是平淡而悠长。他们恢复了联系。他说他的投资，她说她的心理学，有时他们也聊聊推理。假期他们都回到深城，他会约她见面，每次都聊得很开心，一聊就是三四个小时，从下午聊到日暮西山。然而，他却不敢请她吃晚饭，他怕彼此回想起曾经尴尬的一幕。

就这样做知心的朋友，也挺好。男女之间，并非都是情爱。红颜知己，是更大的福分。

大学毕业后他回深城，进了学长开的私募基金公司工作。两年后，他辞工应聘去了推理之神。而她，大学毕业后去了英国，念戏剧表演的硕士。她说，想体验留学生活，表演有趣也容易申请，和心理学也有关联，可以运用戏剧表演治愈心理问题。

他们一直保持着微信联系，有时还通电话。

八天前，凌钰和顾星如完成学业，一起回国。他去机场接了她们。

一年不见，凌钰的及肩半长发变成了短发，明媚清秀的容颜平添一抹英气。

顾星如，昔日的小胖妹，也出落得亭亭玉立。萧枫上大学后再也没有见过她。

他把顾星如送至云山花园，把凌钰接到了他的别墅——侨城花园。

三年前，凌钰和父亲闹翻，没有再回那个家，也不再和父亲联系。他问过原因，她不说。一年前的夏天，她大学毕业后回到深城，在侨城花园住过，他邀请她住的。

他的父母移居加拿大享受生活，他不愿意出国。父母给他留了两套房，均位于深城传统富人区华人城。一套别墅空着，他自己住着一套两居室。听说凌钰不愿回家，准备在外面租房，他提出让她免费住别墅。凌钰推辞不过，住了一个月，之后启程去了英国。

他总觉得，虽然他们有时聊得很开心，虽然她不拒绝他的帮助，可是，在她的心上，始终有一扇门，而他，是在这扇门之外的。也或许这扇门，她从未向任何人开启。她有时和他说话会走神，她喜欢一个人长久地坐在别墅门口的台阶上，静静地看日光一点点移走，直到自己被黑暗吞没。她沉默的时候，他陪她一起沉默。

3 但愿你能懂我

萧枫在大厅的卡位坐立不安。与此同时，总经理办公室内，高行知和凌钰正说着话。

“这是送给你的。”凌钰说着，将茶具和茶叶放在桌子上。

“谢谢。”高行知拾起茶叶，“柠檬草茶，《西江月》里有写，有心了。”

“花茶送给懂它的人，你喜欢就好。”

“唉！”他叹息一声，缓缓道，“天意弄人，我们以后，不要再见面了吧。”

“我今天来，也是为了告别，相识一场，留个纪念吧。”

“与君初相识，犹如故人归。没想到，这是老天和我开的一个玩笑。”他神情黯然。

“今天来，还有问题想问你。”凌钰忽然正色道。

“你说。”

“照片是你拍的吗？”

他猝不及防，胸口像被重重刺了一下。多年过去了，伤口依然新鲜，每次揭开，都疼痛不已。

“对不起，是我拍的。”他低下头，语气变得无力。

“那怎么流出去的？”

“绝对不是我。”他抬起头，看着她，眼神静定，“她是我这辈子唯一爱过的女人，无论如何，我都不会有意伤害她。我到小店修过一次手机，我记得已经删掉了所有照片，但我不知道是不是有人做了手脚，照片泄露后我去找过他们，但他们矢口否认。”

“可是你已经伤害她了，伤害了我们全家。”她眼神凛然。

“对不起，对不起。”他连声道歉。

这时，门口传来“砰砰砰”的敲门声，高行知走过去开了门。

“接客还锁门呢。”萧枫说着，大步踏入房间。

“刚才随手扣上了。”高行知说着，望了一眼凌钰，然后转头问萧枫，“找我有事？”

“对，总编直通邮箱昨天截止了，想看看高总这边有没有合适的稿件。”

“你们谈工作，我先走了。”凌钰对高行知说，却不看萧枫一眼。

“茶具和花茶你带回去吧，我用不着，也没地方放。”高行知说着，提起茶具和茶叶，交给凌钰。

凌钰一言不发地接过东西，快步走了。

高行知对萧枫说：“有几篇小说不错，我都打印出来了。”他指着桌子上厚厚一摞稿纸，“你拿过去看看，从中挑几篇好的。”

萧枫正准备去抱，高行知说：“坐下喝杯茶吧。”

高行知开始冲泡功夫茶。

“这届大赛你辛苦了，编辑部筛选的稿子我看了，你挑的几篇质量最高。”

“过奖了，是他们写得好。”

“公司走到今天不容易，办了四届推理新人大赛，终于建立了品牌，外界提起推理之神，都说是推理界的‘黄埔军校’。文化产业需要沉淀，厚积薄发。虽然赚钱不易，但我对公司有信心。”

“当老板不容易，尤其是文化产业的老板。”萧枫说。

“你们跟着我，没赚到钱，我一直感到歉疚。”高行知将红艳明亮的茶汤斟入萧枫的品茗杯，接着道，“公司今年会盈利，我早上和王董事长沟通了，尽快开始做员工期权计划。我准备从我这里拿出 20% 的股份，分批授予骨干员工。”

“这么多，王董同意吗？”

“之前他和我说的是 10%，今天我说服了他。”高行知端起茶杯，呷了一口，“公司能走到今天，都靠大家的支持。说实话，我不太适合管理工作，我更愿意做一个普通编辑。”

“老大，你这是说哪里话！公司是你创立的，没有你就没有大家。”萧枫赶紧说。

“冯碧主外，做市场，你主内，负责内容。有你们俩，公司的发展不担心。冯碧有股份，你没股份，这次期权计划准备给你5%的干股。”

“这怎么敢当。”萧枫连忙摆手，“老大太客气了，我做的都是本职工作。”

“你有这个价值，你的能力很强，只怕公司庙小，留不住你。”

“老大言重了。在公司干活很开心，每天看小说，还有钱发，还给股权，到哪里找这么好的工作。”萧枫笑着说。

“你喜欢就好。”高行知微微一笑，接着说，“我明天要回趟老家，母亲重病做手术，我回去照顾一段时间，公司这边的工作拜托你了。”

“有什么事尽管吩咐。你母亲得了什么病？”

“白血病。好几年了，一直用药维持，我每年都会给家里寄十几万，最近恶化了，要做手术。手术和术后护理，至少50万。”

“这么多！资金有问题吗？”

“上次政府交流会见到了顾正辉，他对《一剪梅》很有兴趣，昨天和他签了合作协议。”

“那就好，以后小说一定火。”

“但愿吧，现在这些都不重要了。”

“祝愿你母亲早日康复。”

“谢谢。”

正在这时，响起敲门声，公司的法律顾问李律师出现在门口。

“那我先干活去了。”萧枫说。

“好，辛苦了。”

萧枫抱起桌子上的文稿，回到自己的格子间。

他快速地翻找，似乎只为看一眼每篇的标题。末了，他停下来，呆了好久。

4 当爱已成往事

晚上9点，凌思远从外面散步回来后，开始每日的晚课——静坐。

他坐上卧房柚木色的椅子，小腿垂直，两脚平行着地，肩下垂，腰松直。他将一块大长巾盖住双膝，双手掌心朝下，放在大腿面上。坐姿调整好之后，他闭上双眼，略收下颌，舌抵上腭，自然缓慢地呼吸。

每日夜间静坐半小时，这个功课，他做了八年。九年前那个可怕的夏天，他忍着巨大的悲痛，带着凌钰从江宁匆匆逃往深城。好在他有几个大学同学在深城过得不错，他们帮他在深城安顿下来。几个月之后，生活逐渐步上正轨。他在一家律所做民诉律师，主接离婚案件，凭着他的律师素养和心理学认知，他的客户多得应接不暇，后来他凭借心理学专长和客户资源，开了心理咨询室。

凌钰也争气，他原先担心柳筠的死会给她留下心理阴影，后来发现女儿表现比预期好。度过难挨的暑假，到了新环境后，凌钰适应很快，发奋努力，考上了名校深城中学。

放榜那一天，他特别开心，下厨做了一桌子菜：糖醋排骨、清蒸刀鱼、荠菜豆腐羹、香菇菜心，都是凌钰爱吃的。虽说都是家常菜，但滋味俱全，颜色悦目，味道醇厚中透着素净。凌钰吃得欢欣畅快。平日凌思远工作忙，凌钰都是在学校吃完再回家，周末凌思远会带她去餐馆，偶尔下厨。凌钰自己也会做几样小菜。

“味道真不错，老爸好久没秀厨艺了。”凌钰吃完，咂着嘴，心满意足，末了又意犹未尽道，“要是有笋子炒酸菜就完美了。”

凌钰特别爱吃新鲜竹笋，每年春夏，家里几乎每天都必备一道菜：鲜笋炒酸菜。竹笋碱性，有涩味，与酸菜的酸味正好中和。这道菜要入味，鲜嫩爽脆的酸菜必不可少。他们从不在外面买酸菜，都是柳筠买了大头菜回来腌制。柳筠做的酸菜，比超市买的不知道好吃多少。

“没有酸菜。”凌思远的目光黯淡了下去。

“爸，你有想过那个人是谁吗？”凌钰突然发问。

凌思远一怔，他本能地排斥这个话题，闷声说："不知道，也不想去想。"

"为什么？"

"不想再一次经受痛苦。"

"可是，我妈是被人逼死的啊！她绝对不想被拍，更不希望照片流出。你就不追查了吗？"凌钰提高声量。

"查到了又如何？"凌思远看到凌钰不满的眼神，缓和了一下语气，"过去的就让它过去吧，我们都要学会放下，时间永远向前。"

凌钰不吭声，放下筷子，闷头钻进了自己的房间。

凌思远呆坐了半天，心里很不是滋味。是不是该告诉她呢？可是，一个15岁的女孩，能理解母亲复杂的情感吗？自己又真的理解柳筠当时的选择吗？自己对她问心无愧吗？

寻找真相，首先要剖析自己，将自己的灵魂拿出来一遍遍拷问，将自己内心最深处的卑鄙念头挖出来示众。这，将是多么痛苦的历程。

为了寻求内心的解脱，他求佛问道，步入修行的第一关：静坐。

最开始，每次入坐，他的念头翻飞不停，犹如山间的瀑布一样无法阻止，呼吸急促沉重，腿脚也容易麻木。当杂念纷飞时，他用意念将思绪拉回到当下，专注呼吸，默默听息数息。此时的心境犹如急流穿越峡谷，有时轻盈一跃，无声无息，有时却像急流撞到岩石，形成漩涡，然后复归宁静。渐渐地，瀑布变成潭水。干扰只会产生涟漪，其他时候则平静无波。慢慢地，涟漪越来越少，即使有，也很快平息。心灵就如密林中幽静的深潭，潭水清澈通透，水面平滑如镜，照天照地，历历分明却湛然不动。与此同时，呼吸缓慢悠长了，也轻盈细微了，进入慢细悠长的体呼吸。

静坐的同时，他看佛家的《金刚经》《维摩诘经》《心经》，也听道家的《道德经》《南华经》，他渐渐宽宥了自己，宽宥了那个懦弱自私的自己。柳筠，他早就宽宥了，在听闻她坠亡的那一刻，他知道，自己已铸成大错，一辈子无法弥补的巨大缺憾。说缺憾也许太轻了，那是心灵的一个巨大黑洞，深不可测。到底需要多少时间、需要多少善良和宽厚，才能将它填满？

他以为持续流逝的时间，加上他靠静坐修道得来的情绪安宁，可以填满黑洞，然而其实只是将它暂时盖了个口。但凡触及那件事，即使如沙尘般微小，也能将他好不容易修复圆熟的心，击得七零八落。

他动了动腿，又用手挠了挠后脖颈，那里有点痒。有十分钟了吧，深呼吸做了几十个，断断续续的数息也到了一百，还没有进入状态。杂念纷飞，心神散乱。他轻轻站起身，在房间踱步。

凌钰大二暑假，一个人去了一趟江宁。回来后，他们有过一次谈话，或者说吵架。自那以后，父女俩三年没有见面。

也是在饭桌上。这次是凌钰下厨，她从早上就开始张罗，居然备出几样可口小菜。吃饭时，凌思远问起凌钰在大学的学习状况，两人有说有笑。气氛和谐之时，凌钰忽然不经意问："爸，你有没有想过，如果找到那个人，该怎么办？"

凌思远的心，倏地揪紧了。多少年过去了，女儿还是没有放下。他不知道该如何回答。

"你从来都没想过，去找那个人，对吗？"她的神情，有一种和20岁女孩不相称的严肃。

"我早就说过没有意义。"

"为什么？因为不想让自己经受痛苦？"

"不仅仅是这个，还有……"凌思远欲言又止。

"还有什么？是你自己害怕面对吧。"凌钰的声音愈发冷峻。

"那你查到什么了吗？你母亲至死都在维护他，根本不希望他曝光，更不希望他受到惩罚。"他有点生气。

"难道这样我们就不查了吗？你是想为自己的逃避找借口吧？你爱过我妈吗？"她终于责备他了，也许她忍了很久。

"你怎么能这样和你父亲讲话？我告诉你，你母亲是为爱赴死，她认为自己很伟大，她的死是自愿的！"他的情绪也开始失控，声音变得急促高亢，他也有一肚子委屈，他找谁说去呢？

凌钰瞠目结舌，仿佛不认识他似的，嘴唇哆嗦着，尖声喊道："你怎么能这么说！没想到你这么冷血，怪不得妈妈要和别人好，宁愿为别人死也不和你过！"

“你……胡说！”他压抑着愤怒，低吼道。

“你从来都不去找那个人，因为是你害死了妈妈！”

“闭嘴！”凌思远扬起手，手挥至半空又攥成拳，重重地捶在桌子上，大吼一声，“你给我滚！”

“滚就滚，我永远都不想再见到你！”凌钰哭着跑了。

后来她拖着行李离开了家，凌思远猜她是回学校，没有过问。但寒假凌钰没有回家，他有点慌了，打电话，号码已经变成空号。从此他们再也没有对话，也没有见面，但他还是定期给凌钰的账户汇款。去年他通过苗若风找到顾星如，问凌钰的情况。顾星如说凌钰准备去英国读研究生，他给凌钰的账户又转了一笔钱。

三天前，凌钰在得知苗若风大概率是自裁后，叹息道：“她为什么一定要寻死，连孩子都舍得放下，她该有多绝望。”他知道，那一刻，女儿是在说自己的妈妈。

柳筠的弃世，让她深感被母亲抛弃，对自己对人生产生深刻怀疑。他又何尝不是如此。他恨自己，没有在柳筠最需要的时候守护在她身边，而是一走了之，导致她走投无路。但这种自悔中何尝没有自怜自艾，他对柳筠何尝没有怨！

该面对的终归逃不掉，自己也该直面过去，至少，要陪在女儿身边，和她一起经历。

于是，他拨通了钱方平的电话。

“老钱，是我，凌思远。”他一开口便自报家门。多年没有联系，他不确定钱方平是否还识得他的声音。

“啊！老凌啊，我一听声音就知道是你，什么风把你给吹过来了，你可是八风吹不动的方外之人啊，哈哈。”

还是那个热情又琐碎的钱方平。曾经，他们在一个“战壕”工作，老钱爱热闹，爱唠叨，江大没有他不熟的人，没有他不知道的事。凌思远清高持重，埋首工作，对工作之外的交际应酬、人情八卦并不热衷，所以他一开始对钱方平不是特别感冒。但钱方平这个话痨偏偏看上了寡言的凌思远，有事没事总找他，有时是传递内部信息，有时找他帮点小忙，有时硬塞给他一些东西，总之是找各种机会和凌思远走动。凌思远不傻，虽然谈不上多欣赏钱方平，但见他为人善良，并无恶意，也愿意和他交往。凌思远现在想想，在江大，能说上话的，也就钱方平了。

“我想向你打听一些事，你如果知道，一定要告诉我，你听到的猜到的都可以，不必隐瞒。”

“啥事啊，这么严肃。我一定知无不言，言无不尽，你还不了解我？”

“是这样的。”凌思远干咳了一声，调整好情绪，尽量用平静的声音说，“当年柳筠走了后，我很快去了深城，没有时间去了解她的事。现在我想知道，当年她和谁在一起。”说完，他的心禁不住咚咚直跳。

电话那头沉寂了几秒钟。

“老凌，没想到事隔多年，你还是没放下，我不知道对你说这些是好还是不好。”

“没事，你说吧，任何事，我都有心理准备。”

“好，那我就把我知道的说了，不一定符合事实，只是供你参考。”钱方平停了一下，也用平和的语气叙述，“柳老师走的前一年，也是6月，学校组织了一个交流团去英国的友好学校参加古典诗词研讨会，是柳老师带队。回来后传出她和团里的一位男教师的绯闻，不过奇怪的是，从英国回来后，两人互动并不频繁。半年后男教师就有了女朋友，而柳老师照片曝光是在男教师和女朋友的恋爱期。”

你想说什么？凌思远心里嘀咕，但他没有吭声，听钱方平继续讲述。

“当时团里还有一位男学生，是柳老师的硕士研究生，是以助教的名义去的。后来我猜想，柳老师和男教师的绯闻，或许是柳老师放的烟幕弹。”

“学生叫什么名字，后来去了哪里？”凌思远淡淡地问。

“叫高远，本来考上了她的博士。柳筠走后，他放弃了读博，听说去了深城，具体在哪儿工作就不知道了。不过这些都只是我个人的猜测，没有证据的，你不必放在心上。”

“我知道，谢谢了。还有一事相求，能找到当年在英国参加研讨会的成员合影吗？”

“嗯……”钱方平在电话里沉吟着，“这个有难度啊，都过去十年了。”

“我知道难度很大，但你一定会有办法的，拜托了。”凌思远语气诚恳。他揣测钱方平会存着照片，他是柳筠的重度粉丝，柳筠的照片，说不定他都会偷偷保留。

“我尽力吧。对了，还有一件事，不知道是不是该告诉你。”钱方平又卖了个关子。

“说吧，你都说了一半了。”

“那就只好对不住你女儿了。你女儿几年前来找过我，她向我打听的事和你今天问的一样，我也都告诉了她。她还叫我不要告诉你。”

“明白，我不会和她说的。她是哪一年去找的你？”

“我想想，唔……”钱方平停了一会儿，说，“应该是三年前的夏天。”

凌思远心里“咯噔”一下。三年前那个夏天，凌钰从江宁回来后问他，如果找到那个人，该怎么办。而他依然是敷衍，致使父女俩大吵一架。如果那时候，他能耐心倾听女儿的声音，好好和她沟通，是不是会有另外一番局面呢?

凌思远向钱方平道谢，挂了电话。本来他还想说会儿闲话，寒暄几句，但实在怕钱方平打开话匣子，说个没完，因为他还有其他要紧事。

凌思远给顾星如发了信息，说想找她聊聊，并且请她务必对凌钰保密。凌思远本来可以给顾星如打电话，但他担心凌钰和她在一起，所以发信息和顾星如单独约见。

他们随后在一家咖啡馆见了面。在凌思远的诱导式提问下，他可是资深心理咨询师，顾星如把她所知的二人最近的交往都说了。凌思远越听越觉得自己太不了解女儿了，他迫切地想要了解她。他隐隐感到，女儿碰到了事。他不能再像九年前那样，无视做父亲的责任，也不能像三年前那样，简单粗暴地呵斥。

凌钰住在侨城花园，不是她租的，而是学长萧枫的。这个萧枫，到底是何方神圣？虽然目前还不是女儿的男朋友，但两人有着长达八年的情谊，凌钰愿意住在他的房子里，说明他们关系明显不一般。他对女儿的思想和决策，显然也会有重要影响。

凌思远向顾星如要了萧枫的电话。拨通电话后，他自报家门，电话里萧枫显得有些诧异，但很快恢复自如。他们约定当天见面。

一见到这个小伙子，凌思远不由得喜欢上了他。身材笔挺，外表干净斯文，戴着一副无框眼镜，言谈彬彬有礼，声音不疾不徐，一看就是好人家出身。

“你是萧枫吧，我是凌钰的父亲凌思远。”

“凌叔叔您好。”

“三年前我和凌钰发生了一些误会，后来她再也没有回家住。我从顾星如那里得知，她回深城后，住在你家别墅。感谢你的照顾，给你添麻烦了。”

“您客气了，可能您也从顾星如那里知道，凌钰和我是高中校友，也是多年的好朋友。房子空着也是空着，有人住还有人气，凌钰每次住都把房子收拾得干干净净。”

“那就好。这次她回国，也没告诉我，我是前几天才见到她的。”迟疑了一下，凌思远继续说，“顾星如母亲苗老师的事你知道吧。”他开始本能地想说，是在苗若风案发现场见到凌钰的，这几天又因为查案和凌钰在一起。转念一想，这些没有公开的信息还是不说为好。

“昨天看到新闻了。”萧枫说。

“因为苗老师的离世，我和凌钰这几天才有接触，但她在家待的时间很短，你知道她回国这几天都在做什么吗？”

“白天我在上班，没问她在做什么，晚上她好像常去酒吧。”

“酒吧？她去酒吧做什么？”凌思远大为惊讶。

“她在酒吧打工，她说想认识我老板，让我带老板去酒吧。”

“你老板是什么人？”

“我在推理之神工作，一个原创推理文学平台。老板是创始人，也是推理作家。”

“老板叫什么？凌钰为什么想认识他呢？”

“她说想投稿，老板叫高行知。”

“他们走得近吗？”

“最近几天好像老板天天去酒吧。”

"老板多大年龄，哪个学校毕业的？"凌思远自己也说不清，他似乎有一种模糊的预感，这个老板不简单。

"35岁左右，江宁大学。"

江宁大学？凌思远心里掠过一丝疑云，不露声色地问："作家，应该是学中文的吧？"

"对，本科中文，硕士古代文学，小说中古典诗词引用比较多，文青喜欢。"

凌思远心里跳了一下，莫非是他？年龄、专业都匹配，但名字不对啊，回去查查就知道了。

他略一沉思，郑重地说："请你多留意他们的交往。"

"为什么？"萧枫有点吃惊。

"我原来在江大教过书，对学校的事略知一二。这个高行知，当年在学校名声不太好，因为被女生举报玩弄感情，遭到学校处分。不过这些都过去了，暂且不要对外说。"凌思远不得不撒了一个谎。

"哦？有这样的事，看不出来啊。"萧枫瞠目，推了推眼镜。

"正因为他的外表举止具有很大的欺骗性，所以才有不谙世事的女生上当受骗。我担心凌钰。"

"明白了。"萧枫的神色也变得严肃。

"你留心一下他们的交往，如果你知道他们见面，能否立即告诉我？拜托你了。"

"您言重了，当然可以。"

"好，今天我们说的话，你不要告诉任何人。"

"我明白。"

凌思远和萧枫道别后，马上回家，查找柳筠去世前三年内的研究生名单，本科江大中文、硕士江大古代文学的有六人，姓高的只有一个，就是高远。高行知很可能就是高远，他改了名字。

翌日，钱方平发来了电子照片，说厚着脸皮找了合影里的好几位老师，只有一位手中有。凌思远连声道谢。

接着，他马上在网上搜索高行知和"绣春刀"的照片，却怎么也找不到。他不想继续等待，决定主动出击。凭借他对侦查技术的了解，他很快便查到了高行知的居住地址，并且捕捉到了他的容貌，确定他就是自己要找的人。凌思远在高行知公寓对面的酒店租了一间房。

昨天早上，他看到高行知出门，中午又见他进入公寓，拉上了窗帘。他去敲了几次门，都没有人开，他只好退回到酒店。下午 3 点多，他终于看到窗帘拉开了，他赶紧跑过去敲门，敲了半天，终于有了回应。

“你是……”高行知一脸狐疑，门只开了一半。

虽然已经见过照片，但在看到高行知本人时，凌思远心里依然一阵刺痛。

“我是柳筠的丈夫。”他清楚有力地说，眼睛直视对方，看到高行知瞬间变了脸色，心里涌起莫名的快感，不待对方反应过来，他大力推开门迈入房间。

高行知关上门，却只是呆呆地僵在原地，他的脸色由白变青，又由青变红。

“过来吧。”凌思远的心里不由得泛起一阵怜悯。

他拖动脚步，在距他几米远的地方停住。

“我今天来，是想告诉你，你最近认识的女孩凌钰，是我的女儿。”凌思远说。

“啊……”他的脸上露出惊讶和困惑，“是双木林吗？”

“凌空的凌。”凌思远说，“不管你们怎么认识的，也不管你们交往到何种程度，我希望，不，是要求，你今后不要再同她见面。”

“对不起，我不知道她是你女儿。”他低声道，踌躇了片刻，说，“我不会再同她交往，只是……”

“只是什么？”

“有些话，还是得说开，就算我不见她，她可能也会找我。我想，我和她，可能还需见最后一面，把话说清楚。”

“也好。你们什么时候见面？”

“约了今晚。”

“在哪？”

“呃……”他不置可否。

“好吧，我不勉强你说，但你要记住自己的承诺，这是最后一次同她见面，你今后要离她远远的。”

“嗯。”他垂下眼睛。

“当年的照片，是你散播的吗？”凌思远陡然发问。

“不，当然不是！”他抬起头，眼神坚定。

“那是怎么回事？”

“我也不知道……”他嗫嚅了一下，“我去修过手机，但我删过照片，我不知道是不是他们泄露的。”

“照片……是她同意拍的吗？”凌思远终于问到他最关心的问题。

“是的。”

“咚！”凌思远的心被重击了一下，他直直地挺着腰身，深深地呼吸。末了，他慢慢站起，身子有些摇晃。高行知想过来扶他，他摆摆手，一步一步走出门外。

柳筠到底是爱他的，凌思远心里一遍遍重复着。眼泪，终于掉了下来。

回家后，他打电话给萧枫，说高行知晚上要和凌钰见面，估计是吃饭，问他能不能查到地点。晚上 7 点多，萧枫打来电话，说他们正在天语的“玻璃房”吃饭。

他飞奔过去，没想到看到他们举止亲密的一幕，他怒不可遏，然而更扎心的，是女儿的情绪爆发，她终于将这么多年埋藏心底的怨恨发泄出来了。

“母亲出事以后，家在哪儿？

“我被同学欺负的时候，家在哪儿？

“我被殴打住进医院的时候，家又在哪儿？”

他又想起以前吵架时女儿的控诉。

“没想到你这么冷血，怪不得妈妈要和别人好，宁愿为别人死也不和你过。

“你从来都不去找那个人，因为是你害死了妈妈！”

…………

一剑封喉。

只有亲人才能伤害你至深，因为只有亲人才能发现你内心最深处的秘密，并且毫不留情地将它挖出来，扔在地上，踩上一脚。

望着凌钰决绝远去的身影，他的心一下子空了。他垂下脑袋，无力地瘫坐在地上。

高行知却走过来，挨着他坐下，递给他一瓶啤酒。

凌思远看了他一眼，接过啤酒，仰头一口气灌了半瓶，慢慢说："是我害死了她，如果我陪在她身边，她一定不会走。"他的眼圈渐渐红了，他忍着没有落泪。

"人在遇到危机时，都有本能的自我保护意识。当时碰到那种事，你的第一反应是避开。这不是你的错，而是人的正常反应。你只是没有细想，可能会有的后果。"高行知说。

"我怎么都没想到她会走那一步。我想，她还有你啊。"

"她来找过我，叫我和她去深城，可我没有勇气答应。其实，我也一直活在痛悔中。"他的眼眶也红了。

"为什么？这不是你盼望的吗？你不想和她一起生活吗？"

"我的母亲不同意。如果我真的和她走了，母亲会和我断绝关系。母亲为我辛苦操劳了一辈子，我不能不孝。"

"你后悔吗？"

"一失足成千古恨，再回头已百年身。"他沉痛地缓缓道。

"唉！"凌思远喟然太息，"为什么？为什么我静坐，我看佛经、道经，我心境平和，我以为我能解脱，可是，却不能触及这里。"他用拳头使劲捶着自己的胸口，"但凡和她有关，这里都会痛。"

"因为我们都无法放下。"高行知也深深悲叹，"佛说，悲智双运。真正的智慧一定是有慈悲的。这慈悲，既是对他人慈悲，也是对自己慈悲。可是，我们可以原谅他人，却无法原谅自己。"

"你知道吗？她走前写了一行诗。"凌思远说。

"桃花开，珠帘卷，昭阳隐，明月悬。"他一字一字地说。

"你怎么知道？"

"刚才吃饭时凌钰说的。"

“诗里有一个被涂抹的字，我想你帮我确认一下。”凌思远说着，摸出手机，点开一张图片，放在高行知面前。

高行知用手指放大，定睛看了好一会儿，说：“被涂抹的字，应该是‘禾’。”

“她本来想写什么呢？”

“‘禾’作为独字书写的时候，下面的一撇一捺是分开写的，只有作为偏旁时，一撇一捺才会连写，形成撇折的态势。这个‘禾’，正是如此运笔。可见，她是要写一个以‘禾’为左偏旁的字。”

“你看过她的书法？”

“她的字写得极好，我很喜欢。她送过我她写的书法，我也临摹过，但底子差，写不好。”

凌思远心里一阵愧怍和酸楚。结婚后，他从未读过妻子写的诗词评论，无论是发表在杂志上，还是出版成书，虽然家里随处可见。但他从未想过，也压根没有时间去看。因为她的遗言是一行诗，他才开始研究她的诗词著作，因为那个被涂抹的字，他又开始研究她的书法。她的书法虽不及诗词鉴赏有成就，没有作品出版，但家里也有好几本她书写的册子。

他惊喜而惭愧地发现，她的精神世界如此之丰富，文化素养如此之深厚，而这些对于他却又如此之陌生！

读完了她写的所有诗词论著和书法，他解开了那行诗的含义。但是，那个试图被掩盖的字，成了他的心病。

“她到底想写什么呢？”他追问。

“应该是秋。”

“只是秋吗？”

“秋……秋扇捐。”高行知说。

“桃花开，珠帘卷，昭阳隐，秋扇捐。”凌思远反复念叨，这和他心里想的是一样的。

“她为什么将‘秋扇捐’改成‘明月悬’？因为‘明月悬’可以指我，也可以指你，而‘秋扇捐’只能是你，因为我从未背叛她。她在给自己灌了一斤白酒，酒精麻木了痛苦和恐惧之际，居然还能持有一份清醒，那就是绝不能暴露你，决不能将她的离去归咎于你的‘秋扇捐’。她至死爱着的，是你啊。”凌思远慢慢说着，语调渐渐悲凉，他举起啤酒瓶又饮了一大口。

“不！我的理解不是这样的。”高行知说。

“那是怎样？”他惊讶而急迫。

“她非常推崇王昌龄，喜欢王诗的温柔敦厚，婉曲多义，哀而不伤，丽而不淫。即使她有痛苦和愤懑，但善良持重的本性很快占据上风。她不希望自己的离开，让任何人受到指摘。虽然她做了对不起你的事，但在她出事后，你又何尝没有负她？你的走避就是对她的抛弃。她说的‘秋扇捐’又何尝不是指你？”

凌思远心头震撼，大恸，自己何止是走避，自己是生生拒绝了她的哀求，将她抛入绝境啊！

照片曝光的第二天早上，凌钰吃完早饭，去了学校，没多久，柳筠从房间出来了。

她穿着白色睡衣，像鬼魂一样，无声无息飘到他眼前，吓了他一大跳。几天不见，她完全脱了相，消瘦异常，脸色惨白，眼神空洞，头发像荒草一样杂乱地堆在头上。

他的心里涌起怜悯，走过去搂住她的肩，叫她吃早饭。她气若游丝道，不饿。

他扶她在沙发上坐下，她的手冰凉，身子轻飘飘的，他像托着一只断了线的风筝。

他给她倒了杯热水，等着她开口。她低下头，咬着嘴唇，轻声道：“对不起。”

他没有做声，也没有看她，只呆呆地望着前方。

良久，他听到她缓慢又虚弱的声音：“有件事，不知道可不可以……”停了一会儿，她迟疑地说，“你能告诉别人，那是……你拍的吗？”

他一下子瞪大眼睛，差点站起来，他克制了自己，将摊开的五指握成拳头，越握越紧，紧到他再也无法施力，然后他缓缓将手指摊开，心里有种东西在一点一点流失。

他还是没有出声。

沉默。他们都一动不动，承受这难挨的沉默。

“对不起，让你为难了。”她终于再次开了口，声音缥缈，像是来自另一个时空，“我想出去走走，避避风头。”

他竟然不假思索地回道：“也好。”

她站起身，他也赶紧起身，扶住她。她甩开他的手，一步一步，走向卧室，关上门。

他用双手掩住面颊，泪水，终于如决堤的水，决绝地，大力而无声地倾泻。

那天他去了灵谷寺，几天后钱方平找到他，叫他回去，说凌钰被学校开除了，在回来的路上，他接到警察的电话，说柳筠跳楼了！

他才知道，在他走后不久，柳筠被学校开除，曾经对她有企图但没有达到目的的系主任马善才落井下石，说她“有违公序良俗，不配为人师表”。

柳筠走后，很多天，他一直都是懵的，麻木无助的感觉渐渐转变成锐痛，他意识到是自己害了柳筠。如果当时自己的心胸能宽广一些，答应她的请求，和她一起面对，她不会走上绝路。但当时，他被愤怒和耻辱冲昏了头脑，只顾自怜自叹，却无视她的处境比自己艰难一万倍。

他永远也不能原谅自己。

“遗言是写给你的，我看不到。秋扇捐、明月悬指的都是你，她对你有失望更有期待。”高行知说。

“不，不，我不配，是我抛弃了她。”他一遍又一遍地重复道，痛苦之情溢于言表。

他坦陈那件最隐秘、从未对任何人提及的往事。说完，他感到前所未有的释然。

许久，高行知缓缓道：“你那时一定很艰难，在那样异常的时刻，人很难做出符合他本来心性的选择。”

“谢谢你。”凌思远说。

他心里明白，如果他认定自己抛弃了妻子，那妻子说的“秋扇捐”是指自己，“空悬明月待君王”也是指自己。如果他认为自己没有负她，“秋扇捐”和“明月悬”说的都是高行知。他宁愿要前者。即使心里负罪，他也希望妻子最后念念不忘的人是自己。这或许只是自己的一厢情愿。可是，她不止一次在她的书中说“诗无达诂”，创作一首迷离多义的诗，是诗人的权利，而如何解读，是读者的权利。或许，她说的是他们两个人，她对他们都很失望，但同时又饱含深情的期待。

“其实，我一直挺羡慕你的。”高行知说，他拿起啤酒，一口一口地饮着。

“为什么？”

“她是好女人，那么可爱、善良。她和我提过你们以前的日子，她说的时候，眼里有光，有时还落泪，她是真的爱过你的。只是……”略略迟疑了一下，他接着道，“后来，你们的争吵越来越多；再后来，你经常不在家，你们的沟通越来越少；她的心门，渐渐对你关闭。但她依然操持着这个家，你回家的时候，依然可以享受她带给你的舒适和安宁。”

凌思远默然。

“凌先生，”高行知侧过身，静定地看着他，语气变得郑重，“这么可爱的女人，和你在一起生活了二十年，你应该感恩。”

凌思远心里骤然一疼。这个男人，比自己小十多岁，却是如此的成熟睿智，而又体贴温厚。柳筠没有看错人，他才是柳筠的心灵知己啊。

他再次喟然长叹。

将往事细细梳理一遍，凌思远的心，渐渐舒朗开阔。他复又坐回修行椅。这次，终于可以入定了。

第八章　第八天

1 一击必杀

早上 8 点，高行知坐在机场候机厅，等待登机。

他从包里摸出一本书翻开，书的扉页，有一行飘逸灵秀的字：志当存高远。他用手指来回摩挲着，仿佛那里还有她的余温。

九年前的夏天，她来找他。短暂的相聚之后，她独自走了。风吹乱了她的长发，黑亮飘扬的发丝在朝阳中闪着灼人的光泽。他久久凝视，直至她的背影消失在晨光里的山岚。他蓦然感觉体内有一种东西正在加速流逝，他渐渐委顿，如一株失去生机的植物。他在地上坐了许久，终于决定回学校，即使不能守护在她身边，他也希望能远远地看着她安好。

他刚进校门，就听说她跳楼了。他懵了，不相信这是真的，疯了一样地往她的小区跑，在门口被拦住，他结结巴巴说不出话，保安不让他进。他看到警察和警车，还有救护车，知道传言都是真的了。他心如死灰，拖着单薄虚空的躯壳，一步一步，走到他们初次相识的落樱池。

池面依然碧清如洗，五彩斑斓的鱼儿在水里尽情嬉戏，只是，伊人再也不会出现了。邂逅、相识、相知、别离，往日的点点滴滴，在眼前一帧帧回放。他再也忍耐不住，嚎啕痛哭，直至泪尽。他寂然坐着，怔怔地看着水里的鱼儿，有时说几句话，对小鱼，对他自己，也对那个永远也不可能再见只能镌刻心底的人。

他就这样一直坐到夜深，然后，轻轻拂了拂身上的灰尘，悄悄回了宿舍。

天还没亮，他又静悄悄走了。他撕掉了那张博士录取通知书，带走了她送给他的签名书《王昌龄诗歌研究》。他去了深城，那是她想去的地方。可是，她再也去不了了。他要替她去，替她生活，替她看看这个全新的世界。

书和他一起来到深城，被安静地存放在书架的一隅。他从未打开，那是他心底不敢触碰的伤痛，直至两天前。

他正沉浸在回忆中，手机铃声突然响了，他接了电话。

“你看了地平线的帖子吗？”是冯碧尖细急促的嗓音。

“没有，我在等飞机，怎么啦？”

“快打开看看，首页悬浮帖。”冯碧说完挂了电话。

他预感不妙，赶紧用手机登录地平线。

推理之神跌落神坛，全部作品悉属剽窃！

他的心骤然揪紧，他按捺住紧张往下读。

推理之神网站的创始人、炙手可热的华语推理作家绣春刀，推出处女作《西江月》后一炮而红。其创立的文艺推理，融汉语文字之美、传统文化之美于巧妙诡谲、匪夷所思的诡计中，令人拍案叫绝而又回味无穷，深受读者喜爱和业界推崇。谁曾料，绣春刀仅有的三篇小说，悉属剽窃。绣春刀当年供职壹世界，担任壹世界前两届推理小说大赛的初审编辑，而他抄袭的内容，全部来自这两届大赛中未入围的新人作品。绣春刀狡猾之处在于，他不止抄袭一个人的作品，他抄袭的作品至少有十部。

这种利用职务之便，私自扣留并抄袭新人作品的做法，比剽窃已成名的作家作品，无疑更隐蔽，也更令人不齿！

他的心跳开始加剧，感觉体内有一团热能奔腾不止，左冲右突。

绣春刀最负盛名的作品《一剪梅》，核心诡计是K线图中藏有死亡遗言。试问绣春刀，你炒过股吗？推理之神公众号里，从未发现和股票、投资沾一丁点边的文章。很显然，这个诡计不可能是他想出来的。而在壹世界第一届推理小说大赛未入围的作品里，我们发现了一篇小说《K线图之谜》，里面的诡计和《一剪梅》所写完全一致。该文发布在前，显然《一剪梅》抄袭了它的创意。

文章紧接着贴出了《K线图之谜》的电子文稿，并在二者相同或近似的地方画上红线。之后，又贴出了《西江月》和《青玉案》所涉抄袭对象的原文。

整篇文章，配图加文字，洋洋洒洒上万字，跟帖如云。有人揭发，绣春刀本名高行知，惯于作假，他的学历也是假的，江宁大学当年的毕业生里根本没有高行知。这篇跟帖下面有无数叫好声。

他感到一股寒气从脚底慢慢升腾，逐渐渗透全身。

“先生，您要登机吗？已经到最后时刻了。”工作人员走过来提醒他，他抬眼四望，这一片等候区里只有他一个人坐着。

“要登机了吗？”

“是的，我们刚才已经通知几遍了，现在还有一个人没有登机，应该是您吧。能看一下您的登机牌吗？”

“不，我不登机了，抱歉。”

他缓缓起身，稳了稳神，拖着步子走出机场，坐上出租车，回到家中。

进了房间，他给自己倒了一杯水，一口一口机械地喝着，神情木然。良久，他摸出手机，拨了一个电话，讲完后他又致电冯碧。

“是我。”

“你还好吗？”冯碧小心翼翼地问。

“还好。”

“我们该如何应对？我接到王董和几个合作伙伴的电话。”

“辛苦你了。我会写道歉声明和辞职书，下午你发出去。”

“你要辞职？不用走到这一步吧？推理之神可是你一手创办的。我们一起想想，看能否补救，我有朋友认识微博大V，萧枫也认识几个论坛版主，可以从融梗方面做些文章，平衡一下网上的声音。”冯碧急忙说。

“谢谢你。与其拼命辩解，不如承认错误。唯有诚意的道歉，公众才可能接受。我走，推理之神才能活。虽然是我创办的，但我不希望它死在我手里。”他的声音低沉而清晰。

“我尊重你的决定。需要我做什么，尽管说。”冯碧无奈道，声音里透着不舍。

“一直以来，都很感谢你的支持，希望你继续留在公司。”

“老师，您客气了，您永远都是我的老师。”冯碧动情地说。

挂了电话，高行知给凌钰发了微信：晚上 7 点爱情海见。然后关了手机，开始写辞职书和道歉声明。

2 最后对决

晚上 7 点，高行知走进爱情海酒吧。他穿着那件他最中意的白衬衣，黑色长裤。

吧台前，一个年轻的侍应生站在那里。

“有白酒吗？”他问。

“有，您要哪种？”侍应生面露惊讶。

“最贵的，来一瓶，一个分酒器，两只小酒盅，送到那边的座位。”高行知说完，付了钱，走到最里边的座位，这是凌钰领他坐过的位置。曾经在这里，他们聊了《一剪梅》的结局，聊了内幕消息和放手一搏。几天时间，恍若隔世。

此时，凌钰一个人，缓缓行走在街头。落日熔金，彩霞满天，浸泡在晚霞里的城市祥和而神秘。洒水车在干涸炙热的道路上划下一道道水痕，空气里漫溢着黏稠而焦灼的气息。

她蒙着黑色口罩，穿着黑衣黑裤，戴着黑色棒球帽，像蝙蝠侠，也像个黑色幽灵。

熟悉的酒吧就在眼前，一进门她就看到了高行知，她知道他会坐那个位置。她像鬼魅一样悄无声息地飘落在他对面。

“来了。”他说，将分酒器里的白酒倒入两只酒盅，将一只推到她面前。

“陪我喝一杯吧。”

她瞟了他一眼，没有说话，也没有动杯子。

“这都是你设的局吧？”他捏起酒盅，一饮而尽。

“所有的果，都是自己种下的因。”她冷冷地说。

“前天上午和顾正辉签完协议，下午你父亲来找我，叫我远离你。我答应了，但说还要再见你一面，把有些话说清楚。那天晚上我几次想说，却又不知如何开口。你戴上了玉竹项链，希望我发现你的身份。我也想知道，你打算对我说什么，所以一直没有提对你父亲的承诺。后来你父亲突然出现，你也跑了。不要再见面的话，一直到昨天上午，你来找我的时候才说。但你看，我们又见面了。”他苦笑一声，又干了一杯。

“有些话，得说清楚，否则总也过不去。”他抿了一口酒，平和地说，“你父亲告诉我你的身份后，我非常惊讶，再想想又恍然大悟。怪不得一见到你，我就觉得似曾相识，怪不得你对王昌龄的诗歌如此熟悉。而且你也报过名字，只是我听成林玉了。我开始回想和你相处的每一个细节。

“我们在酒吧偶遇。你表现出对推理的熟稔，主动接近我，说自己是深城大学表演系学生，在顾正辉新片《罂粟花》中饰演酒吧女侍。我后来还看了《罂粟花》故事大纲，确实有这么一个小角色。

“我对你很有兴趣，第二天又去了。我们谈推理小说，十分投缘。你说和辉姑娘夏菲菲是好姐妹，是夏菲菲帮你争取的表演机会，你还拿出和夏菲菲的合影给我看。那天晚上你有意将我灌醉，以便在送我回家时进入我的房间，查找我的身份信息。你一眼就发现了《王昌龄诗歌研究》，果断取出，看到了柳筠的签名。我从卫生间出来后，当时就觉得你的眼神很奇怪，现在想来，那双眼睛里交织着紧张、惊惧和厌恶。”

“你怎么知道书被翻过？”她忽然发问。

“那本书自从被放入书架后，从未碰过。前天下午你父亲走后，我去看了书，底下积尘凌乱，和其他书明显不一样，显然是不久前被人抽出来过。最近一年，只有你来过我的房间。”

她没有吭声。

“我猜你查到，和你母亲有关的人叫高远，但你不能确定是我，所以想进入我的房间探明。一本书并不能确定身份，也可能只是你母亲给一名普通读者的签名。于是，第二个晚上，你和我谈论王昌龄的诗，我开心放松，说起我的本科读中文，硕士学古代文学，而且硕士毕业论文写的是王昌龄的诗歌。根据这些信息，你确定了我的身份，而我一直不知道你的身份，直到前天下午你父亲告诉我。还有前天晚上，你父亲说我就是你一直在找的人。我才明白，原来，你之前接触我，包括你说的话、做的事，都是有目的的。你想找到我，这是你的第一个目的，但找到我之后做什么呢？我当时不能确定，只有模糊的感知。”

“感知到什么？”

他继续说：“那天在顾正辉办公室喝茶，感觉头重脚轻，越来越困，而上次有同样的感觉，就是几天前你送我回家那个晚上。啤酒和茶怎么能让人如此犯困呢？我当时没有细想，直到得知你的身份，我才意识到，那是因为放了安眠药。第一次下药，是要我醉倒，以便扶我回家，查明我的身份信息。第二次下药，是怕我头脑清醒时不签那份协议。你处心积虑要我签下天价合同，我虽隐隐担心，但不愿往坏的方面想，我希望你是好心。直到今天早上的事发生，我才明白，你的用意。”

她低头不语，默默摘下口罩。

“你父亲说我是你一直要找的那个人。原来，你不是来问我照片的事、你母亲的事，而是为了复仇。我毁了你全家，毁了你的生活。你手上的伤疤，是那时候和同学打架留下来的吗？”

“你怎么知道？”她抬头，面露惊诧。

“那晚，你质问父亲：我被殴打住进医院的时候，你在哪儿？我想，照片曝光后，你一定被同学欺负了。你的身体和心灵都因此事受到严重摧残。对不起。”他说着，眼底泛起潮意。

“我知道，现在说什么、做什么，都无法弥补当年给你造成的巨大伤害。可是，你自己有没有想过，你复仇是因为什么，仅仅因为恨吗？”

她咬着下唇，没有出声。

“愧疚。复仇，是你摆脱内心愧疚的方式。”他一字一字地说，吐字清晰有力。

“你——胡说！”她的脸上遽然变了色。

“善良的人才会愧疚。”他叹了一声，接着道，“我和你父亲聊过，他也很愧疚，他后悔在你母亲最需要他的时候，离她而去。我不知道，那时候你是怎么熬过来的。一个 14 岁的孩子，碰到人生绝境，该有多艰难啊！母亲做下不堪之事，父亲逃走，自己受尽同学欺辱，这种时候，能自保就不错了，怎么可能还有余力对母亲施以援手呢？即使有，也不知道该怎么做。”

“……”凌钰垂下眼睛，紧抿嘴唇，默不作声。

他端起酒杯，呷了一口，温言道：“你也饮一杯吧，是好酒。”

她看了他一眼，捏起酒盅，抿了一小口。

良久，她怅恨地说：“如果那时候我能安慰她，我能告诉她，妈妈，不管怎样我都爱你，都会和你在一起，她就不会绝望。可是我没有，我像老鼠一样蜷缩在自己房间，只想着自个儿难受。”

“你那时只是一个 14 岁的孩子啊，两个成年男人都做不到的事，你别难为自己了。”

“可是，后来母亲是为我而死的。我被学校开除，她去学校找领导，回来就跳楼了。”她的眼中波光闪闪。

“你母亲的离世是多种因素的合力。照片曝光后，你父亲走了，她来找我，我拒绝了和她一起去深城。学校开除她的教职，对她更是毁灭性的打击，这是剥夺了她的立身之本啊！而当时你又因为此事受牵连，被打住院、被开除。这些常人一辈子都碰不到一次的无妄之灾，短短几天内接二连三地落在她身上，而她却接收不到任何温情和支持，所以她崩溃了。”

他的声音渐渐变得悲凉：“我又何尝不是，一直生活在愧疚中。我没想到她会如此决绝，我恨死自己的懦弱无能。可是，这世上没有后悔药啊，唉！”他哀哀长叹，将杯中酒再次饮尽。

“你需要用复仇来赎罪，你不想让自己和你父亲来承担罪责，你希望减轻痛苦和内疚，所以你一定要把母亲的死，全部归咎于我。”

“不！不是这样的。”她涨红了脸，激动地还嘴。

“我知道你非常难过，可是不破不立。你不正视自己内心深处最卑微的念头，你就无法原谅自己，也无法真正放下和重新开始。”

他给自己又斟了一杯酒，叹道：“知不易，行更难。这九年，我无时无刻不活在愧疚中。我拼命工作，希望以此麻痹自己，减轻负罪感。”

他拈起桌上的酒盅，目光落在远远的地方，声音轻柔：“柳筠，分别九年了，祝你美丽如初。原谅我今天来不了，我一定会再去看你的。”

她颤声问：“每年的今天，你都回去吗？”

“当然。”他的语气笃定，“早上我已经到了机场，在机场被同事告知有发帖，不得已返回处理。”

凌钰闻言，身子轻微抖了一下，内心的震动更大。

柳筠留了一封遗书，指明要将自己的骨灰安放在老家的某个墓园。九年前，凌钰跟着凌思远回湘西安葬柳筠。墓园建在公路边的山坡上，往前走不远，就到了县城。成年后，凌钰知道了墓地选在公路边并不好，环境太吵，外公外婆的墓地也不在那里。她不明白母亲为何要让自己的魂灵栖息于此。现在她明白了，因为那也是他回家的必经之路啊！

她又想起，大二那年的6月，她从学校坐高铁偷偷回去给母亲扫墓，看到母亲的墓碑旁有一束娇艳欲滴的红玫瑰，显然是刚放不久。当时她心里讶异极了，举目四望，却没有看到一个人，她以为是父亲放的。原来，是他放的。

她捧起桌上的酒盅，一饮而尽。

“还记得几天前月下论诗吗？谢谢你给了我一段美好的回忆。今天应该是我们最后一次见面了。该说的，都说了。来，喝酒，不醉不归。”他抓起面前的酒盅，一口喝干。

几回花下坐吹箫，银汉红墙入望遥。
似此星辰非昨夜，为谁风露立中宵。
缠绵思尽抽残茧，宛转心伤剥后蕉。
三五年时三五月，可怜杯酒不曾消。

他念一句诗，饮一盅酒，有时和她碰一下杯，有时自顾自喝了。泪水浮上眼眶，又静静地溢出，滴落下来。他抽了桌上的纸巾，擦拭眼泪，又尽了一杯。

“唯愿当歌对酒时，月光长照金樽里。柳筠，我们天台赏月去。”他踉跄着起身，拎起桌上的酒瓶，摇摇晃晃地朝电梯走去。

她在后面跟着，想上去扶他，但见他没有摔倒，终是没有出手。

到了空旷的楼顶天台，果见一轮满月悬于碧空。明月如霜，好风如水。

他举起酒瓶，昂首灌了一大口，仰望苍穹，大声唱道：

君不见，黄河之水天上来，奔流到海不复回。
君不见，高堂明镜悲白发，朝如青丝暮成雪！
人生得意须尽欢，莫使金樽空对月。
天生我材必有用，千金散尽还复来。
烹羊宰牛且为乐，会须一饮三百杯。
岑夫子，丹丘生，将进酒，杯莫停。
与君歌一曲，请君为我倾耳听。
钟鼓馔玉不足贵，但愿长醉不愿醒。
古来圣贤皆寂寞，惟有饮者留其名。
陈王昔时宴平乐，斗酒十千恣欢谑。
主人何为言少钱，径须沽取对君酌。
五花马，千金裘，呼儿将出换美酒，与尔同销万古愁。

唱到后面，他的声音渐渐转低，直至融合在夜风中，变成饮泣。

凌钰看得呆了。

高行知将酒瓶放在栏杆上，双手平伸，高声诵道：

大鹏飞兮振八裔，
中天摧兮力不济。
馀风激兮万世，
游扶桑兮挂左袂。
后人得之传此，
仲尼亡兮谁为出涕？

诵完，他用手撑住栏杆，准备站上去。

“不要！”凌钰大喊，往前跨了一步。

“柳筠，我来了！不求同月同日生，但求同月同日死。”他站上栏杆，张开双臂，双腿打着颤，仿佛即将坠入脚底的万丈深渊。

“不要啊！”凌钰语带哽咽，急得掉下了眼泪，“别跳！你醒醒！活着，一切都可以商量，一切都会好。”她站在原地，想往前走，又不敢挪动脚步。她生怕自己一动，他就掉下去了。

“一失足成千古恨，再回头已百年身。”他渐渐矮下身子，坐在栏杆上，双手捂脸，埋头啜泣。

“不，你可以从头再来！你有才华，可以教诗词，可以写小说，写你自己的故事。”凌钰急切地大声说。

突然，从天台角落窜出来一个黑影，猫着腰，迅速贴近高行知脚下的栏杆，一把抠住他的腰，使劲往里一拽，高行知旋即跌落至栏杆内的天台地面。

是萧枫。

高行知蜷在墙角，掩面而泣，不能自已，仿佛要将积压经年的悔恨、压抑和痛苦淋漓尽释。凌钰从未见到一个成年男人哭得如此揪心，她默默掏出一包纸巾递给他。

高行知撕开纸巾，擦拭着脸。凌钰望了一眼萧枫，他也正看着她，眼神复杂，凌钰赶紧移开目光。过了一会儿，她感觉口袋里的手机有振动，是萧枫的微信：在这儿等我，送完他我马上回来。

他扶起高行知，说：“我送你回家吧。”

3 卧底调查

萧枫扶着高行知下了楼。他推开萧枫的手，说：“我没事了，不会再寻短见的。”

他的脸通红，水珠从他发白的鬓角和凌乱的发丝不断往下跌落。

萧枫看着他，心潮起伏。他从未见过高行知如此落魄潦倒，他一向都是注意形象的，风度翩翩，丰神俊朗。

第一次见高行知，是萧枫去云和公司应聘。彼时他厌倦了做股票交易员，准备换工作。

大学金融系毕业后，萧枫去了学长穆迪开的私募基金公司做股票投资。穆迪是行业大佬，炒股风格“稳、狠、准”，私募基金的投资收益名列业界前茅。萧枫高中就开始炒股，交过“学费”，但更多的是盈利。他悟性极高，如今又有好老师指导，因而进步神速，也正因如此，他对股票投资逐渐失去兴趣。他喜欢追求新鲜，不断挑战自我。于是，他又重拾曾经迷恋而最近几年都没碰的推理小说。高中时他是学校推理社的社长，因为沉迷推理，一度影响学业，好在高考前半年悬崖勒马，奋起直追，考入名牌大学。

偶然的机会，他读到了《一剪梅》的评论，提到小说的卖点是“K线图成为死亡遗言”。这让萧枫为之一振，赶紧买了小说来看。看完后，他惊讶地发现，小说里的核心诡计——K线图作为死亡遗言如何提供侦破线索，和他高三时写的小说《K线图之谜》内容如出一辙。当时他将这篇小说投稿到壹世界的推理小说大赛，自信小说将一炮而红，红了之后，他计划推出“股市推理”系列，主人公是既会炒股又懂推理的帅哥，破获各类投资大案。

当然是石沉大海。希望越大，失望也越大。

《一剪梅》在情节上有稍许变化，人设也做了调整，因为小说典雅的文风，投资精英也都变成诗词歌赋文青范儿了，但核心诡计完全一致。难道，世上真有这么巧的事？他不相信。不懂股票投资的人断难想出如此绝妙的诡计。而查找绣春刀的经历，发现几乎是空白，只寥寥几句，说喜爱文学、推理云云，至于大学学历、工作经历，完全搜不到。不过，这个绣春刀创立的自媒体推理之神，正在招人，何不去会会，何况自己也正想换工作。

萧枫顺利入职，做了一名编辑。他过人的聪明才智，很快让他赢得了老板绣春刀的青睐。老板给他加薪，找他谈话，勉励他好好干。他也趁机和老板拉近距离，和同事处好关系，探听老板的底细。

很快，他就得到了一些资讯。绣春刀本名高行知，古代文学硕士，曾经在壹世界做过编辑。

壹世界？自己那篇小说不是投过壹世界的推理小说大赛吗？难道被他截和了？萧枫试图恢复原来的壹世界账号，但账号多年前就被注销了，萧枫希冀找回原文档，他记得存在一个旧电脑里，但因电脑多年未用，开不了机，各种软硬件都需要更新。

一番折腾，终于找回原文档了。可是，问题又来了。如何证明是自己多年前写的呢？虽然可以看到文档的存档时间，但能否作为证据不好说，而且打官司费时费钱。杀鸡焉用宰牛刀，打官司完全是下下策。

利用网络舆论让其原形毕露，名誉扫地？可自己对如何左右网上言论一无所知。虽然几个大的平台都有账户，但平时鲜有发言。如果只是把这个信息丢出去，估计很快会被淹没，或者被对方打倒在地，且踏上一脚永世不得翻身。

萧枫不打无准备之仗。

他开始研究各大论坛、公众号、微博大V的炒作套路，自己也在暗中经营多个平台账号，并有意识地结交这些领域的老手。他一边上班阅读推理小说，一边暗暗做着这些事，心里有一种满足和得意。读了多年的推理小说，如果能经由自己的聪明和忍耐，惩恶扬善，岂非美事？说不定，以后自己可以成为这个城市的“蜘蛛侠”。他想着，有时梦中笑出了声。

萧枫从壹世界的朋友处，拿到高行知在壹世界担任两届推理小说大赛编辑期间，所有未入围小说的电子文档。萧枫快速浏览这些小说，大多数不堪卒读，少数让人眼前一亮的，他都保存下来仔细阅读。功夫不负有心人。他终于发现，有几篇小说，核心诡计虽未被采用，但其中有一些创意，被高行知一番嫁接后搬进《西江月》和《青玉案》里。这几篇的投稿时间，均早于高行知发表作品至少一年。显然，高行知在担任大赛初审编辑期间，将日后可以为己所用的作品，悄悄截留。

经过反复比照，萧枫摸清了高行知的三篇小说和哪些小说挂钩。高行知狡猾的是，他用了自己的语言，即使对方小说里的文字可用，他也会转换成自己的文字。高行知是古代文学硕士，运用语言的能力可以说驾轻就熟、出神入化。他欠缺的，是推理思维，包括诡计的设计，而这些小说，弥补了他在这方面的不足。

所有被高行知看中的小说都有一个共同特点：作者是新人，从未在网络或纸媒发表过任何作品。所以这些小说，如果被初审编辑判了死刑，其他编辑也不会花时间看。壹世界是国内最早最成熟的原创小说平台之一，每年的推理小说大赛，都会收到数以千计的作品。十几个初审编辑，需要在有限的时间内，阅读完分配给自己的作品并迅速做出取舍，哪有时间顾及被其他编辑放弃的稿件呢？大多数新人作品，偶有亮点，但整体平庸。

有了这些资料，揭露高行知的剽窃行为，可以说胜券在握。只是，何时公布，以什么方式公布，萧枫并未想好。随着和高行知共事时间的延长，他发现自己并不讨厌他，甚至，还有点欣赏他。

高行知很自律，身为老板，每天第一个到公司，最后一个离开，工作勤勤恳恳，对待员工也算大方公道。对待萧枫，更是另眼相看，恨不得引为心腹。萧枫迟到早退，刚开始暗中提醒，但看萧枫工作到位，也就不说了。总体来看，高行知不是一个差劲的老板。真的要把他一棍子打死吗？萧枫下不了这个决心，他想听听凌钰的意见。

凌钰在英国念书期间，他在推理之神工作。他把自己的想法和每一步的进展，都告诉她。她会给他出主意，运用她心理学的知识，分析高行知的心理和行为模式。

几天前，凌钰回国，萧枫把她接到他在侨城花园的别墅，看着她放下行李，洗手洗脸，却没有要走的意思。

“有事要说吧？”她搁下洗脸的毛巾，唇角漾着笑意。

“对，上次和你说的事，都做完了。”

“这么快，那两篇小说，也都找到出处了？”

“是的，也联系了小说的作者，他们都同意由我来全权处理这件事。”

“你准备怎么办？”

“我在犹豫，这不找你商量嘛。他人不错，对我也不错，有点下不去手，感觉在出卖朋友。”

“你已经有想法了，对吗？”凌钰盈盈一笑。

“被你猜到了。”萧枫不好意思地挠挠头，“最近四年他都没有发表小说，我不知道他是忙于公司事务，还是因为没有截和新人小说的机会，还是准备金盆洗手了。来稿都是编辑先看，看完了挑选好的转给他，他没有第一时间接触新人作品的机会。”

“你想找个机会测试他？”

“是的。”萧枫说，“今年推理小说新人大赛刚截止投稿，我想让他开个总编直通邮箱，给没有投稿的宝藏新人一个机会，让总编直接挑选他们的稿件。”

“然后你偷偷投稿？”

“是的。我有一个绝妙诡计，我猜他会动心，如果他还想利用抄袭的方式写作。”

“如果他不同意开总编邮箱呢？”

“不太可能。他其实一直都希望能第一时间接触文稿，而且，我会先抛出诱饵。如果他真不答应，那就直接公布好了。”

“这个主意有点意思，我也想投一篇。”

“那最好了，如果我们两篇都没上，说明他贼心不死。对了，他还是你的老乡哦，我都忘了说了。”

“是吗？”凌钰好奇道。

“他的本硕都是在江宁大学读的，本科中文，研究生古代文学，怪不得诗词功底这么好。奇怪的是，他从来不提自己的母校，江大古代文学在国内也是响当当的。”

“那倒是有意思。”凌钰来了兴致，拉萧枫坐下，打听高行知的年龄、经历、性格、爱好。萧枫说着说着，感觉有点怪，问道：“你对他这么有兴趣，不会是因文生爱吧。”

凌钰说：“他的小说写得不错，但我不会因为文字爱上一个人，何况现在又知道不是他的创意。我想了解他，主要是为了投稿。”

“你不用这么煞费苦心，你的小说要是不入选，肯定是他动了歪心思。”

“那可不一定。那么多来稿，我得让他注意到我的，邮件里还得说点别的内容，引起他的关注。”

“你到底想干吗？”

“我只是觉得好玩嘛。”

现在想来，凌钰不是觉得好玩，而是起心动念了。

但后面发生的事完全出乎他的意料，这个聪明、理性又任性的女孩，到底想要做什么？他感到迷惑。

凌钰说自己会去酒吧打工，让萧枫带高行知过去，并要他装作不认识她。他想权当玩个游戏，也无不可。但他没想到，此后凌钰和高的关系发展神速。那晚，他也去了天语，远远望见他们谈笑风生，后来凌钰又满面绯红地扑进高的怀中，心里颇不是滋味。昨天，她又提着礼物走进高行知的办公室，他方才意识到，自己依然爱着她，然而他还没有表白，她的心已经属于别人了。他不甘心！

他敲门闯入他们的两人世界，她知趣离开。他偷偷给她发了微信：楼下咖啡厅见。

他抱走高行知给他的一大摞文稿，返回座位，快速翻找。

居然有他写的那篇！

愣了半天神，他下楼去找凌钰。

凌钰坐在角落吸着饮料，两眼呆呆地瞅着地面。他问她投稿了没有，她说最近忙，没写完。

“我的入选了。”他说。

“是吗？”

“没想到是这种结果。”

她没有说话，使劲吸着饮料，瓶子已经空了，只有吸管空吸的“咻咻”声。

“你有什么想法？”他问。

“过去的归过去，现在的归现在。”她淡淡道。

“他或许准备改邪归正呢？是不是应该给他机会？”

“每个人都必须为自己的错误买单，只有这样他才能真正地重新开始。”她正色说。

“可是，他真的不容易，母亲重病急需用钱。如果抄袭曝光，对他来说无疑是雪上加霜。他刚签了小说影视化协议，这样一来，协议要泡汤，钱也拿不到了。”

“一码归一码，隐瞒他的作恶和同情他是两码事。如果他的母亲急需用钱，而他又拿不出，我们可以借给他，他也可以卖掉股权凑钱。”

“我以为……你会为他说话。”萧枫抿了一下嘴角，推了推鼻梁上的眼镜。

“天地不仁，以万物为刍狗。作恶必须受到惩罚，这是他应得的。曝光他的剽窃行径，可以净化创作环境，还作者公道，也警告那些意图作弊走捷径的人。”

“呃，有道理。”

“渠道安排的是明天发吧？”

“对，计划是这样，但我没想到，他会把我的稿子挑出来。”

“那就计划不变。”

“好。”

萧枫正沉浸在往事的回忆中，一阵手机铃声划破了寂静。

“你的电话。”萧枫说。

高行知虚弱地摆摆手，但铃声一直顽强地响着。他无奈地掏出手机，没有看一眼，交给萧枫。

萧枫接过电话，看到屏幕上写着来电名字：表弟。他按了通话键，里面传来响亮的男声：“你不是说今天到的吗，怎么没来呢？公司有事走不开啊？”

“你表哥确实有点事走不开，他现在也没法接电话，我是他同事。”萧枫说。

“哦哦，没事。我就是告诉他，我爸的配型结果出来了，和他的妈妈全相合，骨髓有了。化疗完了做手术。让他别担心，暂时也不用寄钱了。”

“钱够了吗？”

“够了够了。”

“好的，我会转告他，谢谢你。”

“哪里啊，我才要谢谢你。”

萧枫挂了电话，问高行知：“顾正辉的钱给你了？”

“先给了100万。但协议里有写，如果小说不是原创，我要赔偿标的金额的10倍。”

“标的金额多少？”

“1000万。”

萧枫愣怔了一下，喃喃道：“这么高。”

“唉！”

“你真的要辞职？”

“是的，希望我的辞职和道歉能得到公众谅解。我准备把股权卖了，赔偿原作者。顾正辉协议的赔款，怕是牢底坐穿都还不了了。”

萧枫沉默了，他不知道该如何安慰。此时，他觉得自己说什么都显得虚伪做作，他在心里盼着冯碧快点到来。男人失意的时候，最需要的，还是女人的安慰吧。

“我会举荐你做总编，冯碧做总经理，公司以后靠你和冯碧了。”高行知说。

“不，不。”萧枫使劲地摆手，“我不行，我没这个能力，也没这个兴趣。真的，我也想离职，去开个推理馆，自由自在。”

“我知道你不缺钱，做事全凭兴趣。和你共事一年，是我的福分，也是我们的缘分。”

“你是个不错的老板。”萧枫心里五味杂陈。

“可惜做不了你的朋友。”他的声音里有一丝苦涩。

萧枫默然，远远望见冯碧朝这边走过来。

“风陵是你吧？”他突然问。

萧枫怔住了。

“风陵渡口初相遇，一见杨过误终身。也是个痴情的人呐。”他叹道。

萧枫鼻子一酸，别过脸去。

冯碧到了，萧枫嘱托她好好劝慰高行知。冯碧说，不用你交代，我会照顾好老板，你去忙你的吧。

萧枫说好。

4 致命浪漫

凌钰一个人坐在天台。柔和的夜风将她汹涌翻滚的心潮渐渐抚平，但海面依然覆盖着一层巨大的薄膜，将心灵之海温柔而坚实地包裹着。她抬头仰望，暗紫色的云层，笼着一轮圆月，在天幕缓缓游荡。青蓝的天空没有一点星光，悲悯而神秘。

什么时候开始，立志要复仇的呢？从被众人凌辱到独自住院那一阵吗？从开始做血蝴蝶的噩梦那一夜吗？还是从父亲拒绝追查的那一刻？

高一她加入了学校的推理社，又报名学习跆拳道。她在心底埋下一个信念，一定要查到令母亲蒙羞的人。

柳筠是教古代文学的教授，才华横溢而又敏感细腻。她看“细雨湿衣”，听“闲花落地”，因春天的落红掉泪，也为冬天的飘雪雀跃。

凌钰自记事以来，家里每天都荡漾着芬芳的诗句，有时，是音箱里的朗读，有时，是柳筠激情的吟诵。

暮春三月，杏花如雪。窗外细雨霏霏，屋内光线迷茫，温馨又怅惘。柳筠推开窗户，将手伸出窗外，微微仰头，虔静地迎接细雨滴落。待到手掌布满水珠，她心满意足地关上窗户，轻轻摩挲双手，仿佛要将大自然的雨露融入身体。

她回头，看见身后呆萌傻气的女儿，禁不住笑着问：“今天的诗背了吗？”女儿奶声奶气地回答：“霭霭停云，蒙蒙时雨。八表同昏，平路伊阻……”接着就卡壳了。柳筠蹲下身，捏捏她的小脸蛋，笑吟吟地念：“静寄东轩，春醪独抚。良朋悠邈，搔首延伫。”

陶渊明的四言诗《停云》，凌钰直到初中才会背。她不得不承认，自己对于诗词，远没有母亲痴迷。年幼的她，也不会懂得古典诗词的含义，多数时候只是机械地背诵，所以她背得并不好，但母亲从未因此责罚她。童年时最幸福的时光，就是偎依在母亲怀里，跟着母亲咿咿呀呀地朗读诗文。美好的时光总是太匆匆，后来母亲越来越忙，晚上她经常等到眼皮子打完架都握手言和了，还没等回母亲。即使母亲在家，也不再像以前那样和她亲昵，更多时候是把自己关在书房里写作。

柳筠走后，她扔掉诗词书。那些清雅芬芳的诗句，让人喜悦清朗，也教人善感多愁。她开始疯狂阅读推理小说。懵懂的少女心里，深藏着一个愿望，渴望自己成为算无遗策、无所不能的侦探。这样，她就能找出那个害死母亲的人。

高一暑假，她回了江宁，像侦探一样，开始了周边调查。首先，她要树立自己的权威。擒贼先擒王，她找到张鸿鸣。

张鸿鸣看到她，吓了一大跳，不自觉地往后闪躲，说："你怎么回来了？"

"我想和你再打一架。"凌钰盯着他，往前迈了一步。

"别！你还想怎么样，我都被你打残了。"张鸿鸣知道这个貌似文弱的女孩打起架来不要命，他可不想再招惹她。

"你切了脾，我的手臂也留下了永久伤疤。"凌钰捋起袖子，露出小臂长长的疤痕。

张鸿鸣看了一眼，说："那年打架是我不对，但我伤得更重。我们扯平了。你现在找我，到底想干什么？"

"我想请你帮我一个忙。"

"我能帮你什么忙？"

"我想找到拍我母亲照片的人。"

"那是大人的事，我哪里知道。"

"你不用知道，我会找一些江大子弟了解，你打个招呼。"

"那没问题，一句话的事。"

张鸿鸣请了几个江大教师的孩子吃饭，说了凌钰的要求。他们答应帮忙，但表示一筹莫展，找父母问，不被打才怪。

凌钰说，不用你们问，你们把父母约出来就行，我来问。

凌钰首先找了玲子，玲子虽然在出事后远离她，但至少没有整她、诋毁她。

玲子把母亲约出来，然后趁上洗手间的机会溜走，凌钰走过来坐在玲子母亲对面。凌钰送上礼物，告知身份，玲子母亲唏嘘感叹了一番。凌钰说自己以前太不关心母亲了，心里愧疚，如今想多了解她。如果玲子母亲知道柳筠的任何事、交往的任何人，都不妨直说，越详细越好。玲子母亲开始有些犹疑，闪烁其词，后来在凌钰的鼓励下，大胆地把自己听到的所有传闻都倒了出来。女人对八卦本来就有天然的兴趣，何况又是一对一私密又放松的谈话。

凌钰听得心惊，脸上却一直挂着淡然恬静。

依据玲子母亲这份最初的“拼图”，凌钰又依次拜访了“拼图”里的各色人等，并根据这些人的谈话圈定新的调查人选，逐渐地，缩小目标人物的范围。这不是一个暑假能完成的。高二暑假，她还想回去，被凌思远喝止，凌思远要她专心高考。

大二暑假，她再次一个人回了江宁。这次，她找了钱方平老师。从他那里，她得知母亲和她的一个男学生，去了伦敦参加古典诗词研讨会。最后一天自由活动时间，他们俩没有跟随大部队购物。柳筠说要拜访在伦敦的朋友，男学生也说要看高中同学。众人遐想纷纷之际，柳筠用实际行动打消了大家的猜测。她当天晚上回来后，给每人带了一份火腿，说是朋友家现做的，又悄悄给团里一位单身男教师送了一盒巧克力，说是和朋友逛街随手买的。男教师一直是柳筠的迷弟，女神主动示好，受宠若惊，不知所措。从英国回来后，两人一度走得很近，后来却没什么交往了。钱方平的叙述，意味深长，话里有话。末了他问，你需要他们的名字吗？凌钰说，学生叫什么。钱方平说，高远。

她又去找了张鸿鸣，问他是否可以打听高远的情况，张鸿鸣说会帮她留意。没多久，张告诉她，他的堂兄和高远是大学同学，大学毕业后堂兄去了深城，高远读了研究生。后来堂兄有一次在深城碰到高远，主动和他打招呼，他却装作不认识，掉头就走。堂兄还说，高远研究生毕业以后，再也没有和以前的同学联系，大家都不知道他去了哪里。

发生了什么事情，让他如此决绝地和过去切断联系？

她几乎可以肯定，高远就是她要找的那个人。

但茫茫深城，高远又在哪里呢？

踏破铁鞋无觅处，得来全不费工夫。世事往往如此。九天前，她从英国回到深城，萧枫接了她，告诉她“卧底”进展。她知道萧枫一年前去了推理之神，因为他发现自己高三时投稿的小说被剽窃了，而剽窃者正是推理之神的总编、创始人高行知，也是小说《一剪梅》的作者绣春刀。她在英国读书这一年，萧枫不断给她汇报调查进展，她也没多过问。其实在她眼里，这完全是萧枫闲得发慌的无聊之举，并没有放在心上。没想到萧枫突然说高是江宁大学的，还是学古代文学的硕士，这不和高远一样吗？她一下子被激起了兴致，问起高的年龄和外表。年龄相仿，外表也和她之前得到的信息一致，接下来，就是要接近他，确定他的真实身份。

她想起自己曾经在爱情海酒吧打过短工，于是对萧枫说，明天是六一儿童节，带你老板来爱情海酒吧，不过你不用介绍我，我和他装作邂逅，岂非更好玩？萧枫说，没问题，我只当不认识你。

当天晚上，她去酒吧报到。店长说，店里不缺人。她说，我不要薪水，但可能做不了多长时间。店长认识她，说，那没问题，你随时可以来上班。

萧枫带着他来了，这是她第一次见“他”。此前，她到处搜罗他的资料信息，却找不到一张照片，个人介绍也是语焉不详，只是说新生代推理作家。至于他的年龄、学校、所学专业、来自哪里，一概没有。

虽然已经无数次猜测他的相貌，但真的见到他时，她还是稍稍吃惊。他看起来健康明朗，完全不像她想象的猥琐阴暗。

第一次见面，她需要给他留下深刻印象，促使他第二天再来。这似乎不难。酒吧里都是浓妆艳抹的妖冶女郎，她只需素颜本色出场，就和那帮庸脂俗粉拉开了距离。他似乎对推理谜语十分感兴趣。她轻松答出了题目，还叫他第二天再来，她给他出谜语。这可是她的强项，她有一箩筐的推理谜语，三天三夜也讲不完。更重要的是，她抛出了杀手锏：顾正辉。她看过他的小说，也知道他还有一本《一剪梅》没有被拍成电影。于是，她给自己编了一个新身份，深城大学表演系毕业，“辉姑娘”夏菲菲的师妹兼闺蜜，顾正辉新片《罂粟花》中的小角色。她相信顾正辉对他有极大的吸引力，可望而不可即。而她，可以成为抵达的桥梁。

晚上她回家写了一封试水邮件，放在草稿箱里。萧枫说，估计次日上午十一二点会发出“新人集结令”，可顾星如约了她第二天上午走梅山绿道，于是她提前写好邮件。翌日上午户外徒步时，萧枫告诉她，召集新人的帖子已发，于是她给草稿箱的邮件设置了半小时后发送。正当她和顾星如谈天说地看风景时，天大的事发生了，顾星如的母亲苗若风突然死亡！

她陪着顾星如去了别墅，看见苗若风遗体的那一瞬间，她一阵眩晕，跌倒在地。苗若风的大红裙子，像极了母亲临走时那件。平铺于地的血红色蝴蝶，是她痛苦的梦魇。

那天发生的事太多了。父亲来了，他们三年后的见面，居然是在这种场合。也难怪，她知道父亲有个学生在公安局做刑警，她也知道父亲做过苗若风的心理咨询师，还是她给介绍的。案发现场像自杀，又像他杀，十分诡异。父亲还说苗若风留了一份保单给他，上面有更新说明，说明保单的受益人从顾正辉更新为顾星如。然而，顾星如却不知道此事。父亲推测，受益人为顾正辉的保单还在别墅，叫她第二天一大早去拿。

可怜的星如，母亲猝然离世，父亲却有嫌疑，任谁都难以承受如此之痛。她安抚好星如，想起自己还有重要的事。晚上得去酒吧见他，得尽快查明他的身份，必要时使用非常手段。她带上了安眠药。

果然，他来了。她进去后看见他朝她扬手，她走过去，佯装镇静，手心却出汗了。还好，讲故事让她渐渐放松。接着，他们聊起推理小说，她表现出对本土推理小说和推理之神的不屑，果然激起了他的兴致。当他问及她的名字时，她犹豫了一秒钟，是用真名还是假名？那一秒钟里她想到了谐音“林”，这样最好，既避免自己的姓被他知道，因为“凌”姓太少见，也不至于撒谎，万一他不是自己要找的人呢？

果然他听到的是“林”而不是“凌”。

得开始行动了，她将手伸进裙子的小口袋，那个小药丸还乖乖地躺着。她拿了两杯啤酒，在给他的那一杯里放了半粒。她曾经试过，半粒安眠药加一杯啤酒，还没喝到一半，她就睡过去了。趁他刚开始喝，有点醉意还没有倒下之际，她给他看她和夏菲菲的合影，当然都是经过处理的图片。没想到他的酒量和自控力惊人，半粒安眠药加一大杯啤酒居然没事。于是，她在给他的第三杯里放了剩下的半粒，终于他快倒下了，她赶紧过去，问了他的地址，将他扶上出租车。

她如愿进入了他的住所。他去了卫生间，她快速扫视屋内，一眼就发现书架上有一本书:《王昌龄诗歌研究》。她的心一阵狂跳，小心抽出那本书，已经落了灰。打开扉页，看到熟悉的字体：志当存高远。她听到马桶冲水的声音，迅速把书放回书架，回到屋子中央。他出来了，她掉头就走。

他果然就是高远，就是那个人！当她从萧枫那里得知他的年龄、毕业院校和所学专业后，她又查了一遍江宁大学那几届中文系毕业的学生名单，根本没有叫高行知的。她今天到他家，是为了查找他的学位证书。她原本是想等他睡着以后再翻找，没想到一眼就看见了书和签名，这让她无法自持，只有夺门而逃。

然而，正如他今晚在酒吧里所说，一本书并不能完全证明他的身份，她还需要了解他的学校和专业，他对王昌龄诗歌是否有研究。

次日又发生了很多事。她潜入苗若风的别墅，找到了受益人为顾正辉的保单。之后她抱着试试看的心态，去了顾正辉的小区，却意外从保安那里套出重要信息：顾可能和苗若风有约，要去苗若风的别墅，但他却没坐电梯，意欲制造留在家中的不在场证明。下午，顾正辉上门，她和父亲提取了他的指纹，和保单上的一致，说明顾正辉看过保单，但他却矢口否认。种种迹象表明，顾正辉有嫌疑。

脑子里倏忽冒出一个念头，她开始吓了一跳，转念一想，有何不可？走一步看一步，一切都是未知数。这样最有意思，即使不成功，也不会不可控。不就写一篇日更小说吗？大不了，就不写了。

她为这个刚露头的计划兴奋，和父亲聊完案情，就匆匆赶回侨城花园，开始动笔写小说。前一天，她发了试水邮件，提到了陶渊明的《停云》。她猜测会引起他的注意，这是母亲最喜欢的诗之一，母亲在自己的诗词著作里写过。今天，她要写一个故事的开头，她选择日更方式，一来因为案件的走向未定，二来每天更新的小说更容易吊起阅读人的胃口。

她坐到电脑前，敲下“推理作家之死”。用这个做小说名字，身为推理作家的他，一定会有兴趣吧。用什么视角叙述呢？故事比较简单，第一人称吧，这也是他的处女作《西江月》里用到的。人物名字呢？他是个重视细节的人，情节可以老套，名字不能马虎。

他喜欢诗词，名字得有点古意。她拿起桌上的《苏轼诗词》翻看，寻找灵感。

雪沫乳花浮午盏，蓼茸蒿笋试春盘。人间有味是清欢。

好一个“人间有味是清欢”。“清欢”，好听，女推理作家就叫何清欢了。她在纸上写下“何清欢”。

渐月华收练，晨霜耿耿；云山摛锦，朝露溥溥。

苏轼写给弟弟子由的这首《沁园春》一直是她喜爱的，她记得有首歌曲也用了这首诗。“耿云山”，何清欢的前夫就叫这个了。

何清欢的情人是个小白脸，就“沐小白”了。她在心里说，对不住了，沐保安，借用一下你好听的姓。警察叫什么呢？总不能叫郑炜吧，那个宋宁的名字倒是可以借用。老子说：“天得一以清，地得一以宁。”就叫“宋一宁”好了。

至于“我”嘛，古灵精怪，“神得一以灵”，“灵儿”，一个名字跃入脑海。

大功告成！她拿起写满名字的信纸端详，抿嘴一笑。名字都颇有古意，不像是都市红尘中人。何清欢和耿云山的背景交代，明天再说。她得先问问星如，征得她的同意，否则，就要换一种写法。不过，她估计星如会同意。

昨天设置的时间和IP地址看来效果不错，他猜测作者不在国内。今天丢上松鼠，勾起他对英国的联想，那是他一辈子难以忘怀的回忆。深夜松鼠的萌眼，嘿嘿，想到这儿，她得意地笑了，让他来发现漏洞吧。如果他察觉了作者身份，也不至于觉得太容易，总要发现点对手的破绽才有快感。

人们总是不相信唾手可得的东西，喜欢探究表象背后的深意。一旦发现背后的东西和表象不一致，就会格外高兴，以为自己的智商高人一等。就像推理小说里，嫌疑人不会直接把误导证据丢给警察，而是制造一系列麻烦，让警察去调查。警察调查中获取早已被嫌疑人设置好的证据，以为是自己千辛万苦侦察得来的，如获至宝，殊不知却中了圈套。

让他自己去发现，作者的身份，以及这个故事和苗、顾的关系。

真的东西要做得像假的一样，太真了反而让人以为是假的。

真相藏在谎言里，才会令人有探究的欲望。

晚上，她去了酒吧，她还需进一步验证他的身份。当然，还有其他任务：展现她和夏菲菲不一般的关系，以及夏菲菲的价值，即会帮忙介绍顾正辉。还有，下一个“药引”，也就是心理暗示。丢几句话、一个观点，等于埋一个“药引”，说不定在某些时候，可以影响他的最终决定。今晚，她要在他的潜意识里，植入“为了实现目标应该不择手段”的念头。前一天晚上，她之所以说自己没有读《一剪梅》，一是先打击他，勾起他的好奇心和好胜心，二也是便于今晚着重说说《一剪梅》的结局。她希望他像她假设的人物那样，释放野心，爆发小宇宙，用大佬的软肋要挟大佬。

月下吟诗，她主动念出王昌龄的诗句。果然，勾起他极大的兴致，说出自己的专业，毕业论文写的是王昌龄的诗歌。这些信息一对照，他是高远确凿无疑了。

接下来，就要看小说怎么写了。

她去找了顾星如。星如说苗若风半年前查出脑瘤，却一直没有告诉她。星如伤心欲绝，摇撼着问她，妈妈是不是因我而走。那一瞬间，她也在扪心自问。

凌钰说了自己痛失母亲的经历，也告诉星如，当年自己靠疯狂阅读推理小说来转移注意力，排遣心里的痛苦。她知道星如是绣春刀和推理之神的忠粉，于是说，绣春刀老师在平台上推出了针对新人的总编邮箱，新人可以直接和他对话，你何不试试？星如说，我的文笔不行，也没故事写。凌钰说，目前你正在经历的不是故事吗？星如问，写出来会公开吗？凌钰说，不会的，只有老师一个人看，如果要公开，他会征求作者的同意。星如说，那你来写吧，你文笔好，比我还要熟悉案情，你写了也给我发一份。凌钰说，我想用每天更新的方式写，一来事件调查还在进行中，二来也可以引起老师的关注。昨天刚写了开头，我发给你看看。星如说，好，我也想看看故事怎么走。

凌钰告别星如后，回家写作。昨天只开了个头，引出母亲的死有蹊跷，今天得奉上猛料，除了交代人物背景和关系，还要引出父亲可能有嫌疑，因为巨额保单的受益人是他。

凌钰写完发送后，开始思索。今天苗若风的讣告发了，高行知会不会因此联想到什么呢？听萧枫说，公司的二把手冯碧，在娱乐圈有一些人脉。顾正辉三天进了两次公安局，消息灵通人士肯定获知。不知道冯碧会不会嗅出点不寻常的味道，并且和高交流呢？

她正胡思乱想之际，听到“叮”的一声，新邮件来了。他问她小说的灵感从何而来，又问她何时回国，叫她去公司实习。看来鱼儿咬钩了。晚上他来酒吧，她告诉他，顾正辉在资金上遇到了麻烦，让他相信，小说里写的和现实生活对应。他问她，是否可以帮他介绍影视公司，他急需卖掉《一剪梅》给家里人治病。需要用钱就好，她心道。没想到，他突然问她要《罂粟花》大纲，说想学习。说学习就好了，还说什么得为《一剪梅》写故事大纲找借鉴。撒谎都不事先打草稿。明明已经给顾正辉公司发过大纲，没有作者只发一本书给影视公司而不写故事大纲的。看来他对我的身份有所怀疑了。不过料他也找不到什么，剧本里提到酒吧，有场景，但酒吧女这种无名小角色，不会把演员名字写到故事大纲里。

接下来，要给他继续埋一个“药引”：赚大钱要靠内幕消息，而来自源头的内部消息最可靠。最后，还要让他看到手臂的伤疤。人们总是会同情弱者，相信弱者。

晚上她回去更新了小说，揭示了保单上的指纹来自顾正辉。她设置了第二天早上定时发送。

如她所料，抛出“保单的指纹是顾正辉的”之后，他要求添加个人微信，她用另一个微信号加了他。他居然用星如来试探她，真是好笑。她现在当然不能承认，继续装呗。为了让他发现破绽，她称他为高老师，她相信星如并不知道他的本名。她提议下午线下见面，他同意了。

凌钰在和高行知微信沟通时，也竖着耳朵倾听客厅里凌思远和郑炜的对话。他们的分析印证了她的推测。其实从她得知苗若风患脑瘤后，就有一种预感，苗若风是自杀的。只是，顾正辉为什么刻意制造不在场证明？难道，顾真是带着杀心去的？不管如何，这枚指纹都是顾正辉的软肋，可以利用它。

现在需要星如出现了。如果自己去见，他会怀疑小说里细节的真实性；如果星如出现，他肯定不会怀疑。她找到星如，说不知道该如何往下写，问她想不想见绣春刀，谈谈小说创作。星如低头沉思了一会儿，说，我也想见见老师，听他说说什么结局好。

他和星如见面后，如她所料，发现星如不是作者，且怀疑是她写的。然后，他们见了面。新的场合下的见面，不再是惺惺相惜、谈诗论文的同好，而是各怀心事、见招拆招的对手。

她和盘托出。对待聪明人，实话实说是成本最低、最有效的沟通方式，也是最容易获取对方信任的方式。何况，她兜这么一大圈，不就是希望他来发现她要讲述的内容吗？

该和他说什么呢？一、独家"内幕消息"——顾正辉留在保单上的指纹，只有我有，警察没有，必要时可以要挟顾。二、苗若风是自杀，顾正辉不会有事。

有这两点，足以让顾买他的小说。他为了赚钱、成名，敢于剽窃新人的作品，还有什么做不出来的呢？只要他知道顾正辉最终没事，而他又握有顾不可告人的秘密，他肯定会以此要挟顾签约。

这是她最初的假设。但在和他聊了几句后，这个设定悄悄动摇了。她忽而想到，万一他不是为了钱不择手段的人呢？即使顾正辉最终没事，但顾带着杀心去现场，也是很可怕的。他是否会同这样的人合作呢？

还好，当他问到"顾是否去过现场"时，她及时阻止了自己脱口而出那个"是"。如果回答"是"，他还会问一系列问题，对这些问题的分析和解答，难免不带出"顾带着杀心，所以才能避开监控、不留痕迹并且自称没有去过现场"。其实，除了死者，没有人能证明顾到过现场。他可能真是没去呢？顺着这个思路，她很快有了另一个版本，等到编不下去的时候，就说死者的心理无从揣度。再想想，其实不管哪个版本，都有说不通的地方。真相并不重要，重要的是，不能让他对顾的人品产生怀疑，得将顾完全撇清。

即便如此，他好像还是对"内幕消息"兴趣不大，居然提出将"内幕消息”交给警察，她有点不悦，不知道这是他内心的真实想法，还是对她不够信任的试探。她也需要做一次试探。她去了趟卫生间，卫生间有点远，她又故意拖延时间，希望他能翻看她放在椅子上的背包，里面安静躺着有指纹的保单。当然，她做过记号，只要他打开包，她就会发现。包里还有一本旧的《一剪梅》，上面做满了记号。如果他看到，就会发觉她之前说的“没有看过《一剪梅》”是撒谎。为什么要撒谎？暗恋一个人才会撒谎，女孩子的小心思。可惜她的这些小心思都白费了，他没有打开包。

翌日，星如叫她过去，她看到了苗若风发给女儿的遗书。悲伤过后，凌钰冷静思索。从看到星如珍藏顾正辉送的芭比娃娃，到星如听了高行知的建议后不再更新小说，凌钰预感，她会放顾正辉一条生路。就在一天前，星如和高聊完小说结局后，还和她见了面。星如说了和高行知沟通的细节，凌钰也告诉她郑炜的调查和推测，以及郑炜说自杀结案需要遗书。那么，这封迟来的遗书，真的是苗若风发送的吗？还是星如掌握或者破译了她母亲邮箱的密码？然而，这些似乎都不重要了。

从星如住所出来后，凌钰马上联系高行知见面。这可是最好的时点。顾正辉即将彻底无事，但此时他本人并不知道，至少要明天上午，星如去了公安局以后才知道。那么，在这之前，留有指纹的保单对顾就有威慑力。即使顾没杀人，也没去过现场，但这份有指纹的保单如果上传到网上，对他的声誉将是毁灭性打击。他绝不希望节外生枝。

她把这个“稍纵即逝”的机会告诉他，要他去找顾签约，他却十分犹豫。她不知道他是担心顾有事，还是顾忌这种方式胜之不武。不管他用不用这个“软肋”，她都得直接去找顾正辉，确保万无一失。

她和高行知分开后，马上给顾正辉电话，抛出保单上的指纹。果然顾正辉有点慌，同意马上和她见面。他们在市民中心附近的中心书店见了面，书店人多，且都在浏览书籍，没有人会注意两个戴口罩的人。她给他看了保单封面和写着受益人名字的一页，顾正辉眼神发虚。她说你别紧张，我不会敲诈你，只是需要你配合演戏，事成后我会把保单给你。顾正辉问，怎么演？她说，戏有好几出，今天下午交流会上的一出，是前奏。绣春刀，也就是高行知会去。你先等着他找你。如果他不找你，你一定要去找他，叫他明天上午去你公司谈合作。顾正辉说，我知道他的真名，但没见过他真人，也没见过照片，我如何找他？凌钰掏出手机，给她看了她刚偷拍的高行知的照片。顾正辉看了看，用手机拍了下来，说，这不难，那明天怎么做呢？凌钰说，你准备一份协议。然后如此这般的一番交代。

一切都在按她的计划走，偶尔有些变数。父亲的出现在她的意料之外。虽然，她戴上玉竹项链，就是为了亮明自己的身份，但父亲说高是她一直在找的人，这不是揭穿了她复仇的意图吗？还好，他已经签下天价协议，即使怀疑，也已回天无力。至于最后，他是否会按照她所暗示的方式自裁，只能看天意了。父亲还蛮横地要求她回家。那一刻，她恼怒异常，终于发作，将积压二十多年对父亲的怨气一股脑儿发泄出来。从小，父亲就是一个模糊的存在。饿了，是母亲喂她；撒娇时，扑进母亲的怀里；母亲教她唱歌、背诗，母亲带她看春天的花花草草，和她一起在冬天的雪地里雀跃奔跑。父亲，从来都是缺席或者面目模糊的。即使一家三口出去玩，父亲也是要么一言不发，埋头想自己的事，要么不停接电话、看手机，要么对她呵斥指责。

和父母的关系，是她心底永远的苦和痛。爱她的母亲，离她而去；冷硬的父亲，不仅帮不上忙，还对她的生活指手画脚。

她想到顾星如。她比自己还要惨呵，她是怎么解脱的呢？她去找了星如。星如开始钻研茶道了，状态不错。星如还叫她去清香茶苑，并要她向郑炜转交一袋樱草花茶。她在清香茶苑发现了樱草花茶的秘密。原来，苗若风特意在樱草花茶中下毒，是给女儿留下死亡遗言啊！她们一起上过花茶培训课，她知道女儿会懂她。“除了你，别无所爱”。苗若风对顾正辉的这份爱，通过樱草花茶告诉了女儿。星如一开始就知道苗若风的用意，所以最后也选择原谅顾正辉。

那我呢？母亲不是也用诗句给我暗示了吗？可是，真的要放过那个人吗？不！凌钰在心底毅然否定。顾正辉是星如的亲生父亲，她当然会选择原谅，可是那个人，什么都不是！而且，苗若风是自尽，因为饱受绝症和抑郁症的双重折磨。可是母亲，那么明丽健康，如果不是因为该死的照片，绝对不会轻生。他害死母亲，难道不应该受到惩罚吗？

死不足惜！

没有多少时间了，明天就是母亲的忌日。她闭上眼睛，揉搓着手臂上的伤疤，把未来要做的事在心里又捋了一遍。

抄袭必须曝光，这是千载难逢摧毁他的机会。希望萧枫不要心软。她决定买上一盒茶具和一袋柠檬草茶，送给高行知，让萧枫看到，或许会激起他的“斗志”。

后面的发展也在她的计划之中。萧枫虽有犹豫，但她以正义之名说服了他。剽窃曝光了，高行知约她在酒吧见面，最后的对决终于来临。她缓缓行走在干涸焦灼的大地，心里一遍遍对自己说，终于等到了这最后的一刻，不能有差错，也绝不能心软。

九年前，她定下复仇的目标。为了复仇，她进了推理社，她学了心理学、表演、刑侦和跆拳道。他是成年男人，她没有能力刺杀他，最好的方法就是让他自己去死，让他在万念俱灰和癫狂迷醉的状态下跳楼自尽，就像母亲当年一样。

如何摧毁一个人？剥夺他的一切，他的物质和精神，他的钱财、梦想、爱情、声名、才能，他赖以生存的基本条件，让他背上这辈子都不可能还清的债务，看不到希望，生不如死。当然，她也深知，即使摧毁一个人的物质和信念，个体仍有极强的求生欲望，特别是像高行知这样一个长期在夹缝里求生存的人。个体自杀常有极大的冲动性，很多自杀都是在冲动中完成的。想让他自裁，就需要在特定条件下，对他进行催眠。

但单一的催眠无法达到致命的效果，她需要对他实施三重催眠：艺术（诗词）、爱情和酒。它们都可以使人放纵情绪，达到痛苦又极乐的癫狂状态。诗词可以催眠，酒能麻痹神经，爱情更不用说了，为爱人献身，和爱人在同一天以同样的方式死去，是多么神圣。那晚他们吃饭时，她告诉他，柳筠坠楼前饮酒吟诗，暗示他也应该这么做。醉酒中，想象自己是李白，可以飞天，可以捞月，可以和爱人一样没有痛苦地浪漫而死。这对于高行知，是致命的浪漫。高行知走投无路，心理脆弱之际又大量饮酒，神志不清，此时，他跳楼自行了断，是完全可能的。

而他，也在一步步朝着她预设的方向走。可她，为何在最后一刻动摇了？因为他对她彼时艰难处境的体恤，因为他对她复仇深层原因的洞悉，还是因为他对母亲的深情，以及母亲对他的至死不渝？甚或，是因为恐惧？当他朗诵李白的《临终歌》时，一种似曾相识的恐怖紧紧揪住了她的心，她赶紧背过身去，给萧枫发了短信：速来酒吧天台！

当萧枫将他从栏杆上拽下来那一刻，她一直悬着的心终于落地。她这才发现，衣服早已汗透。

一直以来，她是多么盼望他死，而且是死在她面前。然而，当他真的要跳楼时，她感到无比恐惧。无论如何，她都不忍看到一个活生生的生命在她眼前灰飞烟灭。如果他刚才真的栽下去了，此刻她还能安享月色吗？她不敢想象。

一切都结束了，终于结束了。她叹息一声，从天台地上站起来。她给萧枫留言，说想一个人静静，先走了。这个善良阳光的男孩，一直都对自己这么好，自己却利用了他，怎么还有脸面见他？

她时常回忆，18 岁那年，平生第一次偎依在男生怀里，红酒的香味、男人的气息，熏得她晕晕乎乎，居然令她说出了“进推理社是为了给坠亡的母亲复仇”。酒醒后，她追悔莫及。她不能忘乎所以，她不能忘记母亲的耻辱和自己的使命。她知道自己不能动心，否则就会像母亲一样，堕入万劫不复的深渊。没有“桃花开”，就不会有“秋扇捐”，更不会空有“明月悬”。她要做一棵高大笔挺的木棉树，她要做一个惩恶扬善的独行侠。爱情，不是她能触碰的。她狠心拒绝了萧枫。她以为，他们再也不可能做朋友了，没想到，后来他们的关系却比之前更紧密、更牢靠。他是兄长，是战友，也是知己吗？除了这一件事，这一件压抑了她九年的心事，她对他，几乎无所不谈。这件事，终于结束了，也许今后，可以向他敞开心扉了，但他会理解她、原谅她吗？

月光皎洁。她怀着索然情绪在街巷漫步，胸口有一块铅，沉甸甸的。她曾经和高行知在此并肩而行。说起诗歌，他的眼里闪着光，她不敢看他。几天的时间，沧海桑田。青白的月光从摇曳的树叶间筛落，地上的影子斑斑驳驳。她闭上眼睛，微抬额头，迎接月华的温柔触摸。眼泪，却禁不住一颗颗滴落。为什么，我报复了他，却没有一丝快乐，反而有重重的失落？为什么，我成功了，却感到深深的挫败和对自己浓浓的厌弃？为什么我一定要复仇？因为我爱你呀，妈妈！她睁开泪水模糊的双眼，凝望着天上遥不可及的月亮，终于喊出了声："妈妈，你在哪里？妈妈，你告诉我，我该怎么办啊？"

她哀婉的声音，划破了暗夜里凝结的沉重寂寥。她忍不住失声痛哭。

第九章　两周后

1 一片冰心在玉壶

福建安溪，清江山下。

早上7点，天已经大亮，一大片绿油油的茶园沐浴在暖洋洋的晨光里。一群采茶姑娘正挎着背篓弯腰劳作，凌钰和顾星如也在其中。

两周前，她们来到西华镇茶科所学习茶文化，包括茶叶知识、茶叶鉴赏、冲泡艺术、茶叶采摘方法和制作工艺等。龚所长亲自教她们茶叶知识。他说，铁观音有春茶、夏茶和秋茶，以春茶质量最好，夏茶最次。因为夏天天气炎热，茶树新的梢芽叶生长迅速，使得浸出物相对减少，茶汤较空，甚至还有点苦涩，而且夏天蚊虫多，农药施用相对较多。

茶科所养护的茶园不采夏茶，龚所长帮她们找了一家茶园实习。绝大多数茶园的采摘都用上了机器，手工采摘的极少，龚所长颇费了一番周折，说服一家茶园人工和机器并用，“早青”用人工，即在早上9点之前采摘。

夏茶的采摘时间是夏至前后，俩姑娘学了十天的茶叶知识和冲泡技艺后，才去茶园实地劳作。她们从未干过农活，累得腰酸背痛，脸上也晒得黑红，洋溢着健康的光泽。凌钰晚上头一挨枕头就睡着，一觉到天亮，再也没有梦魇。

“早青”之后的时间自由支配。凌钰关闭了手机，也不上网，让自己的全部身心浸润在大自然中。她带了柳筠写的陶渊明和王昌龄的鉴赏诗集。她喜欢黄昏时坐在房门外看书，望着青山绿树，一边品茶，一边读诗，享受着从未有过的怡静安宁。

好诗都有蕴光，有一种山水之外的东西。读诗让人心安，让人心性宁静疏朗。

上午10点，凌钰正在欣欣然吟诵“闻多素心人，乐与数晨夕”，望见龚所长走过来，晃着手里的大信封，说：“顾星如的快递。”凌钰接过来，看到信封底下写着“益诚律师事务所”，说：“我交给她。”

顾星如正在房间里打游戏。凌钰好奇地问：“怎么还有律师给你寄信？”星如立马放下手机，跳过来夺走信封，边拆边说：“怎么这么快。”她从信封里拿出几张纸，在凌钰眼前挥了挥，略带得意地说：“我买了《一剪梅》的影视改编权。”

“什么？”凌钰瞠目结舌，后面的潜台词她没说，那便是：你不知道它是抄袭的吗？

星如知道她会有此疑问，拉着她的手说：“坐下来，我和你慢慢说。”

高行知涉嫌剽窃的帖子发布后的第二天早上，顾星如出现在他的公寓门口。虽然他的道歉信和辞职信，明明白白地承认了错误，也承认了抄袭行为，但是顾星如不相信她崇拜的老师会抄袭，她不相信写出如此风雅文字和良善人性的作者会是骗子和盗贼。她找萧枫要了高行知的地址，她要当面问他。

高行知开门看到是她，一脸惊讶。他衣服整洁，神色淡静，没有她想象中的颓唐。萧枫告诉她地址的时候，说昨晚他喝了很多酒，差点跳楼，要她留意他的状态，她以为会见到一个萎靡不振的人。

地上堆满了书，还有几个纸箱子，有的箱子已经装满了书。

“您准备把书打包？寄到哪里？”她说。

“寄回老家，我准备回老家。”他淡淡道。

“为什么呀？”

“深城没有我的容身之地，或许，家乡的青山绿水，才是我的归宿吧。”

“可是，您真的抄袭了吗？”她忍不住问。

他默不作声。

“如果您一走了之，不就证明了抄袭是真的吗？”

“唉！”他叹一口气道，“抄不抄袭有那么重要吗？反正我都会走的。”

“当然重要！”顾星如语气干脆，掷地有声，“您是否抄袭，不仅关乎您的名誉，更关乎推理之神的声誉啊。推理之神的推文和小说，我每期必看，像我这样的读者还有很多。如果它的创始人靠抄袭起家，即使他离职了，推理之神由他人接管，这也是罩在它身上永远的阴影啊。它就像您的孩子，您不希望自己的孩子一辈子生活在阴影之下吧。”顾星如言辞恳切。

高行知沉吟一下，说：“你说得有道理，为了推理之神，我愿意做一些努力。可是，这事从何说起呢？不好说。”

“您慢慢说，从头说起，总会说清楚的。”

“好吧，我想想……我有个好朋友郭杰，他是我在深城唯一的朋友，也是我在壹世界的同事。我们以前常在一起玩故事接龙。他也是推理小说大赛的编辑，我们在一个组。有次我母亲生病，我回老家照顾，他还帮我看了好多稿子。也许，他从那些被淘汰的故事里获得了灵感。我看了帖子上提到的抄袭的小说，我都没看过。但那些创意，郭杰在故事接龙里说过，我也借鉴了。《西江月》和《青玉案》，借鉴的是零散的创意，我对它们做了组合嫁接，故事和人物都是我构思的。不过《一剪梅》确实用了《K线图之谜》的核心诡计，郭杰说是他的。他说我已经成名，写什么都会被追捧，而他文笔一般，且小说创作经验为零，即使他把这个故事写出来，也不会有人看，所以他想和我合作写稿。我实在喜欢那个故事，就答应了他的请求。”

“那怎么后来成了您一个人的了？”

“我写完小说发给他看，署了两个人的名字。他又提出建议，说我一个人署名比较好。他说我热度高，读者翘首期盼我的新作，陡然冒出与人合写的小说，会让读者感觉不适，对小说的推广也不利。我说那怎么行，小说的核心诡计是你的。他说你看这样行不行，你一个人得名，我要一半的利，小说出版和影视改编的收益，分我一半。我说那好吧，但我们要写个协议，把这事说一下。”

“协议你们签了吗？”

“签了。我一直以为核心创意是他的。和你父亲签合作协议之前，我给他打了电话，因为协议里有假一赔十的条款。他说没问题，签吧。”

“你和老顾签了购买合同？什么假一赔十？”

“如果小说不是原创的话，就要赔偿标的金额的10倍，标的金额1000万。”

“老顾这么舍得下血本吗？他债务缠身，到处融资，怎么可能拿出1000万现金。他付了吗？”顾星如追问。

“因为我母亲手术急需用钱，郭杰在美国欠的赌债也迫切要还，所以我当时找顾导要了100万，其他的还没付。”

“你这位郭同学可真是好哥们儿，知道创意是别人的，所以不敢署名，让你去顶包，万一出事，他还可以脚底抹油，收益他可是一分也不少要。”

“我不知道他当初什么心态，但是昨天帖子发布后，他给我打了电话，除了道歉之外还说要来承担，我说先等等。”

“为什么？这可关乎你的名誉啊！”顾星如急道。

“当时帖子发出后，舆论汹汹，群情激愤，都是一边倒抨击我的。如果他站出来说，那是他做的，没有人会相信，他和我都会被骂死。”

“但真相总要公布啊，要还你一个清白。”

“解铃还须系铃人。要和帖子的发布者沟通，让他来澄清，是最好的。”高行知说。

“你知道他是谁吗？”

“文章的署名是郭少侠，我推测他就是《K线图之谜》的作者风陵。”

“风陵又是谁呢？”

“是萧枫。”

“啊！是萧学长。”顾星如大吃一惊。

“这也是他为什么屈尊来推理之神的原因。”高行知苦笑。

“萧学长看起来嘻嘻哈哈的，没想到这么有心计啊。”

“也不能怪他，他这样做无可厚非。何况，他在推理之神做得很好，帮了我很多忙。”

“您和萧枫说过吗？”

“还没有，不知道如何开口，也不知道他会不会信。”

“要不，我来替您沟通吧。您把协议发给我，我找他说。”

“太感谢了！我一会儿找给你。”

“老顾那边，我也帮你说说。既然抄袭不是你做的，那这份你签的合同就应该作废。”顾星如说。

“对自己有利的事，谁会主动去废止呢？”高行知叹了一声说。

正说着，他的手机响了。真是“说曹操，曹操就到”，正是顾正辉的来电。

高行知接起电话，表情严肃，末了，他说了句“好的，谢谢”，就挂了。

“老顾怎么说？”顾星如连忙问。

“他说，没想到文章真的有抄袭，协议只是公司的标准文本。鉴于金额较大，他知道我拿不出，也不想为难我，所以合同作废，但我拿走的100万要还给他。”

“他有没有说还款期限？”

“他说最迟一个月。”

顾星如眨了眨大眼睛，说：“《一剪梅》我想买，100万，如何？”

“你？你为什么要买？”高行知惊讶地问。

“小说我看了好几遍，我喜欢这个故事。我希望它能拍成电影，让更多人了解，而不希望它因为版权的问题永远封于尘埃。”

“可是，现在我说了不算啊。”

“既然原作者是萧学长，那就好办了，我去找他，我相信版权问题会得到解决。”顾星如自信地说。

“太好了，我也希望这个故事能搬上大银幕。”

“那就这么说定了，我现在去找萧枫。您等着啊，您不会今天就回老家吧。”顾星如说。

“本来昨天就该走的，因为抄袭曝光从机场折返。作品版权代理以及公司股权转让的法律事务，我都委托给了李律师办理。你应该知道他，他是多家文化机构的法律顾问，星辰出版社也是他的客户。”

“李律师人很好，这次我妈妈离开，好多事多亏他帮忙。”

“对，他很专业，也很有耐心。协议签署的事你找他吧。”

“您这次回老家，还回来吗？”

高行知沉默一会儿，说：“随缘吧。”

顾星如告别高行知后，找到萧枫，和他说了与高行知的这番沟通。萧枫听着，神情肃然，末了，恨恨道："我害死老大了！其实我也感觉，老大不会做这样的事。"

"不是老师做的就好说，他的美国朋友找过你吗？"

"昨天中午地平线的编辑找我，说有个读者从美国打来电话，有万分紧急的事，要我马上回电。帖子发布后，不少读者找到地平线的编辑，说要联系作者，编辑都会把他们的电话转给我。我当时没在意，心想美国人咋还关心起中国的小说创作，就没有理，应该就是他。"

"那你现在怎么办？还要告吗？"顾星如问。

"我不知道这背后的事儿，这事因我而起，我来补救。"萧枫郑重地说。

"怎么补救？"

"郭少侠再发一个帖，说抄袭是误会。风陵和绣春刀早已私下达成协议，风陵授权绣春刀使用《K线图之谜》中的诡计，作品系二人合作，只是风陵放弃署名权。"

"那另外两篇呢？"

"这两篇其实抄袭痕迹并不明显，只能算融梗，我和原作者沟通一下。他们之前并没有想到要申诉，是我找到他们的，他们说让我全权代理此事。我可以说服他们撤销公开追偿，私下给他们一些补偿。"

"我想100万买《一剪梅》，你没意见吧？"

"怎么会！这是大好事。和顾导有关系吗？"

"跟老顾没关系，他之前和高老师签的假一赔十的合同也作废了。我是觉得故事好，也希望能帮高老师一把，他现在急需用钱。"

"学妹如此仗义，我真是惭愧。《一剪梅》的所有版权处理，都交给高老师，我会找律师出一个协议。"

"太好了，学长就是学长。"星如高兴道。

后续的事就都顺利了。郭少侠在网上重新发帖，舆论平息。萧枫和高行知也签了协议，《一剪梅》的版权和影视改编权都属于高行知。接着，顾星如和高行知签订了影视改编合作协议。萧枫执意不要50万。高行知说，这是你应得的，如果你自己用不着，可以用它去赔偿另外两位作者。这样一说，萧枫才收下。

星如绘声绘色地说着，凌钰心里波澜起伏。好几次，她都想打断星如的讲述，发表感言，但她忍住了，听到最后，她发现自己失语了。许久，她才挤出一句话："你怎么不早告诉我？"

"你每天不是发呆，就是读诗，哪敢打扰你清修啊。"星如笑嘻嘻地说。

"他离开深城了吗？"

"早就走了，具体我也不知道哪天，后来我都是和李律师联系的。我以为他是因为抄袭的事离开深城，但好像并不是。"星如若有所思道。

"什么意思？"

"李律师私下和我说，他在抄袭曝光前，曾经去过云和公司，高老师委托他全权代理自己的股权转让，他提出的方案是20%股份用作员工期权，另外20%赠与冯碧、萧枫，还有你。"

"给我？为什么？"凌钰目瞪口呆。

"是不是看上你的文笔，希望你去推理之神工作？可他为什么把自己的股权都无偿散了呢？我想来想去，只有一个解释。"

"什么？"

"明显是不想做，也不想在深城呆了。"

凌钰怔了好一会儿，突然问："李律师是哪一天去的？"

"具体他没说，怎么啦？"

"你有李律师照片吗？"

"有，马上找给你看。"星如连忙打开手机，翻出一张，说，"你认识他？"

那天凌钰提着茶具，从云和公司出来，萧枫发微信让她在楼下咖啡厅等。她一边刷手机，一边百无聊赖地望着窗外。一个穿着蓝条衬衣的高个男人从窗前走过，这个男人她有印象，几天前她去找星如，望见他从星如家的那栋楼走出来。原来他就是李律师。

"之前去你家，远远见过一眼。"凌钰说。

"对，就是他。我母亲去世后涉及到合同的事，都是他帮着办理的。"

"他赠与股权的事，我怎么不知道？李律师没有找我。"凌钰说。

“我还没说完呢。抄袭曝光后，高老师又找到李律师，说股权赠与收回，改成在市场找买家卖掉。这不难理解，老顾和他签了一个假一赔十的要命协议，如果面临赔偿，肯定需要大笔资金。但是，但是，这次更奇怪了。”顾星如加重了语气，故意停下来。

“什么？”凌钰的心里，蓦地揪了一下，不知道她又要爆什么猛料，她的小心脏禁不起更大刺激了。

“高老师要李律师立遗嘱。”

“遗嘱？写什么？”凌钰心头猛然一震。

“大概是，卖掉股权的钱，偿还老顾和作者，若有剩余，留给他母亲。”

“这样……”凌钰一遍又一遍地念叨，竭力用平静掩饰着内心的狂风巨浪。

“难道抄袭曝光后他就不想活了吗？萧学长还说他是酒喝多了，一时想不开呢。”星如说。

“我……我有点不舒服，先休息一会儿。”凌钰实在撑不下去了，她强作镇定，稳住步子，慢慢走回自己房间。

原来他早就想好了要去死，还以为是自己的手段发生了作用。真是可笑啊，什么试探、什么药引、什么三重催眠，那些自以为是的花招，其实没有一样起作用，因为那些伎俩只对恶人有效。

当心计遇见善良，只会分崩离析，碎了一地。

可是，既然他看出了我设的陷阱，为什么还要往里面跳？他又是从什么时候开始察觉的呢？

父亲出现的那个晚上，他无疑是知道了我的身份。第二天，我去他的办公室找他，后来李律师也去了。那时候他就决定散尽股份，离开深城。他已经和顾正辉签了协议，他没想到协议会出问题，他想着有 500 万也够母亲和他生活了。可是，紧接着抄袭曝光，把他的设想都打乱了，他找李律师改了协议。但是，他为什么想到死呢？明明他也知道，他不是真正的抄袭者，而且原作者又是萧枫，只要在风波过后，找萧枫说明原委，所有事情都可能回旋。顾的协议可以撤销，推理之神也可以由他继续经营。即使卖掉股份离开深城，也可以回老家和母亲生活，他完全用不着去死啊！

难道，他是要用这种最残酷的方式，让我看到最可怕的后果，以此来撼动我醒悟？这可是以命相赌啊，万一掉下去了呢？

她不敢再往下想。

那天晚上，她失眠了，好不容易获得的内心平静又被打破了，悔恨和愧疚啃噬着她年轻的心。瞧我都做了些什么啊，妈妈，我该怎么办？怎么办？她在黑暗中大睁着眼睛，仿佛那里有她看不见摸不着却一直想要找寻的东西。一直到快天明，她才迷迷糊糊堕入梦乡。在梦里，妈妈穿着白纱长裙，走得飞快，裙裾飘飘。她在后面蹒跚地跟，拼命去拉妈妈的手，却总是抓不到，急得大哭。

妈妈回过头，走到她面前，蹲下来，捏捏她胖嘟嘟的小脸蛋，笑吟吟地说："小钰儿为什么哭呀？"

"妈妈我该怎么办？我做了好多错事。"她哭着说。

"你不是在做茶吗？你不是在读诗吗？到茶中、诗中，到大自然中去找。"

"可是我找不到哇。"

妈妈在她脸上亲了一下，说："好诗看起来写的是山水，其实都是自然之道，也是生命本真的样子。走进自然，走进自己的内心，让它安静下来，体会生命的本质。茶亦是如此……"妈妈的声音越来越低，直至飘然远去。

"妈妈，你别走啊，等等我——"她大喊，然后挣醒了。

熹微的晨曦透过窗棂，映着她脸上的斑斑泪痕，"吱——"她听到了窗外鸟儿的一声欢鸣。

2 另一种朋友

云和公司总经理办公室，门开着。

萧枫敲了敲门，走了进去。

冯碧迎上前来，笑眯眯地说："萧大总编快请进。"

"冯总别见笑，我只是代理。"

"才几天就生分了，别叫冯总，还叫碧姐，过来喝杯茶。"冯碧说。

“你这边找到人了吗？我之前就说了最多代理一个月。”萧枫说。

“虽然我知道庙小留不住大菩萨，但现在公司出了这么大的事，哪里那么容易找到总编啊。看在高老师那么器重你的分上，你也得留下来。”冯碧嗔怪道。

“好吧，那你们尽快找人，三个月吧，肯定能找到了。”

“算你还有点良心，准备去哪里高就？”冯碧说。

“不知道，可能开个推理馆吧，自由自在，反正家里还有一套别墅，空着也是空着，正好可以废物利用。”

“啧啧。”冯碧咂着嘴，“萧公子真是低调豪奢，别墅做推理馆。”

“谢谢你这一年来对我的关照。”萧枫说。

“别客气。要谢的是我呀，你帮我赚了这么多钱，要不是交给你打理，早亏光了。”

“对了，你那个股票账户，已经到了合约期，我也没有精力再管。明天开始，你全权操作吧。如果需要，我帮你卖了，你自己再做其他安排。”

“哎呀，萧公子别这么绝情嘛。不需要咱了，也要留个念想嘛。我那点钱，房子首付差得远，其他开销也用不着，您就继续帮我管着吧，抽多少佣金都成。我就继续给您端茶倒水，只要您不嫌弃。”冯碧笑着说，接着开始烧水，清洗茶具。

“给人炒股压力大，自己的钱亏了也就罢了，别人的钱，亏不起。”

“你哪里还会亏啊，赚钱赚到手软的，年纪轻轻就财务自由，不知道哪个女孩子有福气抓住你。”

萧枫面露尴尬，推了推眼镜，说：“没有亏怎么会赚呢，早些年将我爸给我的原始资金都亏光了。这两年感觉好一点，但不一定一直好运。”

冯碧将茶泡好，双手捧起，低头奉茶：“恭请萧公子饮茶。”

萧枫接过，道了一声谢。

冯碧也端起茶，吹了吹，说：“《K线图之谜》是你写的吧？”

“你怎么知道？”萧枫问，但语气并无惊讶。

“你对他的背景这么有兴趣，尤其是他在壹世界的工作经历，还要我介绍你认识壹世界的编辑，这些都不会只是为了满足好奇心吧。而且你对推理和炒股都这么在行，能写出《K线图之谜》的，非你莫属。”

“懂推理又会炒股的人多了去，为什么一定是我。”萧枫说。

“因为你的名字：风陵。‘风’是你的‘枫’，‘陵’，自然是你喜欢的女孩的名字了。”

萧枫耸了耸肩，不置可否。

“是不是那天来的那个女孩？”冯碧问。

“你怎么知道？”这回萧枫惊讶了。

“嘿嘿。”冯碧翘了翘嘴角，“这种事，还能瞒得住我吗？我可是火眼金睛，喜欢一个人，看她的眼神都不一样。”

“忘了你在八卦公司工作过。”萧枫笑了。

“我后来找前台妹子问了，她叫凌钰，就是你的‘陵’，难道她喜欢高老师？”

萧枫迟疑了一下，说：“那是一场……误会。”

“那就好。你是有机会的，她对你有好感。”

“是吗？”

“她明明认识你，进来和出去都看到你了，却故意不看你，反而说明她很在意你。如果她只是把你当普通朋友，她尽可大方地同你打招呼，至少可以眼神示意，可她却一眼都不看你，说明她知道你介意她去找高行知，而她，也在意你这种介意。”

萧枫淡淡道：“随缘吧。”停了一会儿，他说：“那天晚上你来之前，老师表弟打来电话，是我接的。这些年他每个月都要给他母亲寄钱治病，数目不小，最近他母亲病情恶化，需要一大笔钱做手术。”

“怪不得，他前段时间还叫我找机构买他的股权，我劝他暂时不要卖。他怎么不找我们借钱呢？”冯碧说。

“也许，他习惯了什么事都一个人扛吧。”萧枫叹了一声，“他的股权转让有眉目了吗？”

“王董事长找了一个他的朋友接盘，价格非常低。他给你的5%干股，你真的不要了吗？”

“我是散木，不堪大任，留给有用的人吧。何况，我都要走了。”

“你为什么一定要走呢？你留下来做内容，我做市场，公司一定会做大。你说过，不希望推理之神这块牌子倒了。相信你在公司干了一年多，也有感情。”

“唉！”萧枫叹了一口气，“我做的事，迟早同事都会知道。真是惭愧，自己的一点小事，搞成这样，差点酿成大祸。”

“也不能说没有价值，你的举报净化了创作环境。几个大平台包括壹世界都开展了自查自纠，所有来稿都要求作者写故事大纲，大纲必须有两个编辑审阅，避免一人定乾坤。”冯碧说。

“但是苦了老师。”

“抄袭澄清后，老师可以继续留在公司的，但他去意已决。”

“老师离开深城了吗？”

“那天晚上之后，我再没见过他。他委托李律师全权代理他的事，应该早就走了。”

“江湖上只有他的传说了。”萧枫叹息。

第十章　一个月后

1 意外的后手

顾正辉满面春风地走进办公室，今天他的心情特别好。《罂粟花》明天开机，不仅前期准备撤资的投资人没有撤，还追加了投资。

苗若风的事算是彻底过去了。

凌钰在高行知剽窃曝光的第二天来找他，提出不要对高追偿违约金。顾正辉不知道她为什么改变主意，他其实也没想过真的找高要一个亿，他知道高把自己卖几次都凑不出这么多钱。

苗若风去世几天后，凌钰约他见面，说发现了留有他的指纹的保险合同。顾正辉胆战心惊，唯恐她提出天价条件。还好，她只是要他配合演几出戏。这有何难？他的工作就是教人演戏。

他想凌钰一定是为了报复高，至于他们之间有什么过节，他猜不出也没兴趣了解。但他知道自己不能得罪凌钰，这个冷艳机警的女孩，不仅能影响女儿，而且还掌握着他致命的信息。

一切都按照他们设想的方案进行，眼看好戏快演完了，高行知好像发现了不对劲，提出当场打款 100 万。顾正辉一阵肉疼。没办法，他只有赶紧给凌钰发信息，凌钰说答应他。他想想也只有照办，100 万虽然心疼，但不至于伤筋动骨，眼前息事宁人最重要。如果引起网络关注，他多少是有些说不清的。一旦负面新闻缠身，被观众抛弃，他的职业生涯就完了，那损失就是以亿计，而不是区区 100 万了。还好，100 万最后也要回来了。

他翻出协议给了凌钰，当着她的面给高行知打了电话，说合同作废，但给的 100 万要退回，高行知说好。

凌钰说感谢他的配合，末了意味深长地告诉他一则信息。她说苗若风走之前喝的是樱草花茶，清香茶苑有售，苗若风还在那里上了花茶培训课，叫他有空去看看。他去了，看到了花茶培训的照片和花茶寓意，心情久久难以平静，当天晚上却睡了个好觉。从苗若风去世，更确切地说，从 3 月份去苗若风的别墅后，他就没有睡过一个安稳觉，晚上经常噩梦不断。

如今，一切终于过去了。

正在这时，周助理敲门进来，怀里抱着一个纸箱子。

"顾导，你的快递。"

"谢谢，放桌子上吧。"

周助理离开后，顾正辉拆开包装，里面整整齐齐摆放着十三个漂漂亮亮、干干净净的芭比娃娃。她们的长相、发型、服饰都不一样，这是他亲自在网上下单购买的。他知道星如喜欢金发的芭比娃娃，于是多买了几个。星如一岁开始的每个生日，他都会买一个芭比娃娃送给她。星如过完 10 岁生日后，他和苗若风离婚，此后再也没有买。到如今，他欠了女儿十三个芭比娃娃。父女俩也有十三年没在一个桌子上吃饭了。

一个月前，星如和凌钰一起去福建安溪走访茶园，学习茶艺。他是听万晓红说的，连忙托她安排好两个姑娘的食宿和学习，并叮嘱她不要让她们知道。

昨天星如从福建回深城，他打电话过去，星如谈及自己的学茶经历，他立即说想一起吃个饭，听她当面聊聊，星如同意了。

顾正辉喜不自胜，马上在网上搜索芭比娃娃，挑了又挑，订购了十三个，又吩咐周助理订好今晚吃饭的饭店。如今，一切安排妥当。明天正式开机，今天上午正好不忙，可以在办公室沏一壶好茶，享受浮生半日闲暇。

顾正辉一边品茶，一边打开电脑。桌面电脑很久没有开启了，这段时间大多在外面跑，忙着和投资人联络，还有电影开机前的各种准备。

他登录了自己的私人邮箱。工作邮箱有助理打理，私人邮箱邮件很少，大多是垃圾邮件，他平时也不常看。

打开邮箱，一如既往的一堆垃圾邮件，他快速扫描那些垃圾邮件，打上钩，准备一起删除。忽然，他的目光在一封邮件上停住了，这是一周前发送的，发件人是一串奇怪的字符，一看就是垃圾邮件，只是邮件主题耸人听闻，“你不可不看的视频”，而且在后面打了三个红色感叹号。顾正辉好奇地点开，邮箱地址是一串陌生的字母，邮件正文空白，附件里有一个视频文件。顾正辉犹豫片刻，还是点开了文件。

画面展开后，顾正辉不由得瞪大眼睛，他用手捂住嘴巴，下意识地四处张望，看到房间的门还开着，迅速走过去关上门，拧紧锁扣，又连忙放下百叶帘。一切做完后，他抚着突突跳动的胸口，慢慢挪到电脑前。其实根本不用看，从第一张画面跳出来，他就知道后面是什么了，然而，一种混杂着恐惧和好奇的冲动，驱使他继续观看。

画面里是一间房子的客厅，一个男人坐在沙发上，在他面前的茶几上摆着两只紫砂茶盏，里面盛着金黄色的茶汤，对面有一张木凳，木凳上没有人。男人警觉地抬头张望，站起身在客厅快速走了一圈，边走边四处张望，然后迅速坐到木凳上，从口袋里掏出一个东西。画面上出现的是他的背影。只见他倾身贴着茶几，低头窸窸窣窣忙碌了一会儿，接着重新坐回沙发，抽了几张桌上的纸巾，擦拭额头和脸上的汗珠。

几分钟后，从画面外走进来一个女人，她的手里拿着一本小册子，对着男人扬了扬，说：“这是我两年前买的，受益人是你，你看看。”

男人接过小册子，翻看了一会儿，还给女人，问：“你为什么这么做？”

女人回答说：“应该的，夫妻一场，你后来又帮我这么多。如果我死了，这些钱都是你的。”她将小册子放进旁边书桌的抽屉，然后在木凳上坐下，准备端起茶几上的茶盏。

男人快速伸出手，用五指将茶盏笼住，提起茶盏，将茶水倒进废水盅。

“水凉了，茶也老了，尝尝你的花茶吧。”男人说着，将水盅和茶盏放进托盘，端起托盘向客厅另一侧走去。

过了一会儿，男人空手，重新回到画面。

他的面前放着一只珐琅彩瓷杯，里面盛着花茶。

“这是樱草花茶，味道有些特别，你尝尝。”女人说。

画面戛然而止。

顾正辉脸色煞白，全身大汗淋漓，豆大的汗珠，从额上、脖颈、后背涔涔流下，就像画面中的男人。

怎么会这样？！

他颓然瘫倒在椅子上。

2 茶心即闲心

华人城清香茶苑。

“你黑了。”萧枫说，他穿了一件白色圆领T恤，胸口有一个卡通图案。

坐在他对面的凌钰穿着粉红色的无袖连衣裙，浑圆结实的手臂透着古铜色的光泽，莹润的脸色也镀上了一层健康的黑红。

“请你喝茶，你还这么打击我。”她噘一噘嘴。

“你消失一个月，也不联系我，我还不能吐槽了。怎么想到来茶馆，你以前不喝茶的。”

“因为这一个月我每天都在饮茶。”凌钰露出梨涡浅笑，“星如想学茶艺和制茶，提议去铁观音的故乡西华镇，那里也是顾正辉的老家。因为走得急就没有通知你，反正你后来通过星如也知道我在山里嘛。山里信号不太好，我也想清静，所以就没怎么看手机。天天在地头采茶，能不黑嘛。”

“说说你的学茶经历？”

“好呀。”凌钰粲然一笑，滔滔不绝道，“先说制茶吧。鲜叶采摘回来后，要将其薄薄摊放晒青，利用光照热能和吹风萎凋，蒸发鲜叶的水分。晒青之后静放，叫做凉青，凉青之后要摇青、炒青、揉捻与烘焙。慢烤后的茶叶最后历经颠拣，去除梗片、残渣，成为可以饮用的铁观音。每一片茶叶，都得认真对待。谁知杯中茶，片片皆辛苦呢。”

“不容易啊，成就一片完美的茶叶，不仅自身需要吸收天地日月之精华，更凝聚着茶人的智慧和汗水。”

“是啊，我们还试过大锅炒呢，虽然做出来的茶，外形不好看，但汤底有丝丝的甜味，比机器炒的味道好。”

“让我想象一下。”萧枫闭上眼睛，无限向往地说，“茶人的曼妙身姿、器的单纯、慢的做派，配上柴火的香味，渺渺的烟雾袭来，这是一幅美妙的天人合一图啊。”

“呵呵，你说对了。”凌钰笑了，“你知道‘茶’字怎么写吗？”

“草木之间一个人？”

“对，茶是大自然的精华和人的美好精神相结合的产物。茶叶吸收天地能量，茶人制茶，将这种能量藏敛，再经由热水释放；人在制茶时，又将人的能量传递给茶叶，而机器是没有能量的。”

“人字在中间，人才是茶之中心。”萧枫说。

“是啊，因为人的参与，茶才有价值。这种参与，不仅在制茶，更在于品茶。”

“哦？如何讲？”萧枫问。

“茶心即闲心。只有闲静清淡、乐享自然的人心，才能品出茶之真味；而品茶，也能让人生出宁静安闲之心。”凌钰说。

正在这时，系着绿色围裙的寸头小哥，端着一只托盘走过来，里面放置着青花瓷茶具。

“这是本店的特产——想佳人。二位请品尝。”他将茶壶和茶杯放在桌子上，将茶杯斟满，做了一个“请慢用”的手势，悄悄走开。

凌钰捧起一杯茶，说：“生活有忙有闲，有苦有乐，但茶兴起时，尘心渐息，无为无求，两腋清风。”

萧枫也端起茶，品了一口，赞道：“好茶。”他接着说：“茶在心静。品茶，也是忙里偷闲，苦中作乐，在不完美的现实中享受一点美与和谐，在刹那间体会永久。”

“是啊，其实人生，也就是一盏茶的工夫，何不心无挂碍，专心品味当下。”凌钰说着，阖上眼睛，轻轻啜饮，脸上漾着满足和欢欣。

“喝茶还会影响你的睡眠吗？”萧枫问。

“以前会，现在不会了。”

“为什么？”

“因为心静了，静而后能安。可惜，苗若风虽然看了那么多茶书，饮茶时日也久，却并未悟出茶之真谛。”

“是啊。茶对睡眠的影响可能并不大，只是她的心思不定，思虑太多。”萧枫说。

“我又何尝不是如此。”凌钰叹一口气，“心魔不除，睡佛不至。你知道吗？那晚之后，我再也没有做噩梦了，在茶园的日子，几乎每晚都睡得很沉。”

“其实，我们每个人真正所求的，不过是心安。”萧枫说。

“是啊。为了达至心安，我们用尽方法，过程中却迷恋上了这些手段，忘了自己的初心。”凌钰说。

“众生皆有佛性。人自性光明，却总是往外探求，迷失了本心。”

“而诗和茶，都能让人回归自性。它们让人静下来，进入自己的内心。内心安静之后，方能体悟世界的本质和生命的本质是一体的。”

“看来这次学茶收获不浅，真为你高兴。”萧枫道。

凌钰看着他，认认真真地说：“虽然事情过去了一个月，但我一直没机会对你说声感谢。谢谢你，萧枫，谢谢你及时赶到。”

“哎，别客气。”萧枫挥一挥手，有点不好意思，“这事也有我的份儿。剽窃曝光后，不知道为什么，我有点担心，就在他公寓对面订了酒店的房间。我看他下楼后就远远跟着他，见他进了酒吧。我在酒吧对面的咖啡馆坐着，看见你进去，后来你们从座位上离开，再之后又收到你的短信，所以我很快就到了。”

“怪不得，我还担心你没那么快赶到呢。”

“……”萧枫没有说话，他低下头，掏出手机翻看，里面有一个陌生号码发的短信：速去酒吧天台。

“你在看什么？”

“没什么。”萧枫删掉短信，抬起头，“他回了老家，在朋友圈发了一首诗，你看到了吧。”

“看到了。”停了停，凌钰轻声念出一首诗：

吾原潇洒五湖人，万顷波中寄此身。
散木不才眠白浪，清风浊酒笑红尘。

世间成败皆无定，儿女悲欢岂有因。
岁月蹉跎浑闲事，泛舟沧海醉长春。

“好诗。他确实有才，只是……”萧枫感叹。他低头看着金黄色的茶汤，说，“‘想佳人’？你点的？这么好听的名字，是不是有什么故事？”

“是啊，有一个美丽的爱情故事，起因还是顾正辉呢。”

“说来听听。”

“想佳人是低咖啡因铁观音。当地茶科所的所长说，二十多年前，顾正辉为了追求苗若风，特意要求茶厂生产低咖啡因茶叶，名字也是他起的。苗若风因为神经敏感，饮茶失眠，想喝又不敢喝，但这种低咖啡因的茶叶她就能喝。”

“原来如此，看来顾正辉还是爱过苗若风的。”萧枫说。

“为什么爱情走到最后，都如此不堪呢？”凌钰轻声道。

“这是你不愿开始爱情的原因吗？”

凌钰脸一红，低下头，抚着茶杯，轻轻转动。

她低眉敛容的模样，让他想起五年前那个夏天，她依偎在他的怀里，也是如此的娇羞。

“主动一点。”他想起凌思远鼓励他的话。

抄袭事件平息后，凌思远约萧枫见了面。

“高行知真的辞职了？”凌思远问道。

“是的，帖子曝光后他再也没有去过公司。”萧枫说。

“他去哪儿了？”

“回老家了。”

“真没想到，他会落到这一步。”凌思远叹了一声，“既然他没有抄袭，他可以留在公司，或者留在深城，没有必要回老家吧。他来深城快十年了，走到如今，也不容易。”

“是啊，辛辛苦苦打下的基业，就这么一朝散尽，可惜了。但他去意已决。”萧枫不无惋惜道。

“有件事，需要和你澄清一下。”凌思远踌躇片刻，说，“上次见你的时候，我说他在学校名声不太好，是……假话。当时那样说，是担心凌钰被迷惑，也希望你留心他们的交往。我这样诋毁他，实是不该。那时，我对他有误解。”

“嗯……”萧枫不知如何回应，他唯有安静地倾听。

“其实，他是个……好人。”凌思远声音迟缓，面露伤感，“造化弄人啊……”他感叹。

沉默了一会儿，凌思远忽然开口问：“你喜欢凌钰吗？”

萧枫一愣，他没法撒谎，也不想撒谎。他点点头，旋即又低下头。

“凌钰心思重，朋友少。你们认识这么多年，关系这么好，说明你们有很深的信任基础，彼此也互相认可。”

萧枫心道，那又如何？他抬起头，看着凌思远，眼睛里写着困惑。

凌思远仿佛看透了他的心思，紧接着问：“她拒绝过你？”

萧枫的脸“腾”地一下红了，他忸怩了一下，还是没有出声。

“凌钰母亲的事，你知道吧？”凌思远说。

“……”萧枫心里一惊，低下头，没有出声。

那个惊心动魄的夜晚，当他得知高和顾签下标的金额1000万的合同后，脑海中“啪”地一亮，仿佛一道电光，将许多看似无关的事件瞬间串联。他回家后马上查找凌钰父母的资料。虽然事隔多年，很多帖子已经删除，但依然有迹可循。他终于查到，凌钰母亲柳筠的弃世，是因为一张不雅照，而照片的拍摄者，很可能是高行知，当年的高远。他想起凌钰回国后第一天，得知高是江大文学硕士后，马上来了兴致，并要他介绍认识。原来她接近高是为了复仇。她知道高涉嫌抄袭，将会被举报，于是设下陷阱，让高和顾签下假一赔十的天价协议，背上一辈子都不可能还清的债务。高醉酒后在酒吧天台高唱李白的《临终歌》，凌钰之前在天语也吟诵过，这是她对高自尽的暗示吗？他不愿再往下深想。

“你这么聪明，想必也猜到了。因为深切体会到母亲经历的痛苦，她对亲密关系怀有恐惧。她心里有个坎儿，一直没过去。”

“我明白。”萧枫轻声道。

“她当年遭受的痛苦实在太深重了，那时候，她还是一个孩子啊。”

“可是……”萧枫嗫嚅了一下。

“这个坎儿，她现在终于迈过去了。她应该开始新生活。主动一点，她会接受你的。”

“我会的。”萧枫脸上浮现一片羞意，他推了推鼻梁上的眼镜。

萧枫的心急遽跳动，犹豫着、思量着，正想着如何开口，凌钰放在桌上的手机突然响了。她接起电话，神色变得凝重，嘴里嗯呃地应着，有时问一两句，大部分时间在聆听，几分钟之后，她挂了电话。

“有什么事吗？”

“我爸的电话。他说江宁大学的老同事钱教授，方才和他说了一件事。钱教授有个学生，在江宁公安局当刑警，刚刚破获了一起网络犯罪大案，嫌疑人主动交代，九年前他开了一家手机门店，店里一个小伙计在帮人修手机的时候，发现了手机里被删除的照片，其中有一张不雅照。他让小伙计删掉，自己却保存下来，发给一个朋友看，没想到照片几天后出现在网络论坛。警察顺藤摸瓜，找到了发布照片的人，原来又过了几道手，听说是和朋友酒后打赌，看敢不敢发。”

“太可恶了。这些人应该抓起来枪毙。他们只顾自己开心，完全不想想这会给当事人造成多么大的伤害！”萧枫气愤地说。

“是啊，谁叫这事判得这么轻呢？网上散播他人隐私照片的，犯了《治安管理处罚法》，情节较重的，才处以五日以上十日以下拘留，并处五百元以下罚款。这有什么用呢？”凌钰淡淡的语气里，透着悲苦和无奈。

萧枫宽慰道：“不管如何，总算是找到元凶了。”

凌钰叹息：“也许母亲的在天之灵，会得到一丝安慰吧。”

沉默片刻，她说：“不说过去了，说说现在吧。听说你当了推理之神总编。”

“是代总编。早就和董事长说了，让他去找人，已经找到了，马上到任。”萧枫说。

“那你准备做什么？”

“没想好，开个推理馆怎么样？我自己写剧本，肯定比市面上的好。”

“以你的才华，推理馆肯定生意不错。只是，有点大材小用了吧，还有别的吗？”

“我还想写小说，还要炒股票。之前帮几个朋友管账户，不想做了，累。又怕哪天感觉不好，做坏了，对不住他们。但他们都不答应，还说如果管那么多小账户麻烦，让我成立基金，他们把钱放在基金里。成立基金好多事，要备案，要组建团队，要注册公司，想想头都大了，不如你来帮我打理吧。”

“麻烦事你想推给我，我可不干，况且我对这些也一窍不通。”

“那你有什么打算？不会做一辈子采茶女吧？”萧枫问。

“我想去乡村给孩子们做心理辅导。”

萧枫鼓足勇气，轻轻握住凌钰放在桌子上的一只手，看着她的眼睛，温柔而坚定地说：“我和你一起去吧，我可以教他们文化课。”

“好啊，到时候我们一起去。”凌钰微笑道。

凌钰回到家中，餐桌上摆好了一桌菜，都是她喜欢吃的：糖醋排骨、清蒸刀鱼、荠菜豆腐羹、香菇菜心，还有鲜笋炒酸菜。

她的眼睛亮了，忍不住抓起筷子，夹了一口塞到嘴里。凌思远在一旁紧张地看着她，见她展露笑容，才放下心来，略带得意地说：“好吃吧。酸菜是我自己腌渍的，其实也不难，买好泡菜坛，做好卤水。”

“好吃好吃，谢谢老爸！”凌钰甜甜一笑。

“对了，有你一个包裹，寄到我的工作室了，我看了寄件人地址，是湘西的一个店。你在网上买的？”

“没有啊，我看看。”

“放在你房间了。”

凌钰钻进自己的房间，关上门，拾起包裹，一层一层剥开包装，从里面掉落一张纸。她捡起来，一张 A4 大小的白纸，中间有一行清健瘦劲的毛笔字。

一片冰心在玉壶

她的心一跳，是他写的！

她又打开包裹，里面还有两管药膏，膏体上写着：舒筋通络活血膏。她轻轻拧开一管，用鼻子使劲嗅了嗅，有一股中药特有的辛香。她捋起袖子，将药膏对着手臂上的疤痕，轻轻挤压，药膏一下子溢出来，流泻到手臂。她用手指慢慢抹匀，来回轻轻揉按。一下，两下……一滴，两滴……泪水涨满了眼眶，扑簌簌往下跌落，和着药膏，一点点渗入肌肤上的疤痕……

3 青山明月不曾空

夕阳西下，湘西松林山脚，一栋白墙青瓦的农民房。

高远陪着刚出院的母亲，坐在院子里拉家常。

“大远，你回来一个多月，工作耽误不少了吧。我的病不碍事了，你回深城吧。”姜凤萍说。

“妈，我不去深城了，就在家乡待着。”高远说。

“待在湘西？你能干什么？去县城教书，都不会要你。你在深城的公司呢？不是做得好好的吗？”姜凤萍有些发急。

“公司卖了，我不适合当老板。”

“你不是作家吗？你以前写的城里人的题材，不是很受欢迎吗，还拍成电影。农村生活你没根基，写了也没人看。”

“那都是过去了。深城生活压力大，有些辛苦。回来，一样可以写作，还可以陪你，不是挺好吗？”他看着母亲皱纹纵横的脸，一阵心酸。母亲真的老了，那个能干麻利的母亲，在疾病的折磨之下，成了地地道道的农村老太太。

“我不需要你陪，我把你养大，供你读大学，不是让你陪在我身边的。”大病初愈，姜凤萍声音虽然短促，却是不容置疑。

“妈，是我没用，公司做不好，小说也写不出来，在深城混不出名堂。要是我有出息，就可以把妈接过去住。”他难过地说。

“是妈不好。我这个病，拖累了你好多年，想起这事我就心痛。如果你还要因为我留在老家，我都不想活了。”姜风萍也有些伤感。

“妈，你千万别这么说。我是恨自己没用，没机会报答你。”

“妈不需要你报答，只要你过得好，妈就心安了。”她拉过儿子的手，轻轻抚摩，关切地问，“你是不是在深城碰到不如意的事了？”

他没有回答，低了头，定定看着地上的树影。

“我就知道，你碰到天大的事了，否则不会说这些话。”

不！其实我一直都过得不好，他在心底大喊。脑中闪现着无数片段——少年时和母亲相依为命，青年时和柳筠生离死别，中年时孑孓而行。写作的孤独、创业的繁苦、人情的冷暖，三十多年的困窘艰难，三十多年的委屈失意……一切都如黑暗潮水般汹涌撞击在心上，强大而不可抵抗。他再也无法硬撑了，他把头埋进母亲膝盖，呜呜地哭了。

“儿啊，是妈不好，妈对你要求太高了，给你压力太大。你想做什么就做什么，你想待在哪儿就待哪儿吧。”姜风萍怜爱地轻抚儿子微微抖动的肩膀，感伤地说。

母子俩正说着话，姜小斌骑着电瓶车，将一个包裹丢在院门口，大声道：“哥，看到村子口有你的快递，给你捎过来了。”说完他蹬上电瓶车走了。

姜风萍说：“你忙你的，我进去休息一会儿。”

高远将母亲搀扶到房间休息后，到院子口拾了包裹。他心里有些惊讶，没有人知道他在农村的地址，这几天他也没有在网上购物。包裹上寄信人地址，是他熟识的湘西药店，他曾经在那里给她买过药。他的胸口一阵怦怦乱跳，他急忙撕开包裹，里面是一本书：《王昌龄诗歌研究》，柳筠著。他的心头涌起一股暖意，翻开第一页，上面有一行字，娟秀而略带稚拙的笔迹。

青山明月不曾空

他的眼睛热了，刚收住的眼泪又盈满眼眶。一个多月前的惊心动魄，像电影一样一幕幕回放。

从什么时候开始发现她的心思的呢？也许早就觉出一丝异样吧，在相遇知音的喜悦里，糅杂着不安的气息。但他宁愿相信，他们是邂逅，并非她有备而来。

凌思远告诉她凌钰的身份后，他再也无法自欺欺人了。他仔细回想，发现她从一开始接近他，就是有目的的。但什么目的呢，复仇吗？那为什么鼓励帮助他和顾正辉签下高价合约？不管她什么目的，自己都有愧于她，害得她家破人亡，给她留下惨痛的心理阴影，她怎么报复都不为过啊。

如果复仇能让她好过，他愿意牺牲自己，但他清楚，道理并非如此。复仇只会让她更痛苦。为了避免给她复仇的机会，唯一的方式，是离开深城，永远消失在她的视线之外。走之前，他要处理好自己的资产。他的资产其实很有限，一本小说和公司股权。小说卖了高价，母亲的后半生有了保障，郭杰的赌债也可以还了。还有就是公司的股权，他将 20% 股份用作员工期权，20% 赠与冯碧、萧枫和凌钰。

这些安排妥当后，他订了回老家的机票，想着终于可以回去好好照顾母亲了。但他万万没想到，她会以这种方式复仇。抄袭曝光后，他给郭杰打了电话。在他一再逼问下，郭杰终于支支吾吾地承认，故事接龙里他讲的很多情节、创意，都出自被他淘汰的文稿，而两人合作的《一剪梅》，核心诡计也是他从《K 线图之谜》抄来的。

“那为什么签约之前，我给你打电话，你说著作权肯定没问题？”他怒道。

“我想小说都出版好几年了，都没人提这一茬儿，肯定没问题了。再说，1000 万啊，谁能拒绝，谁会和钱有仇啊。”

“你去看看地平线上的文章吧，今天的头条。我被举报抄袭。”

“啊！我马上看。”郭杰大吃一惊。几分钟之后，他打来电话，连声道歉，“实在对不住，我不知道会发生这种事，这是我抄的，我来承担。我打电话和编辑说，我把我们之间的协议发给他们看。”

“唉！现在风口浪尖，先等等吧，先要找到写文章的人，和他沟通。”

“我找编辑部要，我这就打电话。对不住了兄弟，我害了你，这事我一定会处理好。”郭杰惶急地说。

郭杰后来也没打电话过来，估计是没找到发帖人。他现在也顾不上这些，他在想凌钰。他终于明白了她的复仇方式。她要让自己背上永远不可能还清的债务，走投无路之际，醉酒吟诗跳楼而死，就像她母亲一样。

怪不得，她一再鼓动他和顾正辉签约，暗示她拿住了顾正辉的软肋，因为她有顾正辉的指纹。当她发现他对这种方式不感兴趣时，又找到顾正辉，要顾主动找他。当顾提出 1000 万购买时，他甚至闪过念头，是不是她拿保单上的指纹要挟了顾。他以为她在帮他，没想到她包藏祸心。也不是没有一丝察觉吧，但他宁愿相信她怀抱善意而非恶意。

很多时候，人们未必完全看不到恶意，不愿意那样去揣度，只是希望自己好受一些。

选择相信比选择怀疑更让人幸福。

一念及此，他没有愤恨或伤感，而是对凌钰产生了深深的怜悯。因为他明白，恶意不一定能伤害别人，但一定会伤到自己。心存善念，是一个人最大的福报。

她谈起王昌龄的闺怨诗，她在天台吟诵李白的《临终歌》，都是为了让他效仿柳筠，为爱而死。

柳筠，是他心中一辈子的痛和悔。多少次午夜梦回，他泪湿衣襟，他已经在梦中无数次追随她而去。他并不惧怕，牺牲肉身，和她在天堂重逢，如果这能让她的女儿重获新生。可是，如果自己死了，凌钰真能得到救赎吗？她只会背上一个更大的心债，更深重的愧疚会折磨她一辈子。柳筠的死，并不是她造成的，她都如此饱受煎熬，如果他真的死在她眼前，她能受得了吗？

可是，如果不在她面前死上一回，如果不成全她的复仇计划，她能原谅他吗？她能彻底从愧疚和仇恨中解脱吗？

不，他不能死，但他要让她看到他死。但谁能保证这种“找死”不会失手呢？万一酒醉不能自控，真的掉下去了呢？得先把遗嘱立好，以防不测。于是，他在那天下午找了李律师。

好在，他的酒量足够好，干完大半瓶白酒，他还能控制自己。在去天台之前，他用另一个号码给萧枫发了信息：速去酒吧天台。

站在天台栏杆上，他胆战心惊、双腿颤抖。有那么一瞬间，他真想一头栽下去，一了百了，去到这个世界的尽头，与他爱的人永不分离。但是另一个声音立刻跳出来：挺住！你不能死！

萧枫终于赶到。戏，演完了。他发现自己全身瘫软得不能站立。

后面的事都比较顺利。顾星如来找他，得知抄袭真相，帮他找萧枫沟通，并买走了《一剪梅》的影视改编权。郭杰给他电话，说准备去当地警察局自首，虽然要坐牢，但至少生命安全有保障，而且，还有饭吃，吃完牢饭后回国再就业。母亲的手术很成功，术后恢复得也不错。他的 20% 股份卖掉了，虽然价格很低，但也够母亲后半辈子生活了。

唯一放心不下的，就是他几乎用生命去救赎的女孩了。而现在，他也可以宽心了。她一定也在某个山清水秀的地方，念着这首诗，她的胸中，同样荡漾着河山万里，皓月清风。

他的脸上浮现出笑容，他打开书，翻到那一页。

龙标野宴

[唐] 王昌龄

沅溪夏晚足凉风，春酒相携就竹丛。
莫道弦歌愁远谪，青山明月不曾空。

译文：

夏日的夜晚在沅溪边乘着凉风散步，朋友们提着酒结伴来到竹林深处。不要说我们的音乐和歌声是因为被贬谪的哀愁，那远处的青山和天上的明月却从不曾空缺。

赏析：

诗的前两句以轻快的笔调点出此次宴饮的时间和地点。“足凉风”“就竹丛”，环境幽美宜人。“就竹丛”不仅写景，点明野宴的环境，而且暗用魏晋时期嵇康、阮籍等文人名士相游竹林的典故，含蓄地表现自己正如同“竹林七贤”一样，鄙弃功名、爱好山水、襟怀旷达。“春酒”一词，亦表达了诗人饮酒时愉悦的心情。佳景、美酒、良友，气氛多么热烈、欢乐。

第三句突然来了转折。“弦歌愁远谪”，我们抚琴高歌，琴声和歌声，却渗透着被贬谪的悲愁。然而，“莫道”二字把惨淡愁云一扫而空。诗人面对眼前青山明月，顿觉心境朗澈，唱出了“青山明月不曾空”这一绝世妙句。“青山”“明月”是天地间永恒的美好存在，也是作者安顿心灵的地方，更是诗人精神人格的物化。诗人以青山明月自许，表现了对人生大自在大拥有的追求。

第十一章　一年后

逼仄的小厨房，四壁斑驳，抽油烟机的接油盒上糊着报纸，黑黢黢的，浸透了油渍。这是深城城中村出租屋的典型环境。

一名男子正在灶台前快活地忙碌。他哼着歌，将面条扔进烧开的水里，打了一个鸡蛋，丢入菜叶、葱花，一碗香喷喷的青菜鸡蛋面出锅了。男人端着盛面条的碗，走进房间。

房间不到10平方米，放着一张单人床、一个衣柜、一张桌子和一把椅子。桌子上有一个小书架，上面放着几本书，有两本《王昌龄诗歌研究》。桌面上摆着一本红色小台历，9号上面画了红钩；还有一款精巧的波浪形玻璃花瓶，里面插着一株绿植。天蓝色手机支架上立着手机，正在播放深城市中学生诗词大赛的决赛。男人吃着面条，时不时瞄几眼。

端庄娴雅的主持人走上台，宣布本届大赛的冠军得主为陆文文。

男人的脸上泛起微笑，他搁下碗筷，注视着屏幕。

一名清秀纤瘦的女孩走上领奖台，她接过主持人的话筒，发表了获奖感言。

主持人走向场下一位穿着粉色衬衣的女人，将话筒递给她，要她分享教孩子学诗词的心得。女人是陆文文的妈妈，但看着只有三十出头，皮肤细腻光洁，唇边一抹浅笑，只有眉宇间的从容淡定昭示着她的阅历。

“首先要感谢时代感谢党，传统文化越来越受到重视，而传统文化的独特瑰宝——古典诗词也为更多人喜爱。我喜欢读诗，家里有很多诗词书，经常和女儿一起诵读。文文诗词功底不错，但在比赛中能取得佳绩，得益于诗词老师的悉心指导。老师把几个电视台历年诗词比赛的题目都做了整理分类，挑出难点和重复率高的，督促文文学习。比赛中出现过的飞花令形式，老师和文文都有练习，这对她场上的发挥帮助很大。”

“这个工作量很大啊，能透露是哪家培训机构做的吗？”

“老师没有在培训机构任职，是朋友推荐的。”

“真是尽职的好老师。”主持人说着，接过文文妈的话筒，又回到了台上。

男人看到这里，笑了，自言自语：“师父领进门，修行在个人，还是文文聪明好学。”

正在这时，他听见“叮”一声响，是手机里的邮箱来信提示。又是退稿信，他心道。打开邮箱，果然上面写着“您的来稿暂时不予采用，欢迎您继续投稿”。

“哪个作家没有经历多次退稿呢？”他自言自语，又像是自我宽慰。他端起桌上的面碗，美滋滋地吃光了。

支架上的手机响了，他按了通话。

“领导，有什么吩咐？”

电话那头是一个男人的声音：“高远，智正集团周年庆的稿子写好了吗？”

“有了思路，还没落笔，是明天交吧？”

“本来是明天交，但他们集团新换了董事长，喜欢算卦，说今天发最好。辛苦你今天加个班，写完以后你上他们公众号编辑一下，晚上 10 点发布，编辑这几天请假了。”

“好的，没问题。”

“辛苦辛苦，连着几个周末都让你加班，半年后的绩效考核，如果还是优，给你加薪。”

“多谢领导。对了，一个月前我就和您说了，这个月 8 号也就是后天开始，我请三天假，没问题吧。”

“这……没想到编辑这几天家里有急事，8 号可能回不来，你要不等他回来再请？”

“我也有急事，非做不可的事，编辑的工作，您找其他人代劳吧。”男人的声音，平和而坚定。

电话那头沉默了一会儿，有点不情愿地说："也行吧。"

他知道领导不高兴了，他平时很少忤逆领导，但现在他管不了这么多，平时累死累活地加班，不就是为了这三天假吗？

"谢谢领导。"他应道。

挂了电话，他将手机放在支架上，打开本地新闻。

遽然地，他的眼睛像被施了魔法一样，定住了。

手机里正在播放一则新闻：湘西县政府表彰深城市前往支教的志愿者。镜头前站着一排年轻人，他一眼就看到了那两个熟悉的身形。他睁大眼睛，凑近屏幕，没错，是他们。帅气潇洒的男生、美丽文雅的女生，他们并肩靠着，脸上绽放灿烂甜蜜的笑容。真是一对璧人，一定要幸福啊！他在心里感慨，默默祝福。

看完新闻，男人坐在电脑前，开始码字。他的眼睛放着光，指尖快速有力地敲击着键盘。一行行方方正正的汉字，像一块块整齐美观的砖石，一层层往上叠加，一栋宏伟漂亮的"高楼"眼看就要拔地而起……

青山明月不曾空
——《致命浪漫》创作手记

谭影

一直以来，都喜欢读推理小说。

青春年少时，一度沉迷于此。及至日后奔波劳顿，载浮载沉，亦不忘忙里偷闲，捡一本推理小说，遁入那个奇妙的世界，与倦怠无味的现实，做短暂的隔绝。时而自得，为自己估中凶手；又时而困恼，因猜错情节走向。掩卷之际，不禁为诡计叫绝，为人性唏嘘，更赞叹侦探——也是作者的巧思。

写一部推理小说！这颗愿望的种子，不知何时，悄然埋于心底。每一次的阅读和沉思，都在不知不觉中给它浇水施肥。

2019 年 2 月，春节期间的热闹，让我不得不放下《恋恋深圳》的写作，悠然捧起推理小说。恰好读的是现实和虚构交织互文，忽而想起近几年看的好几部悬疑小说和电影，都有类似情节。写一个剧中剧的故事！一念起，万水千山。想象如火如荼，蔓衍迁延。我记下初步构思，但将其搁置。2019 年 9 月《恋恋深圳》完成后，我重拾剧中剧的构想，继续酝酿。

推理小说，不能没有命案。一部长篇，一起命案略显单薄；剧中剧，本是双线，两起命案，必要且合适。

推理小说的核心情节是设谜和解谜。这个谜面和谜底，一定要有文化味儿。

在小说中传递中国传统文化之美，是我写作的“小心愿”。我固执地以为，文学，无论是诗歌、散文还是小说，都应展现美，文字之美、文化之美、自然之美、逻辑之美、人性之美……

我设想，以诗词和茶分别作为两起命案的解谜线索。

对于古典诗词，我虽说稔熟，但要将情节落到实处，还需要大量深入定向的阅读。茶，于我则是陌生的。我几乎不饮茶，因为脆弱的睡眠，但为了写小说，我读了十多本与茶相关的书，同时诚心向资深茶人请教，并开始泡茶、品茶，忍受夜不能寐。

小说中涉及案件侦查。我虽是推理爱好者，也看过一些刑侦教材，可毕竟外行。为了细节的准确可靠，须当请教专业人士。为此，我走访经验丰富的刑警，将小说中和案件相关的部分与之交流。小说中关于疾病治疗的细节，我也找到医生朋友核实。

我构建了小说框架，书写了十多万字。小说，眼看就要完成了。其时，我并未想到，前路迢迢，道阻且长。

那一两年，自己各方面的状态也不太对。有外部的冲击，更有自身的原因。时感身心俱疲，焦虑不安，创作也一度陷入泥潭。磕磕绊绊地，2021 年 6 月写出初稿，之后几度修改，却一直不甚满意，小说想要抵达的地方，似乎总是模糊不清。仿佛一个人在黑暗中摸索，隐隐感知前方透着一束光，却始终探不到通向光的那扇门。

于是将作品放下，投入到生活本身。静坐，读闲书，学《庄子》，研究易经、命理，参加有趣的活动；也看投资的书，也做投资，大多不成功。我自嘲这是为下一部写投资的小说积累素材。友人笑称，那你这小说老值钱了。

我没有忘记悬而未决的《致命浪漫》，我只是暂时同它告别。我需要等待，等待缪斯女神的再次驾临。

我相信，人是对的，事也会对。

数月后，一位制片人朋友找我交流。他看了两万字的大纲，对故事颇有兴趣。与他沟通的过程中，我突然萌生新的思路：王昌龄的诗歌，是小说的“眼”，是不是也可以成为小说的“魂”呢？

我再次打开少伯的诗，仔细研读。这一次，不是为了编织解谜线索，而是为了寻找小说人物和诗人、诗歌之间的内在契合之处。

猝不及防地，我找到了方向。原来，是头脑中的执念一直在蒙蔽我，就像小说里蒙蔽郑警官的“油纸”。我安于躺在舒适的思维圈，不愿也不知如何突破自己的思维边界。

我猛然推开那扇紧闭的大门，其实它一直就在不远处，只是，我视而不见。一切豁然开朗，灵感之泉从天而降。思维所及，所有的障碍一触即溃，所有的矛盾迎刃而解。诗词、茶艺，设局、解谜，人物成长、主题升华……散落的珍珠，瞬间串成熠熠闪光的项链。

当我在屏幕前敲下“青山明月不曾空”时，我的眼里溢着光，也在蓦然间，沁了潮意。

大自然花开花谢，四季流转，人世亦有起落更迭，成住坏空。失意时，如何自处？

采菊东篱下，悠然见南山……

行到水穷处，坐看云起时……

夜静水寒鱼不食，满船空载月明归……

莫道弦歌愁远谪，青山明月不曾空……

字字珠玑的古典诗词，早已给出了体贴的慰藉和温柔的指引。

好诗写自然之美，也呈现自然之道，这也是生命本真的样子。是空灵清旷，是处静守中，也是开阔明朗、气象万千，生机勃勃的持续演变。

我终于为小说找到了出路，而我，亦经历了一场精神的洗礼。

后续的事情变得较为顺利。2022 年 11 月，小说获评深圳市文联、深圳市作协实施开展的深圳报告 2022·深圳都市题材精品文学扶持项目扶持作品，深圳书城宝安城、深圳出版社（原海天出版社）对本书的出版给予了极大支持。在此一并表示诚挚的感谢！

我喜欢写长篇小说，它和生活一样，充满了意外和不确定。一部作品，从萌发到完成，数历冬春。我的生活和思想的变化，与我笔下人物的生活和思想的变化，互相浸染和印证。

然而，创作之于我，绝非易事。大到主旨、人物，细至一字一句，皆需持久的斟酌思虑。唯有从琐碎的日常中抽离出来，长时间浸淫在文字和思想的世界，我才能找到写作状态，否则只会笔触滞涩、才思枯竭。所以，我要感谢写小说，它令我有机会逸出俗常生活，时时隐入专属的清寂芬芳之地，独自欢喜。

写小说是手艺，却又不仅仅是手艺。读书人总有一份“文以载道”的情结，希望自己的作品能传递价值。虽然深知，这个时代，小说式微、纸书凋敝。我亦相信，倘笃定用心为文，或有一天，它会“香远益清”。纵使平生俱是“涧户寂无人，纷纷开且落”，那又何妨。大可对自己吟唱：“用舍由时，行藏在我，袖手何妨闲处看。”

顾随先生说：“诗根本不是教训人的，是在感动人，是‘推’，是‘化’——道理、意思不足以征服人。”

小说亦如此。文学本就不想征服人。

小说应该是好看的。读者逃离沉闷庸常的现实，钻入小说虚构的世界，经历美妙的旅程，收获精神的愉悦，已然足够。倘若，至少还有一个人，掩卷之余，思绪难平，再三回味，甚而，有一缕感动，萦绕心怀。

这是何等的奢望，我愿长存这份梦想。

癸卯年，暮春，深圳